W. J. Krefting
Aschekinder

EDITION
M

Das Buch

1999: Ein schrecklicher Vorfall ereignet sich in der australischen Kleinstadt Swan Hill: Vier Jugendliche gehen über den Wechsel ins neue Jahrtausend im Busch zelten und verschwinden spurlos. Während ein Teil der Bevölkerung an ein tragisches Unglück glaubt, sind andere von einem Gewaltverbrechen überzeugt. Das Verschwinden der Jugendlichen wird jedoch nie aufgeklärt.

Gegenwart: Eine Mutter aus Swan Hill erleidet einen Nervenzusammenbruch. Sie schwört, eines der 1999 verschwundenen Kinder als Erwachsenen in Melbourne wiedererkannt zu haben. Niemand glaubt der psychisch labilen Frau. Bis die Londoner Polizistin Rachel Buchanan, die an einem Polizeiaustausch teilnimmt, sich bereit erklärt, den alten Fall noch einmal aufzurollen. In Swan Hill stößt die Ermittlerin auf Widersprüche – und eine Menge Menschen, die offenbar kein Interesse daran haben, dass der Fall aufgeklärt wird. Unbeirrt und von einer Frage besessen forscht Rachel weiter: Was ist mit den Jugendlichen passiert?

Der Autor

Wilhelm J. Krefting lebt und arbeitet in Münster. Während der Schulzeit begann er für verschiedene Lokalzeitungen zu arbeiten und entdeckte seine Faszination für das Schreiben. Nach dem Abitur studierte er Politikwissenschaften und Journalistik und setzte seine journalistische Karriere bei größeren Medien fort, unter anderem bei der Rheinischen Post, dem Hamburger Abendblatt, der WELT und der BILD-Zeitung.

Im Zuge der spannenden Arbeit als Journalist sammelte Krefting unzählige Inspirationen, die er in seinen Büchern verarbeitet. Die wohl prägendste Zeit erlebte er dabei in Australien, wo er in Melbourne studierte und als Korrespondent für verschiedene deutsche und australische Medien arbeitete.

W. J. KREFTING

ASCHE KINDER

THRILLER

Die Originalausgabe erschien 2016 unter dem Titel »Aschekinder« im
Selbstverlag.

Veröffentlicht bei
Edition M, Amazon Media EU S.à r.l.
5 Rue Plaetis, L-2338 Luxembourg
März 2018

Umschlaggestaltung: bürosüd⁰ München, www.buerosued.de
Umschlagmotiv: © Marilyn Volan / Shutterstock; © Igorsky / Shutterstock;
© Olga Kovalenko / Shutterstock; © Ekaterina43 / Shutterstock;
© Domagoj Burilovic / Shutterstock; © Oliver Hoffmann / Shutterstock;
© Christina Krivonos / Shutterstock
Lektorat und Korrektorat: Verlag Lutz Garnies, Haar bei München,
www.vlg.de
Printed in Germany
By Amazon Distribution GmbH
Amazonstraße 1
04347 Leipzig, Germany

ISBN 978-1-503-90116-2

www.edition-m-verlag.de

»Aschekinder« basiert auf einer wahren Begebenheit.

Für Josh und Ro. Danke für die Fahrt ins Outback und die Geschichten aus Swan Hill.

PROLOG

Graue Wolken hingen über London. Sie hatten sich zu einem großen Teil bereits in den Vorstädten ausgeregnet, weshalb nur noch vereinzelt ein paar Tropfen den Asphalt der Innenstadt benetzten. Das Haus der Buchanans lag in der Law Street im Stadtbezirk Southwark.

Der Wecker auf dem Nachttisch neben Rachels und Johns Bett klingelte. Sechs Uhr. Rachel hatte den Kopf in ihrem Kissen vergraben und angelte mit der rechten Hand nach der Schlummertaste. Aufstehen war nicht ihr Ding.

»Wir haben neun Minuten«, flüsterte John Rachel ins Ohr, bevor er sanft hineinbiss.

Rachel hob den Kopf und schaute ihm in die Augen.

»Dann mal los, denn ich weiß, wer gleich hier im Zimmer steht«, sagte sie und küsste John sanft auf den Mund.

Er schob die Bettdecke zur Seite und beugte sich mit seinem durchtrainierten Körper über sie, während er begann, sie immer leidenschaftlicher zu küssen.

Dann flog plötzlich die Schlafzimmertür auf. Rachel zuckte zusammen, und John rollte sich blitzschnell auf seine Bettseite zurück. Es wäre ihm peinlich gewesen, von seinem kleinen Sohn in einer Position erwischt zu werden, die ihn in Erklärungsnot brachte – zumal der kleine Tom mittlerweile drei Jahre alt war und alles hinterfragte und erklärt haben wollte und seine Eltern damit manchmal fast zur Verzweiflung brachte.

»Hallo, Mommy, hallo, Daddy!«, rief er und sprang mit Anlauf ins Bett.

»Na, Kleiner, hast du gut geschlafen?«, fragte John und kitzelte seinen laut lachenden und vergnügt strampelnden Sohn.

Nachdem die drei noch ein paar Minuten im Bett herumgetobt hatten, klingelte der Wecker erneut. »So, Mommy muss jetzt aufstehen. Passt du noch ein bisschen auf Tom auf?«

Im Badezimmer nahm Rachel eine heiße Dusche. Während sie sich einseifte, entdeckte sie einen blauen Fleck auf ihrem Oberschenkel, von dem sie nicht wusste, woher er stammte. Als Beamtin bei der London Metropolitan Police brachte sie häufiger blaue Flecke mit nach Hause. Von circa jedem zweiten war ihr die Herkunft bekannt. Die anderen blieben ein Rätsel.

Rachel trocknete sich ab, föhnte ihre langen roten Haare und zog sich die Uniform an.

»So, du kannst«, sagte sie zu John, der direkt ins Bad sprintete.

Rachel setzte sich zu Tom aufs Bett. »Mom, wenn du Polizistin bist, habe ich immer Angst«, sagte der Kleine.

Rachel streichelte Tom über den Kopf. »Das musst du nicht. Wir helfen den Leuten und beschützen sie. Und wenn du mal Angst hast, dann rufst du uns einfach«, sagte sie, woraufhin er sich an ihre Schulter kuschelte. »Jetzt ziehen wir dir erst mal was an, dann gibt's Frühstück, und dann geht's ab in den Kindergarten, okay?«

Tom sprang vom Bett und rannte so schnell in sein Zimmer, dass Rachel kaum hinterherkam. Er ging gern in den Kindergarten. Sie zog ihm die Sachen an und ging mit ihm nach unten in die Küche, wo er sich schon einmal an den Tisch setzte. Rachel bestrich ihm zwei Toasts mit Erdnussbutter und Marmelade.

Als sie John jetzt in seinem Anzug in die Küche kommen sah, wurde Rachel wieder schlagartig bewusst, warum sie ihn geheiratet hatte. Er sah nicht nur blendend aus, sondern war auch ein guter Partner, Freund, Liebhaber und, vor allem, Vater. John setzte sich neben Tom und schnitt die Toasts für seinen Sohn in mundgerechte Häppchen.

»Was möchtest du?«, fragte Rachel, die in der Erwartung, dass sich John für Pfannkuchen entscheiden würde, nach der Pfanne griff, die an der Wand über dem Herd hing.

»Nein, danke, heute keine Pfannkuchen. Ich esse auf dem Weg zur Bank was. Wir haben heute früh ein wichtiges Meeting und ich bin spät dran. Bringst du Tom heute?«

John küsste Rachel zum Abschied auf die Wange und verschwand. So gut John als Ehemann auch war, er arbeitete einfach zu viel – in der Regel von morgens um sieben bis abends um acht. Der einzige Trost für Rachel war, dass er ganz gut verdiente und der Familie somit ein schönes Leben ermöglichte. Ansonsten hätten sie sich niemals ein eigenes Häuschen in der Londoner Innenstadt leisten können. Trotzdem: Ihren Job bei der Polizei würde Rachel niemals aufgeben, dafür liebte sie ihn zu sehr. Und sie hätte sich auch nie vorstellen können, irgendwo anders zu leben als in London. Außer vielleicht in Australien, aber das war wohl eher ein Wunschtraum. Mit einer ganzen Familie auszuwandern, das war nur schwer zu realisieren, zumal John auch durch seinen Job an London gebunden war.

»Kannst du deinen Toast auch wie ein großer Junge essen?«, fragte Rachel und schaute dabei mit Skepsis auf Tom, der mit den Händen auf dem Erdnussbutter-Belag seiner Toaststückchen herummatschte.

»Du musst mich füttern«, sagte Tom, machte den Mund auf und schaute seine Mutter mit strahlenden Augen an. Obwohl

Rachel ihren Sohn zu mehr Selbstständigkeit erziehen wollte, konnte sie diesem Blick nicht widerstehen. Sie steckte Tom zwei Stücke in den Mund. Dann überredete sie Tom, den Rest doch alleine zu essen. Währenddessen schmierte sich Rachel auch noch einen Toast mit Erdnussbutter und schlang ihn mal wieder viel zu schnell hinunter.

Sie wischte Tom die verschmierten Hände und den Mund ab und zog ihm die Schuhe an. »Geh doch schon mal in den Flur und versuch, dir die Jacke anzuziehen, ich komme gleich und helfe dir«, sagte Rachel und küsste Tom auf die Stirn.

»Okay, Mom.«

Tom rannte um die Ecke. Rachel ging nach oben ins Bad und putzte sich in Windeseile die Zähne. Ein rascher Blick auf die Uhr verriet ihr, es war kurz nach sieben. Noch genug Zeit, um Tom in den Kindergarten zu bringen und danach in aller Ruhe zur Metropolitan Police Station in der Pavilion Road zu fahren. Um acht begann ihre Schicht. Was sie wohl heute erwartete? Sie wusste es nicht. Aber genau das war einer der Gründe, warum sie so gern bei der Polizei war: morgens aufzustehen und nicht zu wissen, was passieren würde. Das verlieh dem Leben ein gewisses Maß an Spannung.

In diesem Moment hörte sie auf der Straße draußen ein lautes Hupen und Reifenquietschen. Rachel spülte sich den Mund aus. Was da wohl wieder los war? Als sie die Treppe hinunterging, kam ihr ein Schwall kalter Luft entgegen. Sie war verwundert, konnte sie sich doch nicht erinnern, ein Fenster offen gelassen zu haben.

»Tom, hast du die Jacke schon an?«, rief sie, als sie fast am Ende der Treppe angekommen war – doch Tom antwortete nicht. »Tom? Wo bist du?«, rief sie.

Vielleicht hatte sich der Kleine wieder versteckt, weil er seine Mom ärgern wollte, wie er es in letzter Zeit häufiger tat, dachte Rachel. Als sie unten im Flur angekommen war, blies ihr der kalte Wind direkt ins Gesicht. Mit Entsetzen stellte sie fest, dass die Haustür sperrangelweit offen stand. Panik überkam sie. Während sie durch den Flur nach draußen rannte, rief sie immer wieder nach ihrem Sohn. Doch er antwortete nicht. Rachel durchquerte den Vorgarten. Durch die Büsche konnte sie erkennen, dass sich auf der Straße eine kleine Menschentraube gebildet hatte. Eine böse Vorahnung schnürte ihr die Kehle zu.

»Lassen Sie mich durch, lassen Sie mich durch«, keuchte sie tonlos und stieß die Leute zur Seite, die sich vor einem Auto versammelt hatten, das quer zur Fahrbahn stand. Als sie die Stelle erreichte, sah sie ihren kleinen Tom, reglos und mit halb angezogener Jacke, auf dem Asphalt liegen.

KAPITEL 1

»Hast du dich gut eingecremt?«, fragte Benjamin Jennings seine Frau Sophie, als ihm das große Plakat gegenüber des Etihad-Stadions mit der Werbung für die australische Black-Spot-Kampagne gegen Hautkrebs ins Auge fiel. Hautkrebs war eine regelrechte Seuche – und das erst recht jetzt im Dezember, dem heißesten Monat mit der höchsten UV-Belastung. Warum wohl hatte der Hautkrebs in dreißig Jahren um sechzig Prozent zugenommen? Weil die Leute einfach zu sorglos mit ihrem Leben umgingen. Es gab Todesarten, die ließen sich leicht vermeiden. Und dann wieder Todesursachen, gegen die man nichts ausrichten konnte. Und schon war er wieder bei dem Thema, das sie eigentlich meiden wollten: dem Tod.

Er versuchte, schnell das Thema zu wechseln. »Die Kangaroos spielen morgen in einem Benefizspiel gegen die Magpies«, sagte er.

Sophie hatte ihn durchschaut. Sie kannten sich bereits zu lang, als dass sie nicht jedes Ablenkungsmanöver ihres Mannes direkt hätte deuten können. »Schon gut, ich habe mich eingecremt. Faktor 50, du musst dir keine Sorgen machen«, sagte sie und nahm seine Hand.

Die beiden schlenderten den Weg hinauf zum Bahnhof Southern Cross Station, dem großen Fern- und S-Bahnhof in Melbourne. Nachdem sie in den Docklands ein wenig am Wasser spazieren gegangen waren und ein paar Jachten begutachtet hatten, die dort vor Anker lagen, war ihr Ziel nun das große Outletcenter im Bahnhof. Dort gab es einige nette Cafés und, ganz wichtig, eine Klimaanlage.

Benjamin und Sophie wollten sich ein paar schöne Tage in Melbourne machen. Und sie wollten vergessen. Den Tag vergessen, an dem vor genau fünfzehn Jahren ihre Tochter zusammen mit drei Freunden ums Leben kam. Von den Kindern fehlte nach wie vor jede Spur. Sie seien in einem Buschfeuer verbrannt, stand im Polizeibericht. Doch etwas an der Sache hatte Sophie nie zur Ruhe kommen lassen. Wenn es wenigstens Klarheit über das Schicksal der Kinder gegeben hätte, wären Sophie und Benjamin heute vermutlich viel ruhiger – und die Eltern der anderen Kinder natürlich auch. Aber so blieb ihnen nichts anderes übrig, als das Geschehene zu verdrängen und dazu einmal im Jahr, über den Jahrestag an Silvester, aus dem ländlichen Swan Hill in die Stadt zu flüchten.

Vergessen würden sie es nie, das hatten Sophie und Benjamin in den letzten Jahren akzeptiert. Der Psychologe, der sie nach dem Tod ihrer Tochter Ada für eine sehr lange Zeit betreute, hatte ihnen erklärt, dass es im Prinzip so sei, als zwänge man sich dazu, nicht an etwas Bestimmtes zu denken. Gerade dann denke man umso intensiver daran. Außerdem jährte sich der Tod der vier Kinder zum fünfzehnten Mal. Ein trauriges Jubiläum.

Benjamin und Sophie setzten sich in ein kühles Café im Outletcenter. Von dort hatten sie einen schönen Blick auf die belebte Bourke Street, die sich wie eine Ader pulsierenden Lebens mitten durch das Zentrum von Melbourne zog.

»Schön hier«, bemerkte Benjamin, dann holte er sich und seiner Frau einen Cappuccino.

Die beiden schwiegen. Das unausgesprochene Thema ihrer toten Ada stand zwischen ihnen wie eine Wand, die nur eingerissen werden konnte, wenn sie durch den Hammer der Worte bearbeitet wurde.

»Sie wäre heute achtundzwanzig Jahre alt«, sagte Sophie.

Benjamin verschluckte sich an seinem Cappuccino und stellte die Tasse weg. Er nahm Sophies Hand und streichelte sie mit dem Daumen. »Ja, das wäre sie«, sagte er. »Fünfzehn Jahre sind es jetzt.«

Sophie begann zu weinen, und Benjamin versuchte, das Thema zu wechseln.

»Lass nur«, schluchzte sie, »vielleicht ist es ganz gut, wenn wir mal darüber reden. Ich frage mich manchmal, wie sie heute aussehen würde. Was würde sie machen? Hätte sie schon Kinder? Wer wäre ihr Mann geworden?«

Benjamin drückte Sophies Kopf an seine Schulter. »Ich glaube nicht, dass es so gut ist, wenn du darüber zu viel nachdenkst. Du ziehst dich damit nur runter«, sagte er.

»Aber ich habe doch so viele Fragen«, schluchzte sie.

»Die haben wir alle, Sweetheart, die haben wir alle. Eines Tages werden wir eine Antwort finden.«

Benjamin war ein sehr gläubiger Mensch, und er war sich sicher, dass sie spätestens in einem Leben nach dem Tod erfahren würden, was genau mit ihrer Tochter und den anderen passiert war. Sophie glaubte nicht daran, was die Sache für sie noch unerträglicher machte. Sie nahm einen Schluck Cappuccino.

Eine junge Frau betrat das Café. Sie schien sehr vergnügt und zog einen Mann im gleichen Alter hinter sich her, mit dem sie sich angeregt unterhielt. Als Sophie in sein Gesicht blickte, traf sie der Schlag.

»Das ... das kann nicht sein«, keuchte sie. Ihr Atem ging schnell und flach.

»Was ist los mit dir, Sophie?«, fragte Benjamin besorgt.

Sophie konnte nicht antworten, denn sie rang immer noch nach Luft. Während sie hyperventilierte, wurde ihr schwarz vor Augen. Langsam begann sie von ihrem Stuhl herunterzugleiten. Benjamin sprang auf und verhinderte in letzter Sekunde, dass seine Frau auf den Boden prallte. Er versuchte, sie so gut wie möglich zu stabilisieren, und legte ihre Beine hoch, sodass ihr Blut zurück in den Kopf fließen konnte.

Inzwischen waren die Leute am Nebentisch auf die Szene aufmerksam geworden. »Können wir Ihnen helfen? Mein Mann ist Arzt, allerdings schon im Ruhestand«, bot eine ältere Dame an, die etwa fünfundsiebzig Jahre alt sein mochte. Ihr Mann hatte sich derweil bereits neben die japsende Sophie gekniet und fühlte ihren Puls. Danach machte er einige Untersuchungen, bei denen Sophie ihre Arme anheben, die Zunge herausstrecken und lächeln musste.

»Ich weiß nicht, was es ist, aber ein Schlaganfall scheint es schon mal nicht zu sein«, sagte der Mann, der danach sein Handy aus der Tasche holte und einen Rettungswagen rief. »Hat sie das öfter?«, fragte er Benjamin.

»Nein, das ist das erste Mal. Wir saßen hier und haben Kaffee getrunken, als meine Frau plötzlich etwas gesehen hat, was diese Reaktion bei ihr ausgelöst hat.« Der Arzt nickte, während seine Frau Sophie ein Glas Wasser reichte. »Was könnte das denn gewesen sein?«, fragte Benjamin.

»Nun ja, es sind heute über vierzig Grad Celsius draußen, da macht der Kreislauf selbst bei gesunden Menschen manchmal Probleme. Im Krankenhaus wird sie jetzt erst mal untersucht, und dann sehen Sie weiter.«

Das nette Ehepaar wartete noch, bis die Ambulanz Sophie eingeladen hatte. Benjamin bedankte sich freundlich bei den beiden und stieg dann mit in den Rettungswagen. Bis zum Royal Melbourne Hospital, dem nächstgelegenen Krankenhaus, waren es nur fünf Minuten. Sophie wurde direkt in die Notaufnahme gebracht, wo sie ein freundlicher junger Arzt in Empfang nahm und ihr einige Fragen stellte. Benjamin füllte derweil alle wichtigen Formulare aus, die für die Einlieferung seiner Frau nötig waren. Auf dem Rückweg zu Sophies Bett kam ihm der junge Arzt entgegen, der ihm erklärte, dass sie jetzt einige Untersuchungen machen würden, um alle schlimmen Krankheiten auszuschließen. Dieser bestätigte noch einmal, dass es sich nicht um einen Schlaganfall handelte und er von einer harmlosen Ursache ausgehe, was Benjamin ein wenig beruhigte.

Sophie lag in einem Krankenbett in einer kleinen Abteilung. Sie war an ein EKG angeschlossen, das ruhig und regelmäßig piepte. »Was machst du nur für Sachen?«, fragte er seine Frau und nahm ihre Hand.

»Ich weiß auch nicht. Auf einmal schlug mir das Herz bis zum Hals. Dann kribbelten meine Hände, ich bekam kaum noch Luft und mir wurde schwarz vor Augen.«

»Kannst du dich noch erinnern, warum das passiert ist?«, fragte Benjamin.

Sophie überlegte angestrengt. Dann fiel es ihr wieder ein. Das Piepen des EKGs wurde schneller, während Sophie sich auf ihrem Bett aufrichtete. Benjamin versuchte, sie zu beruhigen. »Im Café, da war ein Mann, der aussah wie Scott. Scott Lavery, verstehst du?«

Benjamin ging einen Moment in sich. Scott Lavery war einer der Jugendlichen, die mit Ada im Wald verschwunden waren. »Sweetheart, Scott ist vor fünfzehn Jahren zusammen mit den anderen gestorben. Außerdem wäre er heute knapp dreißig Jahre alt. Dass du ihn hier im Café erkannt hast, ist völlig unmöglich.«

Das Piepen des EKGs wurde wieder schneller, als Sophie antwortete: »Ich bin mir fast sicher, dass er es war. Ich weiß ja, wie er als Kind und Jugendlicher aussah. Und jetzt, fünfzehn Jahre später, *könnte* er so aussehen. Ich meine, ich bin mir sicher, dass er es ist, glaub mir!«

Benjamin atmete tief durch. Zu gern würde er seiner Frau glauben, doch er war sich sicher, dass sie heute im Café ein Gespenst gesehen hatte. Er wollte sie nicht verletzen, weshalb er diplomatisch versuchte, sie davon zu überzeugen, dass sie falschliegen musste. »Hör zu, es ist heute sehr heiß draußen, und da ist ein Sonnenstich nichts Ungewöhnliches. Dazu kommt, dass wir uns vorher über Ada unterhalten haben, und da könnte es doch sein …«

»… dass ich nicht mehr alle Tassen im Schrank habe? Na, vielen Dank!«, sagte Sophie und verschränkte die Arme.

Benjamin versuchte die Situation zu retten. »Ich sage ja nur, *dass* …«

Der Arzt betrat die Abteilung, und Benjamin verstummte. »Ich muss Ihre Frau jetzt entführen, wir fahren zum MRT, Sie können ruhig hierbleiben, es dauert nicht lang«, erklärte der Doktor, löste die Bremsen an Sophies Bett und schob mit ihr davon.

Benjamin nutzte die Minuten und dachte nach. Wie wahrscheinlich konnte es sein, dass Scott noch am Leben war? Immer wieder kam er zu dem Schluss, dass er diese Möglichkeit nicht wahrhaben wollte. Der Fall war abgeschlossen, und er hatte sich längst damit abgefunden, dass er keines der vier Kinder jemals wiedersehen würde.

Etwa eine halbe Stunde später kam der Arzt mit Sophie zurück. Wie erwartet, war das MRT unauffällig. Der Arzt erklärte, es handele sich seiner Ansicht nach um einen Nervenzusammenbruch, ausgelöst durch die psychische

Anspannung am Todestag der Tochter und einen Mann, der Sophie aufgrund seiner Ähnlichkeit mit einem der verschwundenen Kinder in die damalige Situation zurückkatapultiert habe. Zum Schluss empfahl der Arzt, dass Sophie die Nacht über zur Beobachtung im Krankenhaus bleiben sollte – nur, um sicherzugehen. Widerwillig stimmte Sophie zu.

»Ich habe gesehen, was ich gesehen habe – ich bin doch nicht verrückt!«, sagte Sophie, als der Arzt schließlich verschwunden war.

Benjamin wusste nicht so richtig, was er darauf antworten sollte. Deshalb sagte er lieber nichts. Ein Pfleger half Sophie, in einem Rollstuhl Platz zu nehmen, in den sie sich nur unter Protest setzte, und brachte sie in ein freies Zimmer.

»Schau mal, von hier oben hast du eine super Aussicht auf die Docklands!«, bemerkte Benjamin.

Sophie legte sich aufs Bett. »Versuch nicht, vom Thema abzulenken! Ich möchte, dass wir beide morgen zur Polizei gehen und sie bitten, herauszufinden, wer dieser Mann heute war«, sagte Sophie bestimmt.

»Na, die werden sich bedanken, einen fünfzehn Jahre alten Fall wieder aufzurollen!«, sagte Benjamin.

»Das werden sie wohl müssen. Du weißt, wie überzeugend ich sein kann«, insistierte Sophie.

Und natürlich wusste er das. Dennoch hoffte er, Sophie würde sich morgen wieder beruhigt haben.

Eine halbe Stunde später machte er sich auf den Weg ins Hotel, um Sophie frische Kleidung und die nötigsten Hygieneartikel für die Nacht zu holen. Er selbst fuhr später wieder ins Hotel zurück, da im Krankenhaus keine Gästebetten frei waren und er sich mehrmals versichert hatte, dass er seine Frau tatsächlich für die Nacht allein lassen konnte.

Benjamin lag lange Stunden wach in seinem Bett. Der Vorfall wollte ihm nicht aus dem Kopf gehen. Außerdem hatte er die Vergangenheit wieder aufgewühlt. Die Geschehnisse von damals waren ihm wieder genauso präsent wie vor fünfzehn Jahren. Es heißt, dass alles, was wir versuchen zu verdrängen, im Schlaf nach Aufmerksamkeit schreit. Offenbar hatte Benjamin das Verschwinden seiner Tochter nicht so gut verarbeitet, wie er immer gedacht hatte. Erst gegen Morgen schlief er endlich ein.

Die Sonne ging auf, und die verspiegelten Glasfronten der Wolkenkratzer in Melbournes Central Business District reflektierten die Strahlen direkt in Sophies Gesicht. Umgehend erhob sie sich aus ihrem Krankenbett, schlurfte schlaftrunken in die Nasszelle ihres Zimmers, machte sich frisch und zog sich an. Als die Schwester um sieben Uhr in das Zimmer kam, saß Sophie bereits abreisefertig auf einem Stuhl neben dem Fenster. »Sie sind aber früh dran! Haben Sie gut geschlafen?«, erkundigte sich die Schwester.

»Es geht so. Ich warte auf meinen Mann.«

Die Schwester kündigte an, dass ein Arzt Sophie später noch einmal untersuchen würde. Dann stellte sie ihr einen Plastikteller mit zwei Toastscheiben und etwas Aufschnitt auf den Tisch. Nach dem Frühstück – oder dem, was man im Krankenhaus so Frühstück nannte – kam der freundliche Arzt vom Vortag in Sophies Zimmer. Er kontrollierte ihren Blutdruck, stellte ihr einige Fragen zu den Körperfunktionen, gab ihr den Ratschlag, es die nächste Zeit etwas ruhiger angehen zu lassen, und entließ sie offiziell.

Etwas später kam Benjamin, um seine Frau abzuholen. »Was machen wir denn heute Schönes?«, fragte er. Kurz darauf musste er einsehen, dass sich seine Hoffnung nicht erfüllen würde, denn Sophie war immer noch überzeugt von ihrer Hypothese, am Vortag Scott Lavery gesehen zu haben.

»Wir nehmen uns jetzt ein Taxi und fahren zur Polizei«, sagte sie.

Benjamin hatte zu schlecht geschlafen und war zu müde, um jetzt eine Diskussion zu beginnen. Vermutlich würden die Beamten auf der Wache seiner Frau überzeugender klarmachen, dass es völlig unsinnig sei, die Ermittlungen wiederaufzunehmen. Benjamin war kein Jurist, doch vielleicht war es nicht einmal zulässig, einen Fall nach so langer Zeit noch einmal aufzurollen.

Er winkte ein Taxi heran, das prompt vor ihnen zum Stehen kam. Der Fahrer war offenbar indischer Abstammung, denn er trug einen Turban, wie die Sikhs ihn tragen, und hatte einen starken indischen Akzent. Er öffnete seinen Fahrgästen die Tür und verstaute Sophies Reisetasche im Kofferraum.

Das Victoria Police Center an der Flinders Street war ein hässlicher Betonklotz, den man nur ungern betreten wollte. Benjamin konnte verstehen, warum die Polizei sich ein neues, schickes Hauptquartier in den Docklands baute, auch wenn es mit seinen 230 Millionen Dollar Baukosten für Unverständnis unter den Einwohnern Melbournes sorgte. Er bezahlte den Taxifahrer, gab ein kleines Trinkgeld und betrat zusammen mit Sophie die Lobby des Polizeihauptquartiers durch eine große Drehtür. Am Schalter saß ein grimmig aussehender Officer. Er war Mitte fünfzig, hatte grau meliertes Haar und trug einen Schnauzer. Mit beiden Zeigefingern hackte er gerade etwas in die Tastatur, und das laute Klacken schallte durch die gesamte Lobby.

»Was kann ich für Sie tun?«, fragte er in einem unerwartet freundlichen Ton, als Sophie und Benjamin vor seinem Schalter auftauchten.

»Es geht um einen Mordfall«, sagte Sophie.

»Dann müssen Sie zum *Murder Squad*, vierter Stock, da vorne ist der Lift«, beschrieb der Officer.

»Eigentlich«, korrigierte Benjamin, »geht es um einen Mordfall, der bereits fünfzehn Jahre in der Vergangenheit liegt.«

Für seinen Einwurf erntete Benjamin einen bösen Blick von Sophie.

»Kein Problem, das Stockwerk bleibt dasselbe«, sagte der Officer und lächelte.

Benjamin und Sophie fuhren mit dem Aufzug in den vierten Stock. Sophie war eingeschnappt wegen Benjamins Kommentar und redete während der Fahrt kein Wort mit ihm. Oben angekommen, marschierte sie voran und versuchte, sich zurechtzufinden. Benjamin folgte ihr und schaute orientierungslos nach links und rechts. Außer einem langen Flur mit vielen gläsernen Büros war hier nichts und niemand zu sehen. Offenbar war es bei der Polizei zwischen den Feiertagen genauso ruhig wie im Rest des Landes. Es dauerte eine Weile, bis schließlich ein Officer aus einem der Büros kam. Er schien recht erstaunt zu sein, als er Benjamin und Sophie auf dem Flur entdeckte. Er kam auf sie zu und begrüßte sie mit der gewohnt offenen und freundlichen australischen Art. »Hey, Mates, haben Sie sich verlaufen?«

»Nein, wir sind hier doch richtig beim *Murder Squad*, oder?«, fragte Sophie.

»Ja, goldrichtig, was kann ich für Sie tun?«

»Wir möchten ein paar Angaben zu einem Mordfall machen«, erklärte Sophie und schaute Benjamin dabei böse an, sodass er gar nicht erst auf die Idee kam, noch einmal einen blöden Kommentar abzugeben.

»Dann gehen Sie am besten zu Chief McDermott. Ihr habt Glück, normalerweise macht er zwischen den Feiertagen Urlaub, aber in diesem Jahr hat er Stress mit seiner Frau. Folgen Sie mir einfach!«

In diesem Moment hielt der Lift wieder auf ihrem Stockwerk. Die beiden Edelstahltüren öffneten sich und eine junge Frau trat heraus.

»Einen Augenblick, ich bin sofort wieder da«, vertröstete der Officer die Frau, die mit einem britischen Akzent zu verstehen gab, dass ihr das Warten nichts ausmache und sie ohnehin keinen Termin habe.

»Herein!«, knurrte die Stimme aus dem einzigen Büro auf dem Flur, das durch eine Holz- und keine Glastür vom Flur getrennt war.

Der Officer hielt Benjamin und Sophie die Tür auf. »Chief, die Herrschaften möchten eine Aussage in einem Mordfall machen«, sagte der Officer und verließ den Raum.

Sophie stellte sich und Benjamin vor, während der Chief sie bat, vor seinem Schreibtisch Platz zu nehmen. Er selbst pflanzte sich wieder genüsslich in seinen Sessel, den er mit seinem korpulenten Körper ganz ausfüllte. Nachdem sein Kopf auf dem Doppelkinn die richtige Position gefunden zu haben schien, verschränkte er die Arme vor dem dicken Bauch und blickte Sophie und Benjamin fragend an.

»Vielen Dank, dass Sie sich Zeit nehmen«, brachte Sophie schließlich hervor, die ein wenig nervös war.

Der Chief versicherte ihr mit einer beschwichtigenden Handbewegung, dass in der Zeit zwischen Weihnachten und Silvester sowieso nicht allzu viel zu tun sei und er sich deshalb gern ein paar Minuten Zeit nehme, um sich ihrem Anliegen zu widmen.

Sophie beruhigte sich. Sie erzählte dem Chief alles, was sich in ihrer Erinnerung vor fünfzehn Jahren in Swan Hill zugetragen hatte. Von den vier Jugendlichen, die sich für den Jahreswechsel 1999 ins neue Millennium etwas Besonderes hatten einfallen lassen und zelten gegangen waren. Von dem Buschfeuer, das in der Silvesternacht ausbrach und den gesamten Wald erbarmungslos niederbrannte. Während sie erzählte, füllten sich ihre Augen mit Tränen. Benjamin nahm ihre Hand. Sophie erinnerte sich, dass die Polizei ihnen erzählt hatte, man habe die

Leichen nie gefunden, weil das Feuer sie vollständig verbrannt habe. Sophie beschrieb ihre Tochter und die drei anderen, die sie seit diesem Tag nicht mehr gesehen hatte und die sie jede Nacht in ihren Träumen vor sich sah.

»Entschuldigen Sie, dass ich Sie unterbreche, aber der Fall liegt fünfzehn Jahre zurück! Warum kommen Sie ausgerechnet jetzt zu uns?«, unterbrach McDermott, der sich während Sophies Ausführungen keinen Millimeter bewegt hatte und sich jetzt einmal kurz am Kopf kratzte.

»Das wollte ich als Nächstes erzählen. Gestern habe ich im Café einen jungen Mann gesehen, von dem ich glaube, dass er einer der Vermissten ist. Scott Lavery.«

Der Chief schaute Sophie ungläubig an. »Sind Sie sicher?«, fragte er.

Sophie nickte.

McDermott dachte eine Weile nach. Dann zwängte er sich aus seinem Sessel. »Wissen Sie was, ich werde mal kurz zu dem Computer hinübergehen, in dem die alten Akten archiviert sind. Bitte warten Sie kurz hier. Swan Hill im Jahr 2000, sagten Sie, oder?«

Benjamin und Sophie nickten bestätigend.

McDermott ging auf den Flur und schloss die Tür hinter sich. Er fischte eine Zigarette aus seiner fast leeren Schachtel, zündete sie an und nahm ein paar tiefe Züge. Er hatte nicht vor, in einem Computer, der nicht einmal existierte, nach einem längst abgeschlossenen Fall zu suchen. Er kannte diese Sorte von Leuten: Landeier, die der Polizei in der Provinz nichts zutrauten und deshalb Jahre später bei den Profis auftauchten, um hoffnungslose Fälle noch einmal aufrollen zu lassen. Doch nicht mit ihm – dazu war die Polizei zu dünn besetzt. Nach der Zigarette würde er wieder in sein Büro gehen und die beiden Landeier mit einer Ausrede abwimmeln. Er würde ihnen versprechen, sich in den nächsten Wochen nach eingehender

Prüfung der Akten wieder bei ihnen zu melden. Nach seiner Erfahrung waren solche Fälle damit erledigt.

»Entschuldigung, sind Sie zufällig Chief McDermott?«

Der Chief erschrak fast zu Tode, als plötzlich die junge Frau hinter ihm auftauchte. Er wandte sich um und blickte in die gutmütigen Augen einer Frau mit langen roten Haaren und offenbar britischer Herkunft, wie ihr Akzent verriet. »Genau der bin ich. Was kann ich für Sie tun?«

»Wir haben telefoniert, ich bin Rachel Buchanan. Die britische Kollegin, die am BAPEP teilnimmt.«

Das BAPEP, das »British-Australian Police Exchange Programme«, war ins Leben gerufen worden, damit die britischen und australischen Polizeibehörden durch enge Kooperation wertvolle Erfahrungen austauschen und davon gegenseitig profitieren konnten. In der Praxis sah diese Zusammenarbeit so aus, dass für einen gewissen Zeitraum, meistens für sechs Monate, Polizeibeamte aus Großbritannien in Australien und umgekehrt Dienst taten und für alles abgestellt wurden, wozu das Stammpersonal keine Lust hatte. Für Rachel, deren Lebenstraum es war, eine Zeit in Australien zu leben und zu arbeiten, war das BAPEP jedoch ein richtiger Glückstreffer. Gleichzeitig bedeutete es für sie ein Ticket aus der Hölle, die sie im letzten Jahr durchlebt hatte.

»Ach, Sie sind das!«, stieß McDermott hervor. »Ich hatte Sie nicht vor Beginn des neuen Jahres erwartet.« McDermott hatte noch nicht viele Officer im Rahmen des Austauschs betreut. Tendenziell machte auch er sich immer ein wenig Sorgen, ob er seine Kollegen aus Großbritannien mit sinnvoller Arbeit beschäftigen konnte.

»Sorry, mein Flieger ist gestern schon gelandet, und ich wollte die ruhigen Tage nutzen, mich einmal hier vorzustellen«, entschuldigte sich Rachel.

»Das ist in Ordnung. Und hören Sie auf, sich zu entschuldigen, Sie sind hier nicht in Großbritannien. In Australien laufen die Dinge etwas anders, gewöhnen Sie sich daran!« McDermott klopfte Rachel auf die Schulter. »Wo genau kommen Sie her?«

»London.«

»Verstehe. Dann seien Sie mal froh, dass Sie in Melbourne und nicht in Sydney gelandet sind. Hier geht es noch etwas europäischer zu als bei den Hippies drüben in New South Wales.«

Rachel hatte über die Rivalität zwischen Melbourne und Sydney gelesen. Und sie hatte gehört, dass diese Hassliebe mitunter seltsame Blüten trieb. Doch ihr war es egal, ob Sydney den schöneren Hafen hatte oder Melbourne über Gebäude mit der stilvolleren Architektur verfügte. Rachel kümmerte sich nicht darum, ob sich in Sydney ein bekanntes Monument an das andere reihte oder Melbourne mit Kunst an jeder Ecke aufwartete. Und sie wollte auch nichts davon wissen, ob die Bewohner von Sydney sich für die glücklicheren hielten, während die Bürger Melbournes für sich einen höheren Intelligenzquotienten beanspruchten. Rachel wäre, wenn nötig, sogar ins Outback gegangen. Die Hauptsache war doch, dass sie am geografischen Ziel ihrer Träume angelangt war: Down Under.

»Ich würde vorschlagen, wir unterhalten uns später weiter. Ich habe bei mir noch zwei Leute sitzen. In der Zwischenzeit machen Sie es sich am besten gemütlich und holen sich einen Kaffee. Die Teeküche ist den Flur hinunter. Sie gehören ja jetzt quasi zur Familie.«

McDermott ging in sein Büro zurück und ließ sich in seinem Chefsessel nieder. Benjamin und Sophie saßen noch genauso da, wie er sie zurückgelassen hatte – nur mit dem Unterschied, dass Sophie bitterlich weinte. Eigentlich hatte McDermott geplant, jetzt seinen Monolog über die Aktensichtung zu halten und die beiden wieder nach Hause zu schicken. Doch als er nun Sophie ansah, oder besser das Häufchen Elend, das in den Armen ihres Mannes kauerte, bekam er doch Mitleid. McDermott überlegte einen Augenblick. »Ich habe die Akte gefunden. Ich werde mir über Silvester Zeit nehmen und sie mir einmal genau anschauen. Danach werde ich jemanden zu Ihnen rausschicken.«

Sophies Miene erhellte sich schlagartig. Sie sprang aus dem Stuhl auf und riss förmlich an McDermotts Hand, die sie vor Dankbarkeit wild schüttelte. Danach fiel sie Benjamin um den Hals. Beim Verlassen des Büros bedankten sie sich noch mehrere Male beim Polizeichef.

»Siehst du, es hat sich doch gelohnt«, sagte Sophie im Lift zu ihrem Mann, der nur anerkennend nickte.

Derweil legte McDermott in seinem Büro zufrieden die Füße auf den Schreibtisch und verschränkte die Arme hinter dem Kopf. Heute hatte er jedenfalls zwei Menschen eine Freude gemacht. Dabei hatte er kein leeres Versprechen abgegeben. Er wusste schon, wen er im neuen Jahr auf eine erste Mission ins Outback schicken würde.

KAPITEL 2

Swan Hill, Dezember 1999

Ada ging in die Knie, suchte nach einem möglichst flachen Stein und hob ihn auf. Sie wog ihn in der Hand und inspizierte ihn noch einmal prüfend.

»Gib dir keine Mühe, das wird sowieso nichts«, flachste Matt und pikte Ada zum Spaß in die Seite, weil sie dann immer so lustig schrie, wie er fand. Das war auch diesmal der Fall. Lynn, Scott und er selbst lachten auf.

»Ich werf dir gleich den Stein an den Kopf, wenn du nicht aufhörst!«, erwiderte Ada und hob drohend den Stein. Als sich Matt endlich hingesetzt hatte, peilte sie mit einem Auge das Wasser an, holte aus und ließ den Stein über den Murray River schlittern. Viermal ditschte er auf. Die anderen klatschten.

»Jetzt bin ich dran«, erklärte Scott und hob einen Stein auf, der eher einem Katzenkopf glich und den anderen denkbar ungeeignet vorkam. Er holte aus und schleuderte ihn ins Wasser. Dabei traf er eine Wildgans, die gerade vorbeischwamm.

»Sag mal, spinnst du?«, rief Ada und schlug Scott sehr unsanft auf die Schulter.

Zuerst starrte Scott sie mit seinen dunklen, fast schwarzen Augen nur schweigend an. »Was hast du denn? Ist doch nur ein Tier!«, sagte er schließlich.

Ada reagierte empört. »Was heißt denn ›nur ein Tier‹? Eine alte Sage der Ureinwohner überliefert, dass du am Ende deines Lebens an allen Tieren vorbeigehst, denen du begegnet bist. Sie entscheiden, ob du den Weg zum Himmel weiter beschreiten darfst. Glaubst du, diese Wildgans würde dich vorbeilassen?«

Scott machte eine abfällige Handbewegung. »Himmel. Gott. An den Quatsch glaube ich nicht. Mein Dad sagt immer, dass …«

»… dein Dad!«, schnitt Ada ihm das Wort ab. »Kannst du dir auch mal deine eigene Meinung bilden oder macht das immer nur dein Vater für dich?«

Matthew unterbrach die beiden und versuchte, vom Thema abzulenken. »Bitte streitet euch nicht. Lasst uns lieber überlegen, was wir an Silvester machen.«

»Das haben wir doch schon. Wir gehen in den Wald campen«, mischte sich Lynn, die sich bisher vornehm zurückgehalten hatte, in das Gespräch ein.

Ada protestierte. »Das haben wir noch gar nicht beschlossen, das war nur eine Idee!«

»Ich finde die Idee gut. Silvester im Wald mit Freunden campen, wieso nicht?«, bemerkte Matthew, und Scott stimmte ihm zu.

Lynn freute sich innerlich, denn damit war Ada überstimmt. Sie fürchtete sich davor, Silvester zu Hause zu sein. Alle Feiertage allein mit ihrem Dad waren eine Qual. Weihnachten reichte ihr schon wieder völlig.

Doch Ada, die ihre Freunde für den Jahreswechsel auch gern bei sich zu Hause bei einem Barbecue gesehen hätte, gab sich noch nicht geschlagen. »Und was ist, wenn Silvester wirklich die Welt untergeht? Im Moment reden ja alle von dem

Millenniubug und dass alle technischen Geräte um Mitternacht explodieren und alle sterben. Ich glaube, wenn das passiert, würde ich lieber zu Hause sein.«

Scott lachte laut auf. »Du glaubst doch wohl nicht im Ernst, was die im Fernsehen sagen. Streng mal dein Gehirn an!«, sagte er abfällig.

»Du glaubst auch alles, was dein Dad sagt. Streng mal lieber *dein* Gehirn an!«

Matthew schlichtete erneut die Situation und schlug vor, über den Silvesterabend abzustimmen. Ada verlor, aber die anderen beschlossen, dass sie sich dafür den Zeltplatz aussuchen durfte. Im Kopf ging sie alle ihr bekannten schönen Stellen durch, die sie beim Spielen oder Spazierengehen in der Vergangenheit entdeckt hatte. Ihr fiel kein richtiger Platz ein, weshalb sie Scott entscheiden ließ, der eine gute Idee hatte: »Wir zelten in New South Wales, auf der anderen Seite des Murray«, sagte er.

Der Murray River war durch seinen Fischreichtum nicht nur eine wichtige Einnahmequelle für die Stadt Swan Hill und natürlich eine wichtige Lebensader im trockenen Outback, sondern markierte darüber hinaus auch die Grenze zwischen den australischen Bundesstaaten Victoria und New South Wales. Gleichzeitig war er einer der wichtigsten Flüsse in Australien überhaupt.

»Gut, dann gehen wir in den nächsten Tagen am besten mal bei euch einkaufen«, sagte Matthew zu Ada. Ihr Vater Benjamin führte den größten Supermarkt in Swan Hill. Wenn es Anlässe wie Geburtstage oder Silvesterfeiern gab, bekamen Adas Freunde und sie selbst stets einen Nachlass.

»Für den Alkohol müssen wir uns aber was einfallen lassen. Das Zeug können wir ja schlecht auch im Bottleshop deines Vaters kaufen. Der zeigt uns mit Sicherheit den Vogel«, bemerkte Lynn.

Die vier waren erst dreizehn beziehungsweise vierzehn Jahre alt, und Benjamin Jennings war recht streng, wenn es um Kinder und Alkohol ging.

»Da wird uns schon was einfallen«, sagte Scott. »Silvester wird für uns alle unvergesslich, macht euch darum keine Sorgen!«

Melbourne, Januar 2015

Rachel drückte zum wiederholten Mal auf die Sendersuchlauftaste an ihrem Autoradio. Sie hatte keine Ahnung von australischen Radiosendern. Am Ende blieb sie bei 107,5 FM hängen, weil sie dort offenbar die aktuellste Musik spielten. Später erfuhr sie, dass das die Frequenz von »Triple J« war, dem jungen Sender der ABC. Damit dürfte sie die nächsten vier Stunden auf der Landstraße im Hinterland ganz gut rumkriegen.

Das war also ihr erster Job im Austauschprogramm: die Untersuchung eines längst abgeschlossenen Falls von vier verschwundenen Jugendlichen in einer australischen Kleinstadt. Ein Fall, der bereits fünfzehn Jahre zurücklag. Besser könne man das echte Australien nicht kennenlernen, hatte McDermott während ihres ersten Treffens vor rund einer Woche gesagt. Das war noch im alten Jahr. Damit hatte er versucht, Rachels Mission in der buchstäblich letzten Ecke von Victoria schönzureden. Obwohl das gar nicht notwendig gewesen wäre. Rachel war gut gelaunt und offen für alles, was sich ergab – egal ob in der Metropole oder im Outback. Bedenklicher war die Tatsache, dass sie zu dem Fall nichts Näheres wusste. Sie hatte einen ganzen Tag lang im Archiv des Victoria Police Center verbracht, um eine Akte, einen Vermerk oder sonst eine Information zu dem Fall zu finden. Vergeblich. Das Gesetz schrieb vor, dass solche Fälle zentral in der Hauptstadt des jeweiligen Bundesstaates archiviert wurden, doch jemand hatte da wohl geschlampt. Das sei nicht ungewöhnlich, hatte McDermott gesagt. Damals habe man es mit der Archivierungspflicht in einigen Außengebieten noch nicht so streng genommen, und das Internet sei auch noch nicht so verbreitet gewesen. Heute sehe das natürlich ganz anders aus. Da könne keiner mehr auch nur einen Furz lassen, ohne dass es jemand mitbekäme.

Je weiter sich Rachel von Melbourne entfernte, desto einsamer wurde es. Bemerkenswert fand sie die rote Erde, von der sie so viel gehört hatte und die dem Land seinen Charakter verlieh. Nach etwa eineinhalb Stunden Fahrt lag auf der Straße ein totes, platt gefahrenes Känguru. Da ihr gerade ein Auto entgegenkam, konnte sie nicht ausweichen und musste noch einmal über das Tier fahren. Eine weitere halbe Stunde später erreichte sie die letzte größere Stadt vor Swan Hill: Bendigo. Sie überlegte kurz, ob sie hier einen Zwischenstopp einlegen sollte, um sich ein wenig umzusehen. Von Bendigo hatte sie bereits in England gelesen. Die Stadt wurde 1855, mitten in der Zeit des Goldrauschs, gegründet. Innerhalb von Wochen waren Tausende von Goldsuchern dorthin gekommen, und bis 1870 war Bendigo sogar die wichtigste Goldlagerstätte der Welt. Rachel entschied sich weiterzufahren. Aber das Schicksal war offenbar anderer Meinung. Kurz vor dem »Farewell«-Schild leuchtete die Reifendruck-Warnlampe an Rachels Wagen auf. Sie hielt am Straßenrand an, stieg aus und ging einmal um den Wagen herum. Das linke Vorderrad hatte bereits die Hälfte der Luft verloren. Rachel fluchte laut. Sie holte ihr Handy aus der Tasche und rief den Pannenservice, der nach einer Dreiviertelstunde kam und sie in die nächste Werkstatt schleppte. Glücklicherweise hatte sie sich beim Abschluss des Mietvertrags für eine Reifen- und Scheinwerferversicherung entschieden, weshalb der Polizei von Victoria der Schaden nun billiger kommen würde.

»Können Sie den Reifen flicken?«, fragte Rachel vorsichtig, als sie zusammen mit dem Mechaniker unter dem aufgebockten Wagen stand. Der Mechaniker pulte mit seinem Schraubenzieher in einem relativ großen Loch inmitten der Lauffläche des Reifens herum und zog einen bröckeligen weißen Gegenstand heraus.

»Sind Sie über irgendwas drübergefahren?«, fragte der Mechaniker.

»Ja, da war ein totes Känguru auf der Straße. Vor etwa einer halben Stunde«, erklärte Rachel.

»Dann war das hier wohl seine späte Rache«, sagte der Mechaniker und hielt Rachel den weißen Gegenstand vor die Nase.

»Was ist das?«, wollte sie wissen und betrachtete den Gegenstand prüfend.

»Das ist ein Stück Knochen. Es hat sich in Ihren Reifen gebohrt. Da ist leider nichts mehr mit Flicken. Das geht vielleicht bei einem Nagel oder so, aber der Knochen hat ganze Arbeit geleistet.«

Rachel stimmte zu, dass der Mechaniker zwei neue Vorderreifen aufzog. Sie zahlte mit ihrer Kreditkarte, bedankte sich bei dem freundlichen Mechaniker, der beteuerte, dass er so etwas noch nie in einem Reifen gefunden hatte, und setzte ihre Fahrt Richtung Swan Hill fort. Wenn nichts mehr dazwischenkam, dürfte sie in zwei Stunden da sein.

Rachel hatte es nicht für möglich gehalten, dass die Gegend noch einsamer werden konnte als vorher. Vor ihr lag nichts als endlose Weite. Immer wieder musste sie aufpassen, nicht hinterm Steuer einzuschlafen. Zwischendurch hatte sie schon die Befürchtung, morgens zu viel von ihren Antidepressiva genommen zu haben, auf die sie seit einiger Zeit angewiesen war, um den Weg zurück ins Leben zu finden. Rachel hatte ein anstrengendes Jahr hinter sich – um nicht zu sagen, das härteste Jahr ihres Lebens.

Auf dem Highway erschien jetzt zum ersten Mal ein Schild, das auf ihr Ziel hinwies. Swan Hill – 150 km. Plötzlich stockte ihr der Atem. Am Straßenrand stand ein kleiner Junge. Er war vielleicht vier oder fünf Jahre alt und lief ganz allein die Straße entlang. Sie fuhr an ihm vorbei und parkte am linken Straßenrand. Rachel schaute in den Rückspiegel. Der Junge blieb stehen und blickte Rachel durch den Spiegel an. Das konnte nicht sein! Rachels Herz begann, schneller zu schlagen. Sie löste ihre zitternden Hände vom Lenkrad und öffnete die Fahrertür. Zögernd stieg sie aus dem Wagen und guckte zu dem Jungen hinüber. Er war weg. Rachel rieb sich die Augen und vergewisserte sich noch einmal, doch da, wo der Kleine einige Sekunden zuvor gestanden hatte, war nur rote Erde. Sie ging vorsichtig hinters Auto und schaute, ob er sich vielleicht herangeschlichen und hinterm Kofferraum versteckt hatte, doch da war nichts.

Nach einigen Minuten, in denen sie noch mehrere Hundert Meter vor und hinter dem Auto absuchte, kehrte sie zum Wagen zurück und setzte ihre Reise fort. Was war das? Sie hätte schwören können, dass sie soeben Tom gesehen hatte. War das möglich? Nein. Wahrscheinlich hatte ihr Gehirn ihr einen Streich gespielt. Die ersten Wochen, in denen das Haus ohne Tom so leer war, hatte sie oft geglaubt, helles Kinderlachen zu hören, das es nicht gab. Doch nie zuvor hatte sie etwas gesehen, das nicht da war. Rachel hoffte, es würde nicht noch einmal vorkommen. Vorerst würde sie jedenfalls niemandem davon erzählen. Es reichte, wenn sie sich selbst für verrückt hielt, und sie wollte nicht am Ende noch ihre Laufbahn bei der Polizei gefährden. Vielleicht waren es ja auch nur die Nebenwirkungen der Medikamente.

Die Straße nach Swan Hill führte Rachel durch ein paar sehr kleine Dörfer, die nicht einmal den Namen »Ortschaft« verdient hatten. Was ihr in jeder einzelnen von ihnen auffiel, waren überdimensionierte Pappmascheefiguren. Mal war es ein riesiger Hummer, mal eine große Banane, einmal ein Känguru. Die Australier schienen Riesenfiguren zu mögen.

Endlich sah Rachel in der Ferne das Ortsschild von Swan Hill, das langsam immer größer wurde. Faszinierend. Eine Stadt von knapp 10 000 Einwohnern mitten im Nirgendwo. Als sie das Schild passierte, überkam sie ein eigenartiges Gefühl. Es war ihr, als würde sie hier von jemandem erwartet. Als würde jemand sie beobachten.

Swan Hill schien für Rachel keine Struktur zu haben, zumindest gab es kein Zentrum, wie man es in Europa erwarten würde. Sie fuhr bis zu einer Stelle, die einer Stadtmitte am nächsten kam: einer langen Straße, an der links und rechts Shops aneinandergereiht waren. Rachel stellte den Wagen vor einem Bottleshop ab und öffnete die Fahrertür. Ein Schwall warmer, nein, heißer Luft schlug ihr entgegen. Das Thermometer im Auto zeigte 42 Grad Celsius. Es waren nur wenige Menschen unterwegs. Die wenigen aber schauten erst skeptisch auf das Nummernschild und musterten Rachel dann abschätzig. Auf den ersten Blick waren die Bewohner Swan Hills im Gegensatz zu den übrigen Australiern, die Rachel bisher kennengelernt hatte, so gar nicht australisch: keine Offenheit, keine Freundlichkeit und voller Misstrauen gegenüber Fremden.

Rachel beschloss, sich erst einmal in der Stadt umzusehen, bevor sie ihre Unterkunft aufsuchte. Die Sonne brannte erbarmungslos vom Himmel, und auch der Bürgersteig unter ihren Füßen strahlte eine ungeheure Hitze ab. Alles unter Sonnenschutzfaktor 50 wäre fahrlässig gewesen. Das hatte sie schon an ihrem ersten Tag in Melbourne schmerzhaft erfahren müssen, als sie nach einer halben Stunde in der Sonne mit schwachem Schutz direkt verbrannt war. Diesmal hatte sie vorgesorgt.

Swan Hill wirkte wie eine Geisterstadt, über der eine stickige Dunstglocke schwebte. Ein paar Hundert Meter weiter hielt sie inne. Sie musste innerlich schmunzeln. In der Mitte eines Platzes stand ein über zehn Meter großer bunter Fisch aus Pappmaschee. Swan Hill reihte sich konsequent in die Liste der Orte ein, die Rachel auf dem Weg mit einer ähnlichen Figur überrascht hatten. Sie trat näher und inspizierte das Schild, das vor der Skulptur in den Boden eingelassen war. Bei dem Riesenfisch handelte es sich um einen Murray-Dorsch, der im hiesigen Fluss von den Fischern gefangen wurde. Er galt offenbar als Symbol für den Reichtum Swan Hills.

Von Weitem sah Rachel eine Gestalt auf sich zukommen. Genauer gesagt torkeln. Dann erkannte sie, dass es sich um einen Mann handelte. Und im Näherkommen stellte sie fest, dass es sich um einen Aborigine handelte. Rachel hatte viel von den Ureinwohnern Australiens und deren Kultur gelesen, aber begegnet war sie noch keinem. Der Mann kam direkt auf Rachel zu. Er schwankte ganz offensichtlich, weil er zu viel Alkohol oder sonstige Drogen zu sich genommen hatte. Einen halben Meter vor Rachel blieb er stehen. Er blickte ihr direkt ins Gesicht und brabbelte wirres Zeug.

»Guten Tag, geht es Ihnen gut?«, fragte Rachel.

Der Mann brabbelte weiter. Schließlich spuckte er Rachel ins Gesicht. Völlig perplex wich sie einen Schritt zurück und wollte intuitiv, wie sie es von diversen Einsätzen bei der Metropolitan Police gewohnt war, nach ihrem Schlagstock greifen, aber den hatte sie im Wagen gelassen. Sie wischte sich den Speichel des Mannes aus dem Gesicht. Als er ein paar Schritte auf sie zuging, beschloss sie, nicht auf Konfrontation zu gehen. Sie wandte sich einfach um und ging. Doch der Mann verfolgte sie. Jetzt hatte sich das Brabbeln in ein Schreien verwandelt, sodass Rachel seine Worte ausmachen konnte – zumindest glaubte sie das. Es sagte irgendetwas mit »Scheißweiße«. Den Rest verstand sie nicht, aber es klang nicht viel netter. Rachel beschleunigte ihren Schritt, der Mann ebenfalls. Er fing an, hinter ihr her zu spucken, und Rachel war sich nicht mehr sicher, was sie tun sollte. Sie wollte nicht als erste Amtshandlung in Swan Hill einen betrunkenen Ureinwohner stellen oder gar Gewalt anwenden. Inzwischen war Rachel wieder an der Einkaufsmeile angelangt. In der Mitte der Straße entdeckte sie eine Bar, die geöffnet zu sein schien. Sie eilte darauf zu und stürzte hinein. Der Mann versuchte ihr zu folgen, doch Rachel versperrte die Tür mit ihrem Fuß.

Plötzlich ertönte eine Stimme hinter ihr. Sie gehörte einem Mann mittleren Alters, der offensichtlich in der Bar arbeitete. »Ach, schau mal an!«, sagte er. Dann langte er unter die Theke und holte eine zweiläufige Schrotflinte hervor, mit der er zur Tür rannte. Rachel trat einen Schritt zur Seite und gab den Durchgang frei. Draußen hielt der Bartender dem Aborigine die Schrotflinte auf die Brust und drohte damit, ihn zu erschießen, falls er nicht augenblicklich das Weite suche. Der Aborigine zeigte sich uneinsichtig und begann, den Bartender zu beleidigen. Der Disput wurde erst beendet, als wie aus dem Nichts ein alter Mann, ebenfalls ein Ureinwohner, auftauchte und den Störenfried wegschaffte.

»Ist alles in Ordnung bei Ihnen?«, erkundigte sich der Bartender bei Rachel, während er die Flinte wieder unter der Theke verstaute.

Rachel nickte.

»Die Flinte habe ich noch nie gebraucht, sie dient nur zur Abschreckung«, erklärte der Mann. »Bei den Fabos muss man höllisch aufpassen.«

»Was sind denn Fabos?«, fragte Rachel in ihrem typischen Londoner Akzent.

»Verstehe, Sie sind nicht von hier. Das steht für ›fucking Abos‹. Eine sehr treffende Bezeichnung für die Wilden.« Rachel schaute den Mann etwas fassungslos an. Er streckte ihr die Hand entgegen und stellte sich vor: »Thomas Bowman, schön, Sie kennenzulernen.«

»Rachel Buchanan, angenehm«, sagte sie und hielt die Information, dass sie im Auftrag der Polizei hier war, bewusst zurück. Auch als Bowman sich freundlich erkundigte, was sie in die Gegend verschlage, wich sie geschickt aus. Die Leute hier würden noch früh genug erfahren, was sie in der Stadt suchte – spätestens dann, wenn sie die Bewohner zu den Vorgängen vor fünfzehn Jahren befragte. Stattdessen fragte Rachel Thomas, wo sie ihre Unterkunft, die »Sunshine Lodges«, finden könne. Thomas erklärte ihr den Weg und gab ihr augenzwinkernd den Tipp mit auf den Weg, dass man bei ihm am besten essen könne. Draußen schaute Rachel sich die Bar noch einmal an, denn in der Eile hatte sie den Namen der Bar nicht gesehen: »The Lame Kangaroo«. Das würde sie sich ohne Probleme merken können.

Die Sunshine Lodges lagen ein Stück außerhalb, waren aber leicht zu finden, da Rachel einfach nur dem Fluss folgen musste. Die Anlage bestand aus einem großen Verwaltungsgebäude und zwölf kleinen Häuschen, die sich dahinter auf einer Rasenfläche befanden. Diese erstreckte sich bis zum Wasser. Das mit dunklen Schindeln gedeckte große Gebäude hatte eine Wand aus hellem Holz, der Rest war aus braunem bis schwarzem Naturstein. Die kleinen Häuschen waren im gleichen Stil gehalten. Alles machte einen sehr einladenden Eindruck.

Rachel parkte den Wagen auf dem weißen Schotterplatz vor dem Eingang und betrat das Gebäude. Die Rezeption war nicht besetzt, doch nachdem sie die Klingel auf der Theke betätigt hatte, kam eine rundliche Frau mit roten Locken aus der Tür hinter der Rezeption. »Hi, Sweetheart, willkommen in den

Sunshine Lodges, was kann ich für Sie tun?«, fragte die Frau freundlich.

»Hi, ich hatte reserviert. Auf den Namen Buchanan.«

Die Frau, die sich als Suzie vorstellte, wirkte so aufgeschlossen wie bisher niemand, den sie in Swan Hill gesehen hatte. Während sie leise ein Lied in sich hinein summte, schaute sie in ihren Unterlagen nach und hakte Rachels Namen ab. Der Liste nach zu urteilen, war Rachel der einzige Gast in der gesamten Anlage.

Suzie nahm Schlüssel Nr. 11 vom Schlüsselbrett und bat Rachel, ihr zu folgen. Während sie auf eine der letzten beiden Hütten ganz hinten am Fluss zugingen, erzählte Suzie, dass momentan nicht viel los sei, weil die meisten Gäste nach Neujahr bereits wieder abgereist seien. Suzie schloss die Lodge auf und zeigte Rachel alles. Die etwa vierzig Quadratmeter große Hütte bestand aus einem einzigen Raum, der allerdings sehr gemütlich eingerichtet war mit einem großen Bett, einer Küchenzeile, einem Ledersofa und einem kleinen Glastisch davor. Sogar einen kleinen Kamin gab es, den Rachel bei den Außentemperaturen jedoch mit Sicherheit nicht anfeuern würde.

»Wenn Sie etwas brauchen, sagen Sie einfach Bescheid, Sweetheart. Vorne im Haupthaus ist bis zehn Uhr abends immer jemand. Und damit meine ich immer mich«, erklärte Suzie und lächelte dabei. »Oh, und noch etwas. Wenn Sie es nachts rascheln hören, dann erschrecken Sie bitte nicht. Das ist höchstwahrscheinlich ein Känguru, das nach Müll oder etwas Essbarem sucht. Leider sind die Biester nachtaktiv, aber daran werden Sie sich schnell gewöhnen.« Dann ging Suzie zurück ins Haupthaus.

Kängurus also. In Europa galten sie als interessante, fremdartige Tiere. Hier, das hatte sie schon mitbekommen, waren sie offenbar nicht sehr beliebt. Rachels erste Begegnung mit der Spezies war auch nicht gerade glücklich gewesen, wenn sie an ihre Reifenpanne dachte. Doch sie wollte ihnen noch eine Chance geben. Vielleicht waren sie ja doch keine Plage.

Nachdem sie ihren Koffer verstaut hatte, trat sie auf die kleine Holzterrasse ihres Häuschens und atmete ein paarmal tief durch. Dann ging sie runter zum Fluss und setzte sich auf einen der großen Felsen am Ufer. Australien war der trockenste, heißeste und klimatisch aggressivste aller bewohnten Kontinente. Die paradiesische Schönheit und Ruhe, die dieser Ort ausstrahlte, waren fast schon unwirklich.

Swan Hill, Dezember 1999
Matthew Simons

Matthew wurde auf dem Pick-up seines Vaters ordentlich durchgeschüttelt. Sie rasten mit dem Allradantrieb über offenes Gelände und nahmen währenddessen gefühlt jedes Sandloch und jeden großen Stein mit, die sie kriegen konnten. Der Truck wirbelte dabei eine Menge Staub auf, der das Mondlicht dämpfte, wie Matthew bei einem flüchtigen Blick in den Rückspiegel sah. Sein Vater war Rooshooter, eine Art Kängurujäger, der vom Staat damit beauftragt war, der Känguruplage Einhalt zu gebieten. So auch heute Nacht. Matthews Vater Butch starrte konzentriert auf den Boden vor ihm, während er mit der linken Hand einen hellen Scheinwerfer auf dem Dach des Pick-ups schwenkte. Draußen wanderte ein heller Fleck von links nach rechts.

Plötzlich entdeckte Butch im Lichtkegel zwei rote Punkte. Es waren die Augen eines Kängurus, das hinter einem Busch stand und direkt ins Licht schaute. Butch schlug das Lenkrad ein und fuhr geradewegs auf das Tier zu, während er das Gewehr anlegte, das in der Mitte der Fahrerkabine an einer Aufhängung befestigt war. Er versuchte, das Känguru vor den Lauf zu bekommen, der durch eine Aussparung in der Windschutzscheibe nach draußen führte.

»Gleich hab ich dich«, murmelte er, bevor er seine Lippen mit der Zunge befeuchtete. Doch das Känguru hatte offensichtlich andere Pläne. Als es den Pick-up auf sich zukommen sah, sprang es mit einem großen Satz hinter dem Busch hervor und versuchte zu fliehen.

»Wenn du spielen willst, schön!«, sagte Butch und riss das Lenkrad herum, sodass Matthew unsanft gegen die Tür geschleudert wurde. Er klammerte sich am Sitz fest.

Das Känguru war mittlerweile direkt vor dem Wagen und sprang im Zickzack. Butch hatte Probleme, das Fadenkreuz seines Zielfernrohrs auf dem Tier zu halten und einen sauberen Schuss abzufeuern. Er passte einen Moment ab, in dem das Känguru wieder von der linken auf die rechte Seite sprang, und drückte den Abzug. Treffer – wenn auch nicht tödlich. Das Tier fiel mit dem Kopf voran auf den Boden. Butch stieg auf die Bremse und brachte den Pick-up zum Stehen. Bevor er ausstieg, richtete er den Suchscheinwerfer auf das Känguru, das auf der Seite lag.

»Sohn, komm mit!«, forderte er Matthew auf. Der stieg aus dem Wagen und ging vorsichtig zu dem zappelnden Känguru. Butch hatte es ins Bein getroffen. Es schien schlimme Schmerzen zu haben, denn es schrie. Matthew hatte noch nie ein Känguru schreien gehört. Verstört wich er einen Schritt zurück. Butch nahm derweil einen von den vielen Haken, die an einem Eisengestell auf der Ladefläche aufgehängt waren, und umrundete das Auto, bis er vor dem Känguru stand.

»Es schreit, Dad, du musst etwas machen«, bat Matthew.

»Ja, das machen die manchmal. Ist aber nicht schlimm«, sagte Butch. Er zog eine Waffe aus dem Pistolenhalfter an seinem Gürtel und hielt sie seinem Sohn hin.

»Was soll ich damit?«, fragte Matthew entgeistert.

»Das nennt man Fangschuss. Du zielst auf den Kopf und drückst ab, um das Tier von seinem Leiden zu erlösen.«

Matthew war schockiert. Er hatte in seinem Leben noch nie ein Tier getötet. »Ich kann das nicht, Dad.«

»Es ist ganz einfach. Du drückst einfach nur ab.«

»Ich kann das nicht!«

»Dann wirst du es jetzt lernen. *Ich* werde es nicht tun – dann bleibt das Tier eben so liegen.«

Das Känguru schrie laut auf. Matthew verzweifelte. Er kannte seinen Vater und wusste, wenn er sich etwas in den Kopf gesetzt hatte, würde er darauf beharren. Doch sein Herz war zerrissen. Er brachte es ganz einfach nicht fertig, das arme Tier zu erschießen.

Butch wurde langsam ungeduldig und drückte seinem Sohn die Waffe in die Hand. »Na los!«, forderte er ihn auf.

Matthew atmete tief durch. Er zielte mit der Waffe auf den Kopf des Kängurus. In einem Augenblick nahm er all seinen Mut zusammen und drückte den Abzug. Ein lauter Knall, dann war es still. Nur der Dieselmotor des Pick-ups wummerte gleichmäßig vor sich hin. Wie hypnotisiert und fassungslos über seine Tat starrte Matthew auf das tote Känguru, das aus dem Loch in seinem Kopf blutete und sonst aussah, als würde es schlafen.

»Gut gemacht, ich bin stolz auf dich, Sohn. War doch gar nicht so schwer«, lobte Butch, nahm Matthew die Waffe aus der Hand und steckte sie zurück in das Halfter. Dann rammte er den Haken durch das Loch im Kopf des Kängurus, zog das Tier hinter sich her bis zur Ladefläche und hängte es an das Gestell.

»Das war doch ein guter Anfang. Mal schauen, wie viele wir heute Nacht erwischen«, sagte Butch zu Matthew, als sie zurück im Auto waren. Matthew saß in Gedanken versunken da und sagte gar nichts. Butch bekam schließlich doch ein schlechtes Gewissen, weil er seinen Sohn gezwungen hatte, etwas gegen seinen Willen zu tun. Er versuchte, vom Thema abzulenken. »Habt ihr für euer Silvestercamping schon alles zusammen?«, fragte er. Doch Matthew hatte jetzt keine Lust, darüber zu reden.

»Ich glaube, ich möchte nach Hause«, sagte Matthew schließlich leise.

Diesmal half auch keine Überredungskunst seines Vaters. Matthew wollte einfach nur noch allein sein. Butch setzte den Jungen zu Hause ab und fuhr dann alleine wieder los.

Zu Hause rannte Matthew als Erstes ins obere Badezimmer und übergab sich in die Toilette. Als er im Bett lag, konnte er nicht einschlafen, weil ihm das Bild des verletzten Kängurus nicht mehr aus dem Kopf gehen wollte. Er fühlte sich, als wäre heute in ihm etwas kaputtgegangen, als wäre eine Grenze gefallen, die nicht hätte fallen dürfen. Spät in der Nacht, als Butch von der Jagd zurückkehrte, hörte er einen Streit zwischen seinen Eltern mit. Matthews Mutter redete laut auf ihren Mann ein und machte ihm zum Vorwurf, dass er Matthew auf die Jagd mitgenommen hatte. Der Junge sei erst dreizehn und viel zu sensibel für so eine Sache. Butch konterte, sein Vater habe ihn schon viel früher mitgenommen. So ging es eine Zeit lang hin und her, bis Matthew endlich einschlief.

Lynn Riley

Es brannte noch Licht im Wohnzimmer des Hauses, das von außen den Eindruck erweckte, als könnte es mal wieder einen Anstrich gebrauchen. Lynn versuchte, so wenig Lärm wie möglich zu machen, und schlich über die Holzterrasse zur Haustür. Ein paar Holzplanken knarzten immer, wenn man auf sie trat, weshalb Lynn einen großen Bogen um sie machte. Sie zog die Gittertür auf, die ein leises Quietschen von sich gab, und öffnete dann vorsichtig die Haustür, die nie abgeschlossen war. Lynns Vater war der Ansicht, dass sie zu weit draußen wohnten, um von ungebetenen Gästen überrascht zu werden. Außerdem hätte es bei ihnen sowieso nichts zu holen gegeben, weshalb es nicht mal ein Schloss in der Tür gab.

Lynn schlich weiter durch den Flur in ihr Zimmer und schloss die Tür hinter sich. Geschafft, ihr Vater hatte nichts mitbekommen. Wenn er gemerkt hätte, dass sie zu spät nach Hause kam, wäre er nur wieder ausgerastet. Wie jeden Abend hatte er bestimmt auch heute wieder getrunken. Lynn hatte dann immer Angst vor ihm. Nach dem Tod ihrer Mutter vor zwei Jahren war es mit ihm stetig bergab gegangen. Erst hatte ihr Vater das Trinken angefangen, dann hatte er seinen Job verloren, dann ging es los mit den ersten Übergriffen auf sie. Deshalb wollte sie so schnell wie möglich weg von hier. Sie hatte keine Lust mehr, lange Sachen anzuziehen, damit man ihre blauen Flecken nicht sah. Sie war müde, sich morgens zu schminken, nur um die Blutergüsse zu kaschieren, die sie oft im Gesicht hatte. Ihre bunten Haare, ihre strubbelige Frisur, ihre flippige Kleidung – all das hatte sie nur, um von ihren wahren Problemen abzulenken.

Lynn zog Schuhe und Jacke aus. Plötzlich hörte sie die knarzenden Holzdielen im Flur. So ein Mist, dachte sie, ihr Vater hatte also doch etwas mitbekommen. Wie angewurzelt stand sie da, kniff die Augen zusammen und hielt den Atem an. In Momenten wie diesen wünschte sie, sie könnte sich unsichtbar machen oder an einen beliebigen Ort der Welt teleportieren.

Das Knarzen entfernte sich wieder. Sie hatte noch einmal Glück gehabt. Das dachte sie zumindest. Denn auf einmal – sie war gerade auf dem Weg ins Bett – flog die Tür auf und ihr Vater kam herein. Sie erschrak fürchterlich. Lynn konnte sein Gesicht nicht erkennen, denn ihr Zimmer war dunkel, und er wurde von hinten von der Lampe im Flur angestrahlt. Er lehnte sich an den Türrahmen, konnte sich aber trotzdem nur mit Mühe aufrecht halten. Wie Lynn vermutet hatte, war er betrunken. Jetzt roch sie seine Fahne. Eine ganze Weile lang sagte er nichts, dann lallte er: »Wo warst du?«

»Ich war hier, wieso?«, antwortete Lynn. Sie war froh, dass es dunkel war, so konnte ihr Vater nicht erkennen, dass sie rot wurde, wenn sie ihn anlog.

»Du bist gerade erst wiedergekommen, lüg mich nicht an!«

»Nein, ich war hier!«

»Du sollst mich nicht anlügen!« Ihr Vater machte ein paar Schritte auf sie zu.

Lynn wich zurück und bereitete sich innerlich auf das vor, was kommen würde. »Ich war wirklich hier.«

Jetzt wurde er wütend. Er öffnete seinen Gürtel und zog ihn heraus. »Du – sollst –mich – nicht – an-lü-gen!«, schrie er und schlug im Takt zu jeder Silbe mit dem Gürtel auf seine Tochter ein.

Es klatschte. Lynn versuchte, mit ihren Unterarmen ihr Gesicht zu schützen. Wie so oft wünschte sie sich, sie könnte einfach ihren Körper verlassen, während ihr Vater immer weiter auf sie eindrosch. Wie sie auch flehte, er hörte einfach nicht auf. In einem Moment, als er gerade zu einem weiteren Hieb mit dem Gürtel ausholte, gelang es ihr, am Vater vorbeizuschlüpfen. Sie rannte über den Flur ins Badezimmer, knallte die Tür hinter sich zu und drehte den Schlüssel herum. Dann kauerte sie sich in die Badewanne.

»Ja, lauf nur weg, du! Verlass mich genauso, wie deine Mutter mich verlassen hat!«, rief ihr Vater durch den Flur.

Sie hörte, wie er langsam zur Badezimmertür schlurfte und versuchte, sie mit seinem Körpergewicht aufzustemmen. Doch er war zu betrunken und fand mit den Füßen einfach keinen Halt. Er rutschte immer wieder aus. Schließlich gab er auf und begann laut mit den Fäusten gegen die Tür zu hämmern. Mit jedem Schlag zuckte Lynn zusammen. Sie fing an zu weinen. Nach ein paar Minuten ließ ihr Vater ab und wankte zurück ins Wohnzimmer, wo er sich in seinen Sessel fallen ließ und einschlief.

Lynn traute sich nicht, in ihr Zimmer zurückzugehen, also verbrachte sie die Nacht in der Badewanne. Um nicht zu hart zu liegen, polsterte sie die Wanne mit Handtüchern. In endlos erscheinenden Stunden malte sie sich aus, wie schön es wäre, endlich von hier zu verschwinden. Sie wollte nicht warten, bis sie volljährig war. Weitere vier Jahre, das würde sie einfach nicht schaffen. Vielleicht würde jemand sie adoptieren? Sollte sie zur Polizei gehen?

Gegen Morgen wurde sie aus ihren Gedanken gerissen. Ihr Vater klopfte an die Badezimmertür. Er schien wieder nüchtern zu sein und erinnerte sich offensichtlich an letzte Nacht. »Lynn, mach auf. Es tut mir leid, ich war betrunken. Du weißt doch, wie ich dann bin. Das ist alles nicht so gemeint«, versuchte er sich zu entschuldigen.

Ja, Lynn wusste nur zu gut, wie ihr Vater war, wenn er etwas getrunken hatte. Und sie wusste auch, dass es ihm jedes Mal leidtat, wenn er wieder nüchtern wurde. Nur war er leider öfter betrunken als nüchtern, was der Kern des Problems war. Lynn schälte sich aus der Badewanne und öffnete die Tür. Sekundenlang blickte sie ihn voller Verachtung an. Dann zwängte sie sich an ihm vorbei und ging in ihr Zimmer. Ihr Vater folgte ihr verzweifelt, in der Hoffnung auf eine Absolution. Als Antwort knallte ihm Lynn die Tür vor der Nase zu.

»Ich weiß, dass du sauer bist. Ich verspreche dir, dass ich mit dem Trinken aufhöre. Gleich heute! Ehrenwort.«

Lynn wusste, dass das Ehrenwort ihres Vaters keine Währung war, mit der er bezahlen konnte. Ihr Vertrauen hatte er bereits vor langer Zeit verwirkt. Nach einer Minute öffnete sich Lynns Zimmertür und sie musste sich erneut an ihrem Vater vorbeidrängen.

»Wo willst du hin?«, fragte er.

»Weg«, war Lynns knappe Antwort.

»Wann kommst du zurück?«

»Heute Abend.«

Lynn verließ das Haus und ließ ihren Vater einsam im Hausflur zurück. Eine ganze Weile stand er einfach nur regungslos da, bevor er weinend zusammenbrach. Auf allen vieren kroch er in die Küche und zog sich an einem der Schränke wieder hoch. So konnte er problemlos nach einer der Wodkaflaschen greifen, die auf der Küchenablage für ihn bereitstanden.

Ada Jennings

»Dusch nicht so lange, der Wassertank ist schon wieder halb leer!«, rief Benjamin und klopfte an die Badezimmertür. Woher kam nur dieses Bedürfnis seiner Tochter, immer so verdammt lange unter der Brause zu stehen? Ada wusste, dass ihr Vater maßlos übertrieb. Im Reservoir waren heute Morgen noch mindestens zehntausend Liter gewesen, die konnten unmöglich schon aufgebracht sein. Trotzdem hatte er natürlich vom Prinzip her recht. Die Dürre hatte Australien fest in der Hand und Wassersparen war mehr als angebracht. Und bevor sich Ada auch noch eine Predigt darüber anhören musste, dass man für den Fall eines Buschfeuers immer Reserven haben musste, drehte sie die Brause lieber ab.

»Gut so, Ada. Gerade lief in den Nachrichten, dass östlich von uns in New South Wales und westlich schon wieder Buschfeuer wüten. Man weiß nie, Wasser kann dir im Extremfall das Leben retten«, sagte Benjamin.

»Dad, ich weiß. Kann ich mich jetzt bitte in Ruhe abtrocknen?«, fragte Ada in leicht zickigem Ton.

Ihr Vater gehorchte und schlurfte zurück ins Wohnzimmer. Benjamin ließ sich neben seiner Frau Sophie auf die Couch fallen. »Unsere Tochter ist in der Pubertät. Sie wird jeden Tag ein wenig unausstehlicher«, sagte Benjamin.

»Sie wird erwachsen. Und sie ist es allmählich leid, dass du ihr immer vorschreibst, was sie zu tun hat. Gewöhn dich am besten daran«, sagte Sophie.

»Ich glaube, da werde ich mich nie dran gewöhnen. Für mich bleibt sie immer die kleine Ada.«

»Dann will ich gar nicht erst wissen, was hier los ist, wenn sie ihren ersten Freund mit nach Haus bringt«, sagte Sophie. Insgeheim war das Benjamins Horrorvorstellung – erst recht, wenn er sich ausmalte, sie könnte schwanger werden. Und das war nicht nur so dahingesagt. Die Rate von schwangeren Teenagern im ländlichen Australien sprengte sämtliche Statistiken.

Ada zog den Duschvorhang zur Seite. Während sie ihren nackten Körper im Badezimmerspiegel über dem Waschbecken betrachtete und sich dabei kritisch fragte, ob sie zu dick sei, beschlug der Spiegel vom Wasserdampf, bis sie sich nicht mehr klar erkennen konnte. Sie verschwand förmlich vor sich selbst. Natürlich war sie dünn. Doch wie alle Mädchen in ihrem Alter hielt sie sich für zu dick. Sie schaute an sich hinunter, bevor sie ein großes Handtuch vom Haken nahm und sich einwickelte. Für ihre langen blonden Haare formte sie mit einem der kleinen Handtücher einen Turban.

In ihrem Zimmer kramte Ada aus der rechten Vordertasche ihrer Jeans, die über ihrem Schreibtischstuhl hing, einen beigen Briefumschlag. »Öffne ihn bitte erst, wenn du ganz sicher alleine bist«, hatte Matthew gesagt, als er ihr den Umschlag zusteckte. Und jetzt war sie allein – falls ihr Vater nicht gerade vor der Tür stand, um ihr auf den Wecker zu gehen.

Ada legte sich aufs Bett und machte es sich gemütlich. Sie war gespannt, was in dem Brief stand, auch wenn sie es sich schon fast denken konnte. Matthew hatte so rumgedruckst, als er ihr den Umschlag gab.

> *Liebe Ada,*
> *ich weiß nicht, was in letzter Zeit mit mir passiert ist. Du gehst mir nicht mehr aus dem Kopf und ich weiß nicht, warum. Wir kennen uns schon so lange. Eigentlich schon immer. Ich hätte nicht gedacht, dass so was mal passieren könnte. Also ich meine, überhaupt passieren und dann auch noch mit Dir. Ich glaube, ich habe mich in Dich verliebt. So, jetzt ist es raus. Jetzt beschäftigt mich eine Frage: Was sollen wir machen? Oder besser: Was soll ich machen? Eigentlich ist das ja jetzt mein Problem. Aber vielleicht ist es ja auch gar kein Problem. Sorry, dass ich gerade etwas verwirrt bin. Ich bin so ungeübt in so was und mein erster Liebesbrief ist das auch. Vielleicht können wir ja mal zusammen ins Kino gehen? Oder ein Eis essen. Ich meine, wir zwei allein, ohne die anderen. Ansonsten sehen wir uns ja spätestens in ein paar Tagen an Silvester beim Campen. Ich hoffe, es ist okay für Dich, dass wir jetzt doch zelten gehen. Du warst ja am Anfang dagegen. Ich würde mich jedenfalls freuen, wenn Du dabei bist.*
> > *Liebe Grüße*
> > *Matthew*

Adas Vermutung hatte sich bestätigt: Jetzt war Matthew also in sie verliebt. Sie legte den Brief zur Seite, starrte an die Decke und dachte nach. Tausend Sachen schienen ihr auf einmal durch den Kopf zu rasen. Das war der erste Liebesbrief, den sie bekommen hatte. Wie konnte es nur passiert sein, dass Matt sich in sie verliebt hatte? Lag es an ihr? Wie sollte sie jetzt nur mit der Situation umgehen? Konnte sie sich überhaupt vorstellen, mit Matt zu gehen? Das würde ihr erster Kuss werden. Und ihr erstes Mal. Hoffentlich würde sie nicht schwanger werden. Und außerdem war da auch noch Scott. Der hatte sie schon vor Weihnachten gefragt, ob sie mit ihm gehen wolle. Und der war etwas älter. So aufgewühlt Ada war, so sehr genoss sie insgeheim die Situation, dass zwei Jungs gleichzeitig in sie verschossen waren. Es lag zwar nicht in ihrer Macht, aber der Gedanke, sich mehrere Jungs im Orbit zu halten, gefiel ihr.

Es klopfte an der Tür. Adas Mutter kam herein und fragte, ob mit ihr alles in Ordnung sei oder warum sie so auf dem Bett herumlag und die Decke anstarrte. Ada lenkte schnell vom Thema ab, indem sie ihre Mutter fragte, ob sie Angst vor dem bösen Millenniumbug habe.

»Du willst nicht drüber reden, schon klar. Du weißt aber, dass du mit mir über alles reden kannst, oder?«

Ada setzte sich aufrecht hin und nickte.

»Warum ich hier bin: Es geht um euren Campingausflug an Silvester. Du kannst dir sicher denken, dass dein Vater von der Idee, dass zwei Mädchen und zwei Jungs über den Jahreswechsel allein im Wald zelten gehen, nicht begeistert sein würde – erst recht nicht, wenn ringsum Waldbrände wüten. Die sind zwar noch recht weit weg, aber wenn der Wind ungünstig steht und starker Funkenflug herrscht, sind die auch ganz schnell mal hier. Wie auch immer, ich habe beschlossen, deinem Vater und deinem Bruder nichts zu verraten. Ich sage einfach, du bist bei Lynn, dann läuft das schon. Pass nur auf dich auf! Ich finde, dass ein Mädchen in deinem Alter etwas anderes machen sollte, als an Silvester mit seinen Eltern zu Hause herumzusitzen.«

Ada wusste nicht recht, was sie davon halten sollte. Dann besann sie sich darauf, dass ihre anfängliche Abneigung gegen das Campen nur mit ihrer Angst zu tun hatte, was ihr Vater zu dem Vorschlag sagen würde. Deshalb beschloss sie jetzt einfach, sich zu freuen. Sie umarmte ihre Mutter. »Ich hab dich lieb, Mom. Ich verspreche dir, dass ich auf mich aufpassen werde.«

»Und wenn ihr was aus dem Supermarkt braucht, dann sagt vorher Bescheid. Das machen wir dann, wenn euer Vater gerade unterwegs ist«, sagte Sophie, als sie Adas Zimmer verließ.

Was hatte sie doch für eine tolle Mutter, dachte Ada bei sich, legte sich wieder aufs Bett und drückte Matts Liebesbrief an ihre Brust. Jetzt konnte sie sich auf den Jahreswechsel freuen.

Scott Lavery

»Möchtest du noch Wein?«, fragte Linda, zog ihre Absatzschuhe aus und legte die Beine auf das Sofa. Michael Lavery stand am großen Panoramafenster im Wohnzimmer und schaute gedankenverloren hinaus, ohne seine Freundin wahrzunehmen. Erst als Linda die Frage um einiges lauter wiederholte, drehte Michael sich um.

»Wein? Nein, danke«, antwortete er und setzte sich zu Linda aufs Sofa.

»Worüber hast du gerade nachgedacht?«

»Über die Feuer. Ich hoffe, dass sie nicht bis zu uns kommen. Das würde meine Versicherung und damit auch mich Unsummen kosten«, sagte Michael.

Durch die Vermittlung von Versicherungen war er reich geworden. Er war sich zwar sicher, dass er nicht wieder arm werden würde, doch wenn Swan Hill – wo ungefähr jedes Haus, jeder

Hof und jedes Firmengebäude eine Brandschutzversicherung bei seinem Arbeitgeber hatte – wie in den Fünfzigern komplett niederbrennen würde, hätte das erhebliche Auswirkungen auf seine Jahresprämie.

»Wir werden schon nicht verhungern«, bemerkte Linda, wofür sie einen bösen Seitenblick erntete.

»Ich habe einen Vorschlag. Wie wäre es, wenn *du* mal eine Zeit lang die ganzen Rechnungen bezahlst? Dann können wir ja sehen, ob du noch genauso denkst.«

Linda machte ein dummes Gesicht und schwieg. Ihr war durchaus bewusst, dass ihr Freund in der Beziehung am längeren Hebel saß. Ansonsten führten sie eine ganz normale Beziehung. Er war der reiche ältere Mann, sie war die vielleicht etwas naive junge Freundin, die sich ihren Sugar Daddy geangelt hatte. Nun war der Altersunterschied zwischen Linda und Michael mit fünfzehn Jahren noch nicht so groß. Problematisch war eher die Tatsache, dass Linda nur rund zehn Jahre älter war als Scott, ihr Stiefsohn, und er sich daher erst recht nichts von ihr vorschreiben ließ. Der kam in diesem Augenblick ins Wohnzimmer. Er griff nach Lindas Weinglas und setzte zum Schluck an.

Sein Vater konnte ihm gerade noch rechtzeitig das Glas wegnehmen. »Dazu bist du noch zu jung«, ermahnte ihn Michael.

Scott begann zu diskutieren, wurde aber von seinem Vater in die Schranken gewiesen. Schließlich schlurfte er trotzig davon. »Darf ich heute wenigstens im Baumhaus schlafen?«, fragte er.

Michael stimmte zu.

Scott sammelte seinen Schlafsack ein und ging durch die Hintertür des Hauses in den Garten. Das Grundstück der Laverys war riesig. Michael war jemand, der gern zeigte, was er hatte, und dies vor allem durch die Wahl großer Besitztümer zum Ausdruck brachte. Er hatte drei schicke Autos, und bei seinem Haus sprachen die Leute aus Swan Hill schon von einem Anwesen.

Scott legte den Weg zu seinem Baumhaus, das sich in einem Eukalyptusbaum zweihundert Meter vom Haus entfernt befand, barfuß zurück. Das Gras unter seinen Füßen war grün und nass, was in einem trockenen Sommer nicht selbstverständlich war. Doch Michael wässerte den Rasen täglich. Er ignorierte die Aufrufe zum Wassersparen. Ihm war das alles gleichgültig, solange nur sein Garten schön aussah. Rücksichtslosigkeit legte Michael in allen Belangen seines Lebens an den Tag. Ihm waren andere Menschen, die Natur und alles, von dem er nicht persönlich profitierte, schlichtweg egal. Diese Eigenschaft hatte er schon früh an seinen Sohn weitergegeben.

Bevor Scott die Holzsprossen hochkletterte, die an den Stamm des Eukalyptusbaums genagelt waren, zog er sich die Sandalen an und warf den Schlafsack durch die Öffnung des Baumhauses, das etwa drei Meter über ihm schwebte. Oben angekommen, schwang er sich elegant hinein und schaltete die Taschenlampe an, die er an der Decke befestigt hatte. Hier oben war sein Reich. Drinnen konnte man nur in geduckter Haltung stehen. An den Wänden hingen Poster von verschiedenen Kinofilmen: »Armageddon«, »10 Things I Hate About You«, »The 13th Warrior«.

Scott breitete seinen Schlafsack aus und legte sich darauf. Er war sich nicht sicher, ob er ihn heute Nacht noch brauchen würde. Zweiundzwanzig Uhr und immer noch über zwanzig Grad Celsius. Scott schloss die Augen. Er war kurz davor einzuschlafen, da schreckte ihn ein Flattergeräusch auf. Vorsichtig hob er den Kopf und schaute sich im Baumhaus um. An der Kante des Eingangs hockte etwas. Scott nahm die Taschenlampe und leuchtete es an. Es war ein Jägerliest, der dort gelandet war, und er schaute Scott unverwandt an.

Scott setzte sich vorsichtig auf und beobachtete den Vogel, der gar keine Angst zu haben schien. Er bewegte nur seinen Kopf. Vorsichtig streckte Scott die Hand nach dem Vogel aus, was sich allerdings als Fehler herausstellte, denn das Tier erwischte ihn mit dem Schnabel am Finger. Ruckartig zog Scott den Arm wieder zurück. Sein linker Zeigefinger blutete, und er lutschte ihn ab. Wie konnte dieses dämliche Vieh es nur wagen! Scott erhob sich vorsichtig und zog den Schlafsack unter sich weg. Der Kookaburra saß immer noch am selben Platz und hatte es sich in der Zwischenzeit offensichtlich bequem gemacht, da seine Beine unter dem Gefieder verschwunden waren. Scott nahm den Schlafsack in beide Hände und peilte den Vogel an. In einer zügigen Bewegung schnellte er nach vorn und stülpte den Schlafsack über den Kookaburra. Der versuchte sich zu wehren, zappelte und gab laute Schreie von sich, die wie ein dämonisches Lachen klangen. Scott drückte den Schlafsack fest auf den Boden und wartete, bis sich das Tier wieder beruhigt hatte. Dann fing er an, mit dem Zeigefinger auf dem Tier herumzudrücken, bis es wieder begann, herumzuzappeln und Geräusche von sich zu geben.

Einige Schwanzfedern des Kookaburra kamen unter dem Schlafsack zum Vorschein. Scott packte sich eine und zog sie heraus, was wieder ein lautes Kreischen zur Folge hatte. Er zog noch eine heraus. Und noch eine und noch eine. Bis keine Feder mehr übrig war. Schließlich hatte Scott genug von dem Spiel. Er nahm die Taschenlampe und schlug einmal kräftig auf den Schlafsack. Der Kookaburra zuckte noch ein paarmal, bevor es wieder still im Baumhaus wurde. Scott zog den Schlafsack zur Seite und wischte den Blutfleck ab. Dann schaute er sich den toten Vogel genauer an. Der Kookaburra lag mit offenen Augen da, als ob er Scott bewusst anschauen und ihm einen schweren Vorwurf machen würde.

»Du hast mich getötet. Du hast mich getötet«, hörte Scott die krächzende Stimme des Vogels in seinem Kopf. Er hielt sich mit beiden Händen die Ohren zu, doch die Stimme hörte nicht auf, sondern wurde immer lauter. Als er das Krächzen nicht mehr ertragen konnte, kickte er den toten Vogel mit seinem rechten Fuß aus dem Baumhaus. Es war wieder still. Morgen würde er als Erstes den Vogel im Garten begraben, nahm er sich vor.

Scott legte sich auf seinen Schlafsack und schaltete die Lampe aus. Nach fünf Minuten war er eingeschlafen.

Swan Hill, Januar 2015

Rachel wühlte sich durch die Menschenmenge, die sich auf der Straße versammelt hatte. Schließlich brach sie durch den Pulk und wurde prompt von Fassungslosigkeit und Entsetzen gepackt. Der regungslose Tom lag mit dem Gesicht nach unten auf dem grauen, kalten Asphalt. Sie schlug die Hände vors Gesicht. Aus der Menschenmenge hörte sie vereinzelt Kommentare wie »Rabenmutter« oder »verletzte Aufsichtspflicht«. Rachel fiel auf die Knie und drehte ihren Sohn auf den Rücken. Sie blickte in das blutüberströmte Gesicht des Jungen, der die Augen geschlossen hatte. Rachel hob den schlaffen Körper sanft von der Straße und drückte ihn fest an ihre Schulter. Plötzlich hielt sie inne. »Du musst doch frieren, Tom«, stammelte sie. Rachel legte Tom zurück auf die Straße, zog sich die Jacke aus und wickelte ihn damit ein. Dann nahm sie ihren Sohn, stand von der Straße auf und trug ihn durch die Menschentraube zurück zum Haus. Im Wohnzimmer legte sie ihn auf das Sofa. Sie streichelte Toms Kopf, an ihren Händen klebte Blut.

Rachel schreckte aus dem Schlaf hoch. Sie brauchte einige Sekunden, um sich zu orientieren. Alles war in Ordnung. Sie atmete tief durch, wie sie es in ihrer Therapie gelernt hatte. Sie war nicht in London, sondern in Australien, Swan Hill, um genau zu sein. Rachel wandelte in das kleine Badezimmer der Lodge und wusch sich mit kaltem Wasser das Gesicht. Dann schaute sie in den Spiegel und sagte sich, dass sie nur schlecht geträumt hatte.

Es klopfte an der Tür. Rachel wunderte sich, wer sie zu so früher Stunde störte, sie kannte doch noch niemanden hier.

»Frühstück, Sweetheart!«, rief eine Stimme.

Rachel schlurfte zur Tür und öffnete. Draußen stand Suzie und schenkte ihr ein breites Lächeln, bevor sie ihr ein Holztablett in die Hand drückte, auf dem sich ein geradezu festliches Frühstück befand. Es gab Rühreier, Würstchen, Toast, Joghurt und frisches Obst. Alles sah sehr gut aus und roch sogar noch besser. Rachel nahm das Tablett dankend, aber sichtlich erstaunt entgegen.

»Ich dachte, ich tue Ihnen an Ihrem ersten Tag mal etwas Gutes«, erklärte Suzie und erkundigte sich, wie Rachel geschlafen habe.

»Wie ein Baby, vielen Dank«, flunkerte sie.

Als Rachel sich umdrehte, um wieder hineinzugehen, fiel ihr ein Löffel vom Tablett und landete im Gebüsch neben der Veranda. Rachel stellte das Tablett ab und fischte in dem Busch nach dem Löffel.

»Das sollten Sie lieber nicht machen, Sweetheart«, warnte Suzie sie.

Rachel zog die Hand zurück und schaute sie fragend an.

» Rotrückenspinnen. Die warten nur auf so eine leckere Hand.«

»Das ist mit Sicherheit wieder etwas Giftiges, oder?«

»Ja, Redbacks sind Spinnen. Der Biss ist zwar nicht tödlich, könnte aber etwas wehtun«, erklärte Suzie. Später erfuhr Rachel, dass Leute, die von Redbacks gebissen wurden, bis zu zwölf Stunden lang unter unerträglichen Schmerzen litten. Die australische Art zu untertreiben war ihr nur noch nicht geläufig.

Suzies Angebot, einen neuen Löffel zu besorgen, lehnte Rachel ab. Sie sagte, dass es auch ohne gehen würde. Während sie in der Lodge frühstückte, plante sie ihren Tag. Als Erstes würde sie zum Supermarkt der Jennings fahren, um Benjamin und Sophie zu treffen. Alles Weitere würde sich dort ergeben.

Rachel duschte und schlüpfte in ihre Polizeiuniform. Sie war gespannt, wie die Leute mitten im australischen Outback auf eine britische Polizistin reagieren würden – gerade hier, wo die Menschen nicht besonders aufgeschlossen zu sein schienen. Doch sie wollte auch nicht auf die Uniform verzichten, da sie immer noch Polizistin war und bei fehlendem Respekt die Uniform in den meisten Fällen ihr mehr Gewicht verlieh.

Rachel brachte das leere Tablett zur Rezeption zurück und wollte Suzie bei der Gelegenheit nach dem Weg zum Supermarkt fragen.

»Uh, Sie werden mich aber hoffentlich nicht verhaften, Sweetheart«, scherzte Suzie, als sie Rachel sah.

Nachdem sie sich den Weg hatte beschreiben lassen und sich gerade zum Gehen wenden wollte, kam ihr die Idee, Suzie zu den verschwundenen Kindern zu befragen. »Eine Frage hätte ich: Wie lange wohnen Sie eigentlich schon hier?«

»Schon immer«, antwortete Suzie stolz.

»Können Sie sich an die Ereignisse von Silvester 1999 erinnern?«

Augenblicklich wich das Lächeln von Suzies Gesicht – zum ersten Mal, seit Rachel sie am Vorabend kennengelernt hatte. »Ich glaube, dass sich jeder im Ort an den Sommer erinnert. Das war der Sommer, in dem Swan Hill seine Seele verlor. Mehr möchte ich dazu im Moment nicht sagen, sorry«, sagte Suzie und verschwand in der Tür hinter der Rezeption.

Leicht irritiert ging Rachel zu ihrem Auto. Auf der Fahrt zum Supermarkt versuchte sie, ihre Gedanken zu ordnen. Dabei fielen ihr ein paar Eigenarten ins Auge. So wunderte sie sich über die Spielhalle, die, ihrer Größe nach zu urteilen, eigentlich schon als kleines Kasino durchgehen könnte und ihr für eine Stadt mit knapp zehntausend Einwohnern ein wenig überdimensioniert zu sein schien. Außerdem empfand sie die Bardichte als recht hoch. Ungefähr alle zweihundert Meter warb eine neue Spelunke mit Aktionen wie dem »Thirsty Thursday«, »Buy 1, get 2« und so weiter.

Heute war die Stadt ein wenig lebendiger als gestern. Vor allem waren viele Mütter mit Kinderwagen unterwegs. Die meisten waren recht jung, im Durchschnitt vielleicht Anfang zwanzig, manche deutlich jünger. Rachel parkte ihren Wagen auf dem großen Parkplatz vor dem »Swan Hill Supermarket«. Als sie den Laden betrat, hatte sie kurz das Gefühl zu erfrieren, denn der Temperaturunterschied lag sicher bei fünfundzwanzig Grad. Wie erwartet, wurde sie im Supermarkt als Fremde mit britischer Polizeiuniform von allen Leuten skeptisch beäugt. Rachel orientierte sich kurz und steuerte dann eine der vier Kassen an.

»Entschuldigen Sie, ich möchte zu Benjamin Jennings. Ich bin Rachel Buchanan von der Polizei Lon… ich meine Melbourne«, korrigierte sie sich.

Die Kassiererin schaute Rachel begriffsstutzig an, bevor sie den rechten Arm hob und auf eine weiße Tür zeigte, auf der in großen schwarzen Buchstaben »Manager« stand. Die Tür war abgeschlossen, und Rachel musste ein paarmal die Klingel neben der Tür drücken, bevor endlich jemand öffnete.

»Ah, Mrs Buchanan, schön, dass Sie da sind.« Es war Sophie Jennings, die sie freundlich begrüßte und hereinbat.

»Nennen Sie mich einfach Rachel«, erwiderte sie, als sie Sophie ins Büro folgte. Auch Benjamin war sichtlich erfreut,

Rachel zu sehen, und schüttelte ihr energisch die Hand. Alle drei nahmen um den großen Schreibtisch in der Mitte des Raums Platz. Sophie verteilte Tassen und schenkte Kaffee ein.

»Wann sind Sie denn angekommen?«, fragte Benjamin.

»Gestern Nachmittag.«

»Hatten Sie schon Gelegenheit, die Sehenswürdigkeiten von Swan Hill zu bestaunen?«

Rachel dachte kurz nach, wie sie am diplomatischsten antworten könnte. »Nun ja, ich habe einen großen Fisch gesehen, dann war ich im Lame Kangaroo und sonst nur in der Lodge. Und gerade eben, bevor ich zu Ihnen kam, bin ich an einem kleinen Kasino vorbeigefahren.«

»Tja, das ist es, was die Leute hier in Swan Hill machen: spielen, trinken und als Teenager Kinder bekommen. Willkommen im ländlichen Australien!«, bemerkte Benjamin sarkastisch.

Tatsächlich wurde in Australien überdurchschnittlich viel gespielt, wie Benjamin weiter erläuterte. So beheimatete das Land zwar weniger als ein Prozent der Weltbevölkerung, aber zwanzig Prozent aller Spielautomaten weltweit. Australier verspielten jährlich zwanzig Milliarden australische Dollar, was im Schnitt zweitausend Dollar pro Person bedeutete.

Rachel unterbrach Benjamin, als er gerade dabei war, sich in Rage zu reden: »Ich würde mich gern in den nächsten Tagen hier im Ort ein wenig umsehen und mich mit den Leuten unterhalten. So kann ich mir ein Bild von den Ereignissen von damals machen und vielleicht die ein oder andere Sache aufdecken, die bislang übersehen wurde. Bei Ihnen fange ich an. Immerhin haben Sie den Fall ja auch wieder ins Rollen gebracht.«

Sophie und Benjamin nickten. Rachel holte einen Block und einen Stift aus ihrer Brusttasche und machte es sich auf ihrem Stuhl bequem. »Dann erzählen Sie doch bitte noch einmal genau, was damals passiert ist und wer beteiligt war. Und bitte vergessen Sie nicht: Jedes Detail, an das Sie sich erinnern, und wenn es noch so unwichtig erscheint, könnte von Bedeutung sein.«

Benjamin und Sophie besprachen sich kurz, wer beginnen sollte. Die Wahl fiel auf Sophie. »Es war zwischen den Weihnachtsfeiertagen und Silvester 1999. Die Kinder wollten über den Millenniumswechsel etwas Besonderes machen.«

»Wen meinen Sie denn mit ›die Kinder‹?«, unterbrach Rachel sie.

»Unsere Tochter Ada, Lynn Riley, Matthew Simons und Scott Lavery. Die vier waren befreundet, sie kannten sich schon von klein auf.«

Rachel notierte die Namen. »Scott Lavery ist der junge Mann, den Sie in Melbourne gesehen haben wollen, richtig?«, fragte Rachel, worauf sie ein bestätigendes Nicken erhielt. Sie bat Sophie fortzufahren.

»Wie gesagt wollten die Kinder über den Jahreswechsel in das neue Jahrtausend campen gehen. Wo genau, haben sie niemandem verraten, nur, dass sie irgendwo in den Wald in der Nähe wollten. Das würde das Gefühl der Abgeschiedenheit verstärken, hat Ada gesagt.«

»Und Sie hatten kein mulmiges Gefühl dabei?«, fragte Rachel.

Benjamin kam seiner Frau zuvor. »Ich wusste nichts davon. Mir hat keiner gesagt, dass die Kinder zelten gehen. Ich hätte das nie erlaubt!«

Sophie schaute verlegen zu Boden. »Ich wollte, dass Ada auch mal was mit ihren Freunden erlebt«, sagte sie und begann zu schluchzen. Rachel reichte Sophie ein Taschentuch und wartete, bis sie sich wieder beruhigt hatte. Sie erzählte weiter. »Jedenfalls ertönte irgendwann nach Mitternacht das Feueralarmsignal in der Stadt. Die Buschfeuer hatten damals in einiger Entfernung um Swan Hill gewütet, keiner hatte damit gerechnet, dass die

Flammen es in so kurzer Zeit hierher schaffen würden. Wie auch immer, es brannte.«

»Was passierte dann?«, fragte Rachel.

»Dann hörten wir die Sirenen der Feuerwehrautos. Wir hatten natürlich Panik. Keiner wusste ja, wo die Kinder genau waren …«

»… ich dachte zum Beispiel zu dem Zeitpunkt immer noch, Ada würde bei Lynn schlafen«, bemerkte Benjamin.

»Wie dem auch sei, wir Eltern haben die Feuerwehr und die Polizei informiert, dass im Wald irgendwo noch Kinder zelten. Die haben schnell eine Suchaktion auf die Beine gestellt, während sie gleichzeitig schon gegen die Flammen ankämpften. Wir Eltern haben natürlich mitgesucht. Es war entsetzlich. Später haben auch noch einige Nachbarn beim Suchen geholfen. Gefunden haben wir nichts. Keine Spur. Irgendwann stand der gesamte Baumbestand nördlich des Flusses in Flammen, und es war klar, dass kein Mensch überlebt haben konnte. Zu Hause waren die Kinder auch nicht aufgetaucht. Irgendwann haben wir aufgegeben und sind zurück über den Fluss.«

Der Stift kratzte über Rachels Notizblock. »Haben Sie nach dem Feuer eine weitere Suchaktion gestartet?«, fragte Rachel.

»Wir haben alles abgesucht, großflächig. Die Polizei hat nie etwas gefunden, nicht einmal Metallteile, einen Hering vom Zelt oder Ähnliches. Es war so, als hätte sich die Hölle aufgetan, Feuer ausgespien und die Kinder dabei verschluckt«, antwortete Benjamin.

»Ich verstehe«, sagte Rachel. »Eine Möglichkeit, die wir in Betracht ziehen müssen, ist, dass die Kinder weggelaufen sind. Könnte das sein?«

Sophie schüttelte abwehrend den Kopf. »Warum hätten sie das tun sollen? Außerdem haben wir alle Verwandten, Freunde und sämtliche Stadtverwaltungen im Umkreis abtelefoniert.

Keiner hat je eine Spur von ihnen gesehen. Die Kinder sind einfach verschwunden.«

Rachel kratzte sich am Kinn und schaute auf ihren Block. »Eines der Kinder haben Sie ja angeblich in Melbourne gesehen, also kommt die Möglichkeit für Sie doch zumindest hypothetisch in Betracht«, sagte sie.

Sophie musste zugeben, dass die Polizistin mit ihrem Argument recht hatte.

»Außerdem verschwinden Kinder nicht einfach so, und an die Hölle glaube ich auch nicht«, sagte Rachel und schaute Benjamin an.

»Also glauben Sie mir, dass ich Scott in Melbourne gesehen habe?«, fragte Sophie.

»Was ich glaube, ist erst mal irrelevant. Ich bin hier, um so viele Fakten wie möglich zu sammeln. Dann mache ich mir ein klares Bild. Eine Frage: Scott dürfte heute Ende zwanzig sein, und niemand weiß, wie er sich verändert hat, geschweige denn, wie er heute aussieht. Könnte es sein, dass Sie sich in Melbourne geirrt haben?«

Sophie schüttelte den Kopf. »Ich schwöre bei Gott und allem, was mir heilig ist.«

»Wie haben eigentlich die anderen Eltern reagiert?«, fragte Rachel.

»Lynn Rileys Vater war alleinerziehend. Der war vorher schon Alkoholiker, danach ist er völlig abgestürzt. Familie Simons hat sich schwerste Vorwürfe gemacht, und Michael Lavery ist weggezogen. Schon wenige Tage nach Scotts Tod. Oder nach seinem Verschwinden. Der wollte auch sein Haus nicht mehr aufbauen, nachdem das abgebrannt war.«

»Das Haus ist abgebrannt?«, fragte Rachel.

»Funkenflug durch das große Feuer. Passiert schnell bei so einem großen Brand. Wenn dann noch der Wind ungünstig steht … Er hat die Ruinen abreißen lassen und an der Stelle, wo sein Haus stand, ein Denkmal für die Kinder errichtet. Das ist schon fast ein Stadtpark«, erklärte Benjamin.

Rachel unterstrich diese Information auf ihrem Schreibblock. »Ich habe heute von jemandem gehört, dass Swan Hill im Sommer 1999/2000 seine Seele verloren haben soll. Können Sie mir vielleicht erklären, wie ich das verstehen soll?«

Sophie zögerte. Rachel konnte förmlich sehen, wie sie sich die Worte zurechtlegte. »Sie haben vielleicht schon mal von dem Sprichwort gehört, dass es ein ganzes Dorf braucht, um ein Kind zu erziehen. So ungefähr müssen Sie sich das hier vorstellen. In Swan Hill kennt jeder jeden und jeder fühlt sich für jeden verantwortlich. Oder besser: fühlte. Seit damals regiert hier das Misstrauen. Als die Kinder weg waren, haben nicht nur wir als Eltern einen Teil von uns verloren, sondern die ganze Stadt. Wissen Sie, wie das ist, wenn man ein Kind verliert?«

Die Frage traf Rachel wie ein Stich ins Herz. Für einen kurzen Augenblick sah sie Toms blutüberströmtes Gesicht vor sich. Sie zuckte zusammen und begann zu zittern. Sophie erkundigte sich, ob alles in Ordnung sei, doch Rachel nahm sich zusammen und bat sie fortzufahren.

»Der offizielle Polizeibericht besagte zwar damals, dass die Kinder verbrannt seien. Die Tatsache aber, dass man keine Leichen gefunden hat, löste bei den Leuten etwas aus. Vielleicht die unterbewusste Annahme, dass es sich doch um ein Verbrechen gehandelt haben könnte. Einige Leute haben sich damals gegenseitig beschuldigt. Die jeweiligen Familien haben daraufhin miteinander gebrochen. Dann gab es noch die Vermutung, einer der Aborigines könnte was damit zu tun haben. Kuparr heißt er. Er hatte häufiger mit Lynn zu tun.«

Rachel steckte den Schreibblock zurück in ihre Brusttasche. »Vielen Dank, das sollte vorerst genügen. Aber ich werde in den nächsten Tagen ganz sicher noch mal auf Sie zurückkommen.«

Sophie und Benjamin begleiteten Rachel bis zum Auto. Unterwegs nutzte Sophie nochmals die Gelegenheit, um mit Nachdruck zu betonen, dass sie Scott Lavery in Melbourne gesehen habe und nicht verrückt sei. Rachel versicherte, sie würde tun, was sie könne.

Swan Hill, Dezember 1999

Lynn schloss ihr Fahrrad vor dem Aborigine-Zentrum ab, rannte durch die Tür in das Gebäude und warf ihren Rucksack in die Ecke. Die Anwesenden im Raum, allesamt indigener Abstammung, blickten verwundert auf, um zu sehen, wer sie in ihrer Eintracht störte. Als Lynn in der Küche verschwand, gingen sie wieder ihren jeweiligen Beschäftigungen nach: Einige frühstückten, andere spielten Karten, wieder andere schauten auf einen kleinen Fernseher, der in einer Ecke an der Wand hing.

In der Küche ließ Lynn Wasser in das Waschbecken ein und begann, eine Wanne schmutzigen Geschirrs zu spülen, die neben der Spüle stand. Auch wenn ihre Freunde sie nicht verstanden, sie tat das gern. Einmal pro Woche, jetzt in den Ferien auch häufiger, half sie ehrenamtlich im Zentrum mit. Seit sie klein war, hatte sie der Kultur der Aborigines großes Interesse entgegengebracht. Und je älter sie wurde, umso mehr schämte sie sich für das, was die Siedler den Ureinwohnern angetan hatten. Die Schichten im Zentrum betrachtete sie als eine Art Wiedergutmachung für etwas, wofür sie nicht verantwortlich war.

»Ist alles in Ordnung bei dir?« Von Lynn unbemerkt war Waratah in die Küche gekommen, ein Mann um die fünfzig mit grau meliertem Haar. Er war der Leiter des Zentrums und fühlte sich ein bisschen wie ein zweiter Vater für Lynn. Sie hielt inne. Langsam wandte sie ihr Gesicht Waratah zu. Betroffen stellte er fest, dass sie wieder neue blaue Flecken im Gesicht hatte. »Wenn du willst, dass Kuparr oder ich mit ihm sprechen oder zur Polizei gehen, musst du es nur sagen«, bot Waratah an.

»Nein, ich komme schon klar. Unternehmt am besten nichts!«, antwortete sie entschlossen.

»Wie du willst, es ist deine Entscheidung. Das Angebot steht jedenfalls.«

Waratah half Lynn, den Stapel Geschirr wegzuspülen. Danach gingen die beiden in den Aufenthaltsraum und gesellten sich zu den anderen. Lynn setzte sich neben Kuparr, ihren besten Freund in dem Zentrum. Kuparr sah Lynn lange an, dann fragte er: »Wieso schlägt er dich?«

Lynn wusste nicht, was sie darauf antworten sollte. »Weil er trinkt«, sagte sie schließlich.

Kuparr strich Lynn die Haare hinters Ohr, um einen blauen Fleck am Hals besser begutachten zu können. »Das ist kein Grund. Ich wurde auch jahrelang geschlagen. Bei meiner neuen Familie hat keiner getrunken.« Wenn Kuparr von der Familie sprach, bei der er aufgewachsen war, sprach er immer von seiner »neuen Familie«. Um das Thema zu wechseln, fragte sie ihren Freund, ob er sich vor dem Millenniumcrash fürchte. Kuparr kam nicht dazu, zu antworten, denn einen Augenblick später flog die Haupteingangstür des Zentrums auf. Herein kam Merinda. Das Mädchen war siebzehn Jahre alt und regelmäßiger Gast dort. Ihr Gesicht war blutüberströmt, das T-Shirt zerrissen und die Jeans mit roter und brauner Erde beschmutzt. Merindas Blick war leer. Wie in Trance wandelte sie auf Waratah zu. Lautes Gemurmel breitete sich im Raum aus.

»Was ist passiert?«, fragte Waratah entsetzt. Merinda schwieg und begann dann zu weinen. Waratah setzte sie auf eine Bank am Ende des Raumes. Nach einigen Minuten sprudelte es aus ihr heraus. Schluchzend erzählte sie, wie sie am Vorabend noch spazieren gewesen sei, als neben ihr plötzlich ein Lieferwagen anhielt. Ein junger Mann sei ausgestiegen und habe versucht, sie in den Wagen zu zerren. Mit Händen und Füßen habe sie sich gewehrt, bis der Mann schließlich fluchend und drohend zurück in das Auto gestiegen sei. Sie würden sie schon noch kriegen, habe der Mann gesagt. Dann seien sie weitergefahren. Völlig verängstigt habe Merinda die Nacht in einem Versteck im Wald verbracht und sei dann hierher ins Zentrum gekommen.

Waratah hörte sich die Geschichte geduldig an. Er schüttelte den Kopf. »Sie sind hier – die Menschenhändler, von denen auch andere Städte schon berichtet haben! Sie fahren über das Land und entführen junge Frauen von zum Großteil indigener Abstammung, um sie als Sexsklavinnen zu verkaufen. Ich habe es in den letzten Wochen mehrmals in der Zeitung gelesen«, sagte er.

Lynn hörte Waratah zu. Auch sie hatte in den Nachrichten von den Menschenhändlern gehört, die die Frauen entführten und danach hauptsächlich ins Northern Territory brachten. Doch in den Nachrichten war das Thema so weit weg – so als würde es hier in der heilen Welt von Swan Hill, in der jeder auf jeden aufpasste, niemanden betreffen. Lynn schaute auf ihre Armbanduhr. »Ich muss los«, erklärte sie und verabschiedete sich von Kuparr und den anderen.

»Pass auf dich auf«, riet ihr Waratah, als er sie hinausbegleitete, »die Menschenhändler sind bei jungen Frauen nicht sehr wählerisch.«

Lynn schloss ihr Fahrrad auf und radelte los. Zum Supermarkt waren es nur fünf Minuten. Sie hatte sich mit den anderen verabredet, heute die Sachen zu besorgen, die sie für das Campen benötigten. Ada, Scott und Matthew warteten bereits vor dem Eingang auf sie.

»Hast du den Abos wieder Schnaps eingeflößt?«, fragte Scott.

»Du sollst sie nicht so nennen, gehen wir lieber rein«, entgegnete Lynn.

Die vier verständigten sich darauf, dass Scott und Matthew das Essen und die beiden Mädchen die Getränke besorgen würden. Sie trennten sich. Scott steuerte direkt die Campingabteilung an, wo er am Regal mit den Campingkochern stehen blieb. »Bist du bescheuert? Wir können bei der Trockenheit doch keinen Campingkocher mit in den Wald nehmen!«, protestierte Matthew, als Scott den Kocher in seinen Korb legte. Scott quittierte die Bemerkung mit einem hämischen Grinsen und versicherte Matthew, den er für einen Schisser hielt, dass schon nichts schiefgehen werde. Die beiden schlenderten weiter durch den Markt und packten alles in den Korb, was ihnen brauchbar erschien: Fleisch, Cracker, Süßigkeiten, Obst und noch einige Dinge mehr. Vollbepackt erreichten sie schließlich die Kasse, wo sie darüber maulten, dass sie wieder auf die Mädchen warten mussten.

»Brauchen wir eigentlich Kondome?«, fragte Scott.

Matthew schaute ihn entgeistert an. Er war zwar in Ada verliebt, aber an so etwas hatte er nicht einmal im Traum gedacht. »Wie kommst du darauf?«, fragte er.

»So abwegig ist das ja wohl nicht, zwei Mädchen und zwei Jungs an Silvester allein im Wald, hä? Da kann alles Mögliche passieren. Und man muss doch vorbereitet sein.«

Matt wollte davon nichts wissen.

»Ich nehme die Pille, und du?«, sagte Ada, als sie vor dem Regal mit den Verhütungsmitteln standen.

»Mein Vater würde das niemals bezahlen«, sagte Lynn. »Abgesehen davon brauche ich die auch gar nicht. Ich hab noch nie, und du?«

»Ich auch nicht. Aber irgendwann wird es wohl so weit sein. Sag mal, wen findest du von den Jungs eigentlich besser?« Ada war sich immer noch nicht sicher, wie sie auf den Brief von Matt beziehungsweise die eindeutigen Anspielungen von Scott reagieren sollte.

»Von welchen Jungs? Scott und Matt? Keinen, beide zu unreif!«, befand Lynn.

Ada nickte nur. »Auf wen stehst denn du so? Gibt es einen? Doch wohl nicht den Cooper, oder?«, fragte sie.

»Kuparr, da legt er Wert drauf. Nein, der nicht. Der ist doch viel zu alt. Nein, bei mir gibt es niemanden. Ich bezweifle auch, dass ich in Swan Hill jemanden finden werde. Spätestens wenn ich achtzehn bin, hau ich hier ab, das steht fest.«

»Ich find's eigentlich ganz schön hier. Ich werde zusehen, dass ich so schnell wie möglich den Richtigen finde, heirate und eine Familie gründe«, sagte Ada.

»Das muss ja jeder selber wissen. Ich will erst mal weg. Der Rest ergibt sich.«

Hinter dem Regal mit den Verhütungsmitteln belauschte jemand die beiden Mädchen: Ted Mitchell. Sheriff von Swan Hill. Er versuchte, so leise wie möglich zu atmen, um sich nicht zu verraten. Das fiel ihm aufgrund seiner Fettleibigkeit, die ihm das Atmen erschwerte, gar nicht so leicht. Außerdem musste er aufpassen, mit seinem überhängenden dicken Bauch nicht die Produkte aus den Regalfächern zu stoßen und dadurch auf sich aufmerksam zu machen. Ted hatte nie eine Frau gehabt. Schon gar keine wie Ada oder Lynn. Er lebte sein Junggesellendasein, verbrachte die Abende zu Hause oder im Lame Kangaroo und genoss es, ab und zu seine Macht als Sheriff auszunutzen. Als die Mädchen gerade weitergehen wollten, sprang er kurzerhand hinter dem Regal hervor. »Na, Mädels, seid ihr denn schon alt genug für so was?«, fragte er. Dabei tupfte er sich den Schweiß von der Stirn. Obwohl der Supermarkt klimatisiert war, machte ihm das heiße Wetter bei seiner Körperfülle sehr zu schaffen.

»Offenbar schon, sonst würden wir ja nicht hier stehen«, sagte Lynn, die Ted schon immer sehr schleimig fand, wie eigentlich alle Jugendlichen in Swan Hill. Sie packte Ada am Arm und zog sie weiter.

»Nicht, dass ich euch am Ende noch wegen Unzucht verhaften muss!«, rief Ted den beiden Mädchen hinterher.

Ada und Lynn versuchten Ted zu ignorieren. Am Ende regten sie sich aber doch über den dicken Polizisten auf, der immer mal wieder Anstalten machte, sich an viel zu junge Mädchen heranzumachen.

Lynn entschied sich kurzfristig, ein Messer zur Selbstverteidigung zu kaufen. In der Campingabteilung wurde sie fündig, auch wenn Ada sie verständnislos anstarrte. »In der Stadt sind Menschenhändler unterwegs. Außerdem kann man nie wissen, welcher Ted irgendwann mal hinter welcher Ecke lauert«, erklärte Lynn. Nicht zuletzt wegen der angespannten Situation mit ihrem Vater reagierte sie sehr empfindlich, wenn es um männliche Übergriffe ging.

Die beiden Mädchen schlenderten zur Kasse, wo Scott und Matthew schon genervt auf sie warteten. Dann bezahlten sie. Im angrenzenden Bottleshop besorgten sie sich zwei Flaschen Sekt zum Anstoßen. Sie waren noch keine achtzehn und hätten eigentlich keinen Alkohol kaufen dürfen, doch Ada spielte beim Verkäufer die Karte der Juniorchefin aus, versprach, verantwortungsvoll mit dem Sekt umzugehen, und bekam die Ware ausgehändigt.

»Jetzt steht einem tollen Abend morgen nichts mehr im Wege«, sagte sie und hielt den drei anderen freudig die Sektflaschen unter die Nase.

Draußen auf dem Parkplatz kam den Jugendlichen eine Gruppe von zehn Aborigines entgegen, die sie nicht kannten. »Wo kommen die ganzen Abos her?«, fragte Scott. Matt und Ada zuckten mit den Schultern.

»Sydney«, antwortete Lynn, die aufgrund ihrer Tätigkeit im Zentrum immer auf dem neuesten Stand war.

»Und wieso kommen die hierher?«, fragte Matt.

»Wegen der Olympischen Spiele nächstes Jahr«, antwortete Lynn. Die anderen machten fragende Gesichter. »Unsere tolle Regierung möchte nicht, dass das Antlitz Sydneys in den Augen der Weltöffentlichkeit Schaden nimmt. Deswegen muss alles, was stört, weg. Das hier sind Aborigines, die bewusst in ländliche Gebiete umgesiedelt werden«, erklärte Lynn.

Obwohl keiner der anderen je einen richtigen Bezug zu den Ureinwohnern Australiens gehabt hatte, waren sie erstaunt darüber, wie die Regierung auch heute noch mit den Aborigines umging.

»Glaubt ihr denn, dass die staatliche Schikane zusammen mit den ›Stolen Generations‹ aufgehört hat? Nicht ernsthaft, oder? Kommt doch mal mit ins Zentrum und redet mit Waratah. Der wird euch schon ein paar Takte dazu erzählen«, bot Lynn an.

So weit ging das Mitgefühl dann aber doch nicht. Die Jugendlichen verabredeten sich für den Abend am »Burke and Wills Tree«. Lynn kehrte zurück ins Zentrum. Ada, Matt und Scott fuhren nach Hause.

Scotts Vater und seine Freundin waren unterwegs, und Scott hatte das Haus für sich. Also machte er das, was er bei dieser Gelegenheit immer machte: ins Arbeitszimmer seines Vaters gehen und schauen, ob es dort etwas Interessantes zu entdecken gab. Er setzte sich auf den schwarzen Lederstuhl und rüttelte an den Schreibtischschubladen. Sie waren abgeschlossen, und wo der Schlüssel war, wusste er nicht. Auf dem Schreibtisch selbst gab es nichts Spannendes zu entdecken.

Scott ging um den Tisch herum und schob den Teppich zur Seite. Zum Vorschein kam die Tür eines kleinen Tresors, der in den Boden eingelassen war. Mit Freude stellte Scott fest, dass sein Vater vergessen hatte, ihn abzuschließen. Er öffnete die Tür. Im Safe lagen ein paar Dokumente, ein Bündel Fünfzig-Dollar-Scheine und zwei Schlüssel. Volltreffer! Er nahm die Schlüssel und ging damit in den Keller, wo zwei weitere Tresore nebeneinanderstanden. Mit einem der Schlüssel öffnete Scott den ersten Safe. Darin lag eine schwarze Pistole, die Beretta seines Vaters. Vorsichtig, beinahe ehrfürchtig nahm er die Waffe und wog sie in der Hand. Sie fühlte sich kalt und schwer an. Scott legte an und zielte über Kimme und Korn auf verschiedene Gegenstände im Keller. Jedes Mal tat er dabei so, als würde er abdrücken, indem er den Rückstoß imitierte und ein Zischgeräusch machte.

Scott schloss die Tür des zweiten Tresors auf, wo er die Munition fand: ein geladenes Magazin und mindestens hundert Kugeln, die auf einer kleinen Plastikpalette steckten. Er nahm das Magazin und schob es von unten in den Griff der Pistole, bis es mit einem Klicken einrastete. Er hatte schon oft bei seinem Vater gesehen, was zu tun war. Den Schlitten nach hinten ziehen, sodass die erste Kugel in den Lauf gelangte, dann entsichern und feuern. Das musste er irgendwann einmal ausprobieren, nahm er sich vor. Bis dahin würde sein Vater das Verschwinden der Waffe schon nicht bemerken. Scott steckte die Waffe in den Hosenbund, schloss die Tresore und legte die Schlüssel wieder zurück in den Safe. Dann versteckte er die Waffe in seinem Zimmer, legte sich aufs Bett und schaltete den Fernseher an.

KAPITEL 3

Swan Hill, Januar 2015

Rachel schaute angestrengt auf das Schild mit dem Straßennamen. Dabei fiel ihr ein, dass sie mal wieder zum Optiker gehen sollte, in letzter Zeit hatten sich ihre Augen spürbar verschlechtert. Sunset Lane, entzifferte sie schließlich. Sie war richtig. Rachel bog in eine lange, breite Straße ein, die an beiden Seiten sporadisch von kleinen Eukalyptusbäumen gesäumt war. Die Häuser entlang der Straße waren groß, teilweise protzig und fast ausnahmslos von hohen Zäunen umgeben. Hier wohnte offenbar der besser verdienende Teil der Bevölkerung Swan Hills, was sich auch an den Fahrzeugen auf den Garagenauffahrten ablesen ließ.

Rachel fuhr weiter, bis sie ein unbebautes Grundstück, das einzige unbebaute Grundstück an der Sunset Lane, erreichte. Hier war er also, der »Gedenkpark«, den Michael Lavery für seinen toten Jungen und die anderen Kinder hatte errichten lassen. Rachel stellte den Wagen ab und stieg aus.

Der Park beziehungsweise das Grundstück war relativ schmal, reichte dafür aber weit in die Tiefe. Es bestand im Wesentlichen aus einer rund einen Hektar großen, von Buschwerk eingegrenzten Rasenfläche. In der Mitte stand ein Denkmal. Rachel beschloss, sich die Skulptur von Nahem anzuschauen. Sie setzte einen Fuß auf die Rasenfläche, und augenblicklich überkam sie ein schauriges Gefühl. Obwohl es über vierzig Grad heiß war und die Sonne vom Himmel herabbrannte wie Höllenfeuer, lief es ihr eiskalt den Rücken hinunter. Sie hielt inne und schüttelte sich einmal kurz, bevor sie langsam weiterging und sich dem Denkmal Schritt für Schritt näherte. Jetzt konnte sie erkennen, dass es sich um eine stark abstrahierte Darstellung von vier Kindern handelte, die im Feuer standen. Keines hatte ein Gesicht oder machte eine Regung. Das Denkmal war aus Beton gegossen, und vor dessen Sockel war eine vergoldete Tafel eingelassen.

> *Ps 50, 1–3*
> *Gott, der Herr, der Mächtige, redet und ruft der Welt vom Aufgang der Sonne bis zu ihrem Niedergang. Aus Zion bricht an der schöne Glanz Gottes. Unser Gott kommt und schweigt nicht. Fressend Feuer geht vor ihm her und um ihn her ist ein großes Wetter.*
>
> *In Gedenken an die Kinder Ada Jennings, Scott Lavery, Lynn Riley und Matthew Simons, die in der Nacht zum 1. Januar des Jahres 2000 ihr viel zu kurzes Leben in einem verheerenden Buschfeuer verloren.*

Rachel umrundete das Denkmal. Auf der Rückseite entdeckte sie ein weiteres, kleineres Schild, das aber nicht vergoldet, sondern aus Edelstahl war. »Gestiftet von Michael Lavery« stand darauf. Offenbar war es Mr Lavery wichtig, auch als Gutmensch, der hinter diesem Werk stand, wahrgenommen zu werden, dachte Rachel. Auf dem Rückweg zum Auto überlegte Rachel, warum sich wohl die anderen Eltern nicht an dem Denkmal beteiligt hatten. Oder sie hatten es doch und wollten nicht explizit genannt werden. Sie würden schon ihre Gründe haben ...

Auf dem Bürgersteig blieb Rachel stehen und wandte sich noch einmal nach dem Denkmal um. Aus der Ferne konnte man zwar erahnen, dass das Denkmal etwas mit Feuer zu tun hatte, weil die Flammen recht gut ausgearbeitet waren. Die Kinder im Inferno hätte Rachel aber vermutlich nicht einmal dann erkannt, wenn ihre Augen völlig in Ordnung gewesen wären. Plötzlich stupste sie etwas am Bein. Sie blickte an sich hinunter und sah einen Hund, der an ihrer Hose herumschnüffelte.

»Aus, Buster! Komm her!«, rief eine helle Stimme. Sie gehörte einer zierlichen blonden Frau von etwa vierzig Jahren. »Entschuldigen Sie, ich habe ihn nur kurz abgeleint. Er springt so gern hier auf der Rasenfläche herum«, sagte die Frau.

»Alles gut, ich mag Hunde«, sagte Rachel und ging in die Hocke, um Buster zu streicheln.

»Sie haben den Gedenkpark bewundert!?«, erkundigte sich die Frau.

»Ja, die Leute reden hier viel darüber. Ich wollte mir ein Bild machen«, antwortete Rachel.

»Sie sind wohl nicht von hier. Was reden die Leute denn über den Park? Vermutlich nicht nur Gutes, oder?«

Rachel schaute die erfreulich redselige Frau fragend und zugleich auffordernd an.

»Als Lavery hier weggezogen ist, hat er verfügt, dass das Grundstück mindestens hundert Jahre lang so bleiben muss wie jetzt. Nichts darf hier verändert werden. Dabei ist das hier die beliebteste Gegend und Baugrund ist ohnehin schon knapp. Einige Leute hätten hier anstatt einer leeren Fläche lieber wieder eine Villa gesehen. Unter einem ›Wiederaufbau nach dem Brand‹ hatten sich die Nachbarn hier etwas anderes vorgestellt«, erklärte die Frau.

Rachel zückte ihr Büchlein und machte sich eifrig Notizen. Die Frau, die womöglich deshalb so gern redete, weil sie in ihrer großen Villa unter Einsamkeit litt, fühlte sich sichtlich geschmeichelt, dass ihr jemand so viel Aufmerksamkeit schenkte. »Die anderen Hausbesitzer hier haben den Wiederaufbau dagegen ganz gut hinbekommen«, bemerkte Rachel und schaute sich noch einmal um.

»Oh, ich glaube nicht, dass hier vor fünfzehn Jahren so viele Häuser abgebrannt sind. Die meisten hatten Glück«, sagte die Frau.

Rachel schrieb weiter mit. »Haben Sie die Familie Lavery gut gekannt?«, fragte sie.

»Es geht so. Hier haben wir alle nicht sonderlich viel Kontakt miteinander, aber Michael schien recht nett zu sein. Die Freundin mochte ich nicht, das war so ein Püppchen. Und der Sohn … na ja, wie Kinder eben so sind: nervtötend und teuer«, sagte die Frau.

»Wissen Sie, ob ich Michael Lavery noch irgendwie erreichen kann? Ich meine, kennen Sie jemanden, der eine Telefonnummer oder Adresse oder so hat?«, fragte Rachel.

Die Frau schüttelte den Kopf. »Wie gesagt«, erklärte sie, »wir hatten nicht viel Kontakt. Sie sollten mal beim Sheriff fragen. Der ist auch offiziell mit dem Bewachen des Parks hier beauftragt.« Rachel bedankte sich. Dann musste sie sich noch eine weitere Geschichte über die Nachbarschaft und die Bevölkerung Swan Hills anhören, bis sie sich endlich loseisen konnte. Immerhin wusste sie nun, dass sie sich soeben mit der Frau eines hiesigen Anwalts unterhalten hatte, die in der nächsten Woche am Knie operiert werden würde, und dass der Hund der Familie unter Migräne litt.

Rachel setzte sich ins Auto, drehte den Zündschlüssel und stellte die Klimaanlage auf sechzehn Grad Celsius ein. Während sie auf der Karte nach der Campbell Street suchte, dem Sitz der Polizeistation von Swan Hill, genoss sie den kühlen Wind im Gesicht. Die Campbell Street lag nur zehn Minuten weiter südöstlich. Rachel stellte den Wagen auf dem Parkplatz vor der Station neben einem Streifenwagen ab.

»Tut mir leid, die Parkplätze hier sind für die Polizei reserviert!«, rief ihr ein Officer zu, der mit einem Kollegen gerade zum Wagen ging, als Rachel ausstieg. Als er bemerkte, dass auch sie eine Polizeiuniform trug, die irgendwie nicht australisch aussah, blickte er verwirrt drein.

»Rachel Buchanan. Ich bin Polizistin beim ›British-Australian Police Exchange Programme‹.«

»Keine Ahnung, wovon Sie sprechen, aber offenbar sind Sie eine von uns«, sagte der Officer.

»Ich suche den Sheriff, ist er da?«, erkundigte sich Rachel und der Officer nickte.

Rachel betrat das architektonisch moderne Polizeigebäude, das so aussah, als hätte jemand mit großen grauen Betonbauklötzen gespielt. Am Empfang erkundigte sie sich nach dem Büro des Polizeichefs und folgte dann den Anweisungen des etwas lustlos dasitzenden jungen Mannes.

Das Büro des Sheriffs befand sich im ersten Stock. Rachel klopfte an die Tür. Als niemand antwortete, klopfte sie erneut. Ein undefinierbares Geräusch hinter der Tür deutete sie als »Herein«, und sie öffnete die Tür. Hinter einem Schreibtisch saß der Sheriff, ein dicker rotblonder Mann um die fünfzig. Obwohl der Raum angenehm klimatisiert war, hatte er Schweißperlen auf der Stirn, und sein helles Hemd war mit dunklen Schweißflecken übersät.

»Setzen Sie sich, was kann ich für Sie tun?«, fragte er.

Rachel sah es ihm nach, dass er zur Begrüßung nicht aufstand. Für jemanden wie ihn hätte das eine große Anstrengung bedeutet. Außerdem war sie ja nicht in London, und hier liefen die Dinge nun mal anders. Rachel stellte sich vor und erklärte dem Sheriff, dass sie im Rahmen eines Austauschprogramms nach Australien gekommen sei. Sie versuchte einen besonders netten Eindruck zu machen, da sie nicht wollte, dass der Sheriff ein schlechtes Gefühl bekam, weil eine Frau nun für die nächsten Tage in seinem »Revier« wilderte.

»Und was wollen Sie ausgerechnet hier in Swan Hill?«, fragte der Sheriff schließlich ungeduldig und trank einen Schluck Kaffee aus der Tasse, die vor ihm auf dem Schreibtisch stand.

»Ich wurde aus Melbourne geschickt, um einen alten Fall um vier verschwundene Jugendliche aus dem Jahr 1999 noch einmal aufzurollen. Wenn Sie damals schon hier waren, erinnern Sie sich vielleicht noch daran«, erklärte Rachel.

Der Sheriff verschluckte sich an seinem Kaffee. Er hustete in ein Taschentuch, das er sich umständlich aus der Hose kramte. »Natürlich weiß ich das noch, ich war damals schon Sheriff hier«, sagte er. »Warum rollen Sie den Fall denn noch einmal auf? Gibt es irgendeinen Anlass?« Der Sheriff wirkte nervös. Rachel konnte es verstehen. Vermutlich dachte er, die in Melbourne gingen davon aus, er habe seine Arbeit nicht richtig gemacht. Wahrscheinlich war er in seiner Ehre verletzt.

»Die Mutter eines der Kinder hat den tot geglaubten Scott Lavery angeblich in Melbourne gesehen«, erklärte Rachel.

Der Sheriff kratzte sich am Kinn. Dann lachte er laut auf und ließ sich in seinen Sessel zurückfallen. »Das ist ein starkes Stück«, stieß er hervor. »Wer will Scott denn in Melbourne gesehen haben?«

»Sophie Jennings.«

Jetzt lachte der Sheriff so heftig, dass er sich erst beruhigen musste, bevor er wieder sprechen konnte. »Sophie Jennings«, wiederholte er, »die ist doch nicht ganz dicht. Nach dem Tod ihrer Tochter haben sie die erst mal in die Klapsmühle gesteckt. Wer weiß, was sie dort mit ihr angestellt haben. Vielleicht haben sie an ihrem Gehirn herumgeschraubt und ihr den Verstand vernebelt. Keine Ahnung, ich war noch nie in so einer

Klapsmühle. Die Kinder sind jetzt seit fünfzehn Jahren verschwunden. Woher will sie auch nur ansatzweise wissen, wie Scott heute aussieht? Das ist lächerlich!«

In diesem Moment war es Rachel, als würde die Stimme des Sheriffs langsam ausgeblendet, als würde jemand am Mischpult einfach den Regler runterfahren. Die Welt um sie zog sich zusammen und sie war wieder in ihrem Wohnzimmer in London. Noch ein Flashback. Alles war in Nebel gehüllt. Rachel hielt Toms leblosen Körper im Arm. Sein Blut hatte ihren Pullover rot gefärbt. Ein Polizist, einer ihrer Kollegen von der London Metropolitan Police, kam mit einem Sanitäter im Schlepptau herein, die Nachbarn hatten die Ambulanz gerufen. Wie lange saß sie schon hier? Rachel hatte jegliches Zeitgefühl verloren.

»Wir müssen den Kleinen untersuchen, Rachel. Aber dafür musst du ihn loslassen«, sagte der Polizist. Rachel reagierte nicht. Sie saß einfach nur da und hielt ihren Jungen im Arm.

»Kannst du mich verstehen? Sie steht unter Schock. Ich gebe ihr ein leichtes Beruhigungsmittel«, sagte der Sanitäter und holte eine Spritze aus seinem Koffer.

»Du musst den Kleinen loslassen«, wiederholte der Polizist, doch Rachel reagierte immer noch nicht. Er fing an, Tom aus Rachels Umklammerung zu lösen. In diesem Moment begann sie zu schreien und um sich zu schlagen. Der Sanitäter kam zu Hilfe und hielt ihre Arme fest, während der Polizist Tom auf den Fußboden legte. Der Sanitäter gab Rachel das Beruhigungsmittel und widmete sich dann dem Kind.

Tom atmete nicht mehr, auch sein Herzschlag war verstummt. Einige Minuten lang versuchte der Retter, den Jungen mit einer Herz-Lungen-Massage wiederzubeleben. Ohne Erfolg. In dem Moment, als der Sanitäter aufgab, kam John ins Haus. Auch er war von einem der Nachbarn informiert worden und auf dem Weg zur Arbeit umgekehrt. Fassungslos betrachtete er die Szene im Wohnzimmer, dann stürmte er auf den leblosen Körper seines Sohnes zu. »Wieso tun Sie nichts?«, wiederholte er immer wieder. Schließlich begann er selbst verzweifelt mit einer Herz-Lungen-Massage.

»John, es hilft nichts«, sagte der Polizist, der die laut schluchzende Rachel immer noch im Sessel festhielt.

Als es dem Sanitäter schließlich gelang, John davon zu überzeugen, dass Tom tot war, nahm er seinen Jungen in den Arm. »Nein, nein, nein. Warum? Warum?«, war das Einzige, was er hervorbringen konnte.

An die darauffolgenden Ereignisse erinnerte sich Rachel nur noch schemenhaft, was wohl der Wirkung des Beruhigungsmittels geschuldet war. Männer kamen in ihr Wohnzimmer, die Toms Leiche in einem kleinen Zinksarg fortbrachten.

Am nächsten Tag machten Rachel und John den schwersten Gang ihres Lebens. Gemeinsam gingen sie zum Leichenschauhaus, um sich von ihrem Sohn zu verabschieden. Er lag so friedlich dort, als würde er jeden Augenblick aufstehen und anfangen zu spielen. Doch er rührte sich nicht. Seine Haut war bleich und fühlte sich kalt an, als Rachel ihm einen letzten Kuss auf die Stirn gab.

Die folgenden Tage waren furchtbar. Rachel und John hatten das Gefühl, jeglichen Halt verloren zu haben und sinnlos umherzuirren. In der ersten Zeit schafften sie es noch, das Loch, das in ihr Leben gerissen worden war, dadurch zu füllen, dass sie sich gegenseitig stützten. Doch dieser Zusammenhalt ging mehr und mehr verloren. Der Eindruck, dass John ihr die Schuld für Toms Tod gab, schlich sich zunächst unterschwellig bei Rachel ein. Bis ihr John eines Tages bei einem Streit ins Gesicht sagte, dass Tom noch leben würde, wenn sie besser aufgepasst hätte. Das war der Moment, in dem Rachel zum zweiten Mal der Boden unter den Füßen weggezogen wurde. Das bedingungslose Vertrauen, das sie immer zu John gehabt hatte, verschwand von einem Moment auf den anderen – als hätte jemand einen Schalter umgelegt. Zuerst war sie einfach nur verzweifelt. Dann entwickelte sie einen Hass auf ihren Ehemann, den sie zuvor noch niemandem gegenüber gespürt hatte. Rachel konnte John nicht mehr sehen, ihn nicht mehr riechen, das reine Wissen um seine physische Präsenz im Haus nicht mehr ertragen. Eines Tages einigten sie sich darauf, dass John ausziehen würde. Zu dieser Zeit war ihre Ehe ein Trümmerfeld, in dem sie nur noch nebeneinanderher lebten, ohne auch nur ein Wort miteinander zu wechseln.

Der Tag, an dem John auszog, war ein Dienstag. Rachel war bei der Arbeit, das Einzige, das sie in den Wochen der Trauer davon abgehalten hatte, wahnsinnig zu werden. Doch als Rachel nach der Schicht nach Hause kam und das leere Haus vorfand, wurde ihr zum ersten Mal richtig bewusst, dass sie jetzt allein auf der Welt war. Auf dem Wohnzimmerteppich brach sie zusammen und blieb genau an der Stelle liegen, an der der Sanitäter vergeblich versucht hatte, Tom wiederzubeleben. Mitten in der Nacht schaffte sie es schließlich, sich in ihr Bett zu schleppen, aus dem sie am nächsten Morgen nicht mehr aufstehen wollte. Auch nicht am Folgetag und am Tag danach. Rachel stürzte in eine tiefe Depression.

Wenn das Telefon klingelte, konnte sie sich nicht aufraffen, wenn jemand an der Tür war, öffnete sie nicht. Rachel war gefangen in einer schier endlosen Spirale aus Gedanken, die sich einzig um ihren toten Sohn und ihren Ehemann drehte, der sie zu Unrecht verlassen hatte.

Nach einer Woche standen zwei ihrer Kollegen von der London Metropolitan Police vor der Tür. Auch dieses Mal reagierte Rachel weder auf das Klingeln noch auf das Klopfen. Die Kollegen ahnten offenbar, dass etwas nicht stimmte. Sie traten die Tür ein und fanden Rachel in ihrem beklagenswerten

Zustand. Als kurze Zeit später die Sanitäter kamen und Rachel mitnehmen wollten, wehrte sie sich heftig. Sie wollte nicht ins Bethlem Royal Hospital. Sie selbst hatte schon mehrfach Straftäter infolge einer Zwangseinweisung dorthin gebracht. Obwohl die Einrichtung als älteste psychiatrische Klinik der Welt heute einen guten Ruf besaß, war sie noch immer mit einem schlechten Stigma behaftet. Die grausamen und menschenunwürdigen Zustände, die im 17. und 18. Jahrhundert dort geherrscht hatten, verband man zum Teil noch immer mit dem Haus.

Die Sanitäter pumpten Rachel mit Beruhigungsmitteln voll, um sie auf der Fahrt im Krankenwagen ruhig zu halten. Ihre Einweisung nahm sie nur benebelt wahr. Als sie am nächsten Morgen in ihrem Krankenbett aufwachte, wusste sie zunächst nicht, wo sie sich befand, bis ihr eine Pflegerin erklärte, was passiert war. Noch am selben Tag begann ihre Behandlung, eine Kombination aus Gesprächstherapie und Medikation. In den ersten Wochen hatte sie Schwierigkeiten, sich an die neue Situation und die vielen neuen Menschen um sie herum zu gewöhnen. Doch nach einer Weile ging es ihr tatsächlich besser. Es tat gut, sich dem Therapeuten zu öffnen und all jene Dinge aufzuarbeiten, von denen sie dachte, dass nie ein Mensch sie verstehen würde. In der Klinik traf sie viele Gleichgesinnte, die ebenfalls einen schweren Schicksalsschlag erlitten hatten, der sie völlig aus dem Leben geworfen hatte. Rachel fühlte sich verstanden.

Nach sechs Monaten war sie weitgehend wiederhergestellt. Die Gesprächstherapie war beendet, die Medikamente nahm sie weiter. Um ihrem Alltag Struktur und Stabilität zu verleihen, entschied sie sich, wieder arbeiten zu gehen. Sie war sehr überrascht und dankbar, als ihre Kollegen sie mit offenen Armen empfingen. Alle waren sehr nett zu ihr. Um ihre Wiedereingliederung zu erleichtern und weil er wusste, dass

Rachel schon immer nach Australien wollte, schlug ihr Chef ihr vor, sie im Rahmen des »British-Australian Police Exchange Programme« für einige Monate nach Down Under zu schicken. Rachel war begeistert. Zum ersten Mal nach sehr langer Zeit empfand sie wieder aufrichtige Freude. Und so packte sie ihre Koffer.

»Hallo, hallo.« Die laute Stimme des Sheriffs holte Rachel in die Gegenwart zurück. »Ist alles in Ordnung mit Ihnen?«, fragte er.

Rachel versicherte ihm, dass alles in Ordnung sei. »Wie auch immer, ich brauche die Akte von dem Fall damals. Ich habe sie in Melbourne im Archiv nicht gefunden.« Rachel achtete bewusst darauf, dem Sheriff kein Versäumnis zu unterstellen.

Trotzdem fasste er die Bemerkung als Kritik auf. »Ich kann mir vorstellen, dass die Dinge in London etwas geordneter ablaufen. Da sind die Wege ja auch kürzer. Außerdem gab es damals hier noch keine E-Mail oder dergleichen. Und wenn eine Akte damals nicht in Melbourne gelandet ist, dann hatte das wohl einen guten Grund«, sagte der Sheriff.

»Das stelle ich auch gar nicht infrage. Würden Sie mir denn freundlicherweise die Akte heraussuchen?«

Der Sheriff brummelte etwas Unverständliches und erhob sich mit einem ungeheuren Kraftakt aus seinem Sessel, bevor er zu einem Aktenschrank am hinteren Ende des Büros humpelte.

»Ist alles in Ordnung mit Ihrem Bein?«, fragte Rachel.

»Ja, ja, mir hat vor Jahren ein Verrückter mit einem Messer ins Bein gestochen. Seitdem bekomme ich das nicht mehr weg.« Der Sheriff öffnete den Aktenschrank und ging behäbig jede einzelne Akte durch. Nach einigen Minuten begann Rachel ungeduldig mit den Füßen zu wippen. »Tja, die muss wohl im Keller sein«, sagte der Sheriff, humpelte zu seinem Sessel zurück und ließ sich stöhnend hineinfallen. Rachel schaute ihn erwartungsvoll an. Nach einigen Augenblicken des Schweigens begriff er. »Sie wollen, dass ich jetzt in den Keller gehe und nach-schaue? Das geht nicht, ich habe hier noch zu tun. Außerdem ist die Hälfte der Truppe im Urlaub und die andere Hälfte auf Streife. Kommen Sie morgen wieder.«

»Morgen, wie Sie meinen«, wiederholte Rachel mit einem bestimmten Unterton. »Ich habe gehört, dass Sie wissen, wo Michael Lavery abgeblieben ist, nachdem er Swan Hill verlassen hat. Könnten Sie freundlicherweise den Kontakt zwischen ihm und mir herstellen?« Der Sheriff brummelte wieder etwas in sich hinein, bevor er Rachel versprach, Lavery zu kontaktieren. Rachel bedankte sich freundlich und ließ sich zum Schluss noch den Weg zum Haus von Mr Riley erklären.

Wider Rachels Erwarten quälte sich der Sheriff noch ein-mal aus dem Sessel und gab ihr zum Abschied die Hand.

Kaum war der Sheriff allein, griff er zum Telefon. Er wählte Michael Laverys Nummer, die er noch auswendig kannte, und wartete.

»Ja, bitte?«

»Ted Mitchell.«

»Was gibt's? Ist was mit dem Denkmal?«

»Nein. Eine Polizistin aus Melbourne war gerade bei mir. Sie rollt den Fall noch mal auf und will Sie sprechen.«

Am anderen Ende der Leitung herrschte kurzes Schweigen. »Ich komme.«

Ted legte den Hörer auf und atmete ein paarmal tief durch.

Als Rachel in die Auffahrt zu Rileys Haus einbog, war sie sich zunächst nicht sicher, ob sie der Sheriff zur richtigen Adresse geschickt hatte oder ob das Haus, dem sie sich auf der mit Unkraut bewachsenen Schotterstraße näherte, überhaupt bewohnt war. Sie parkte den Wagen vor dem verwitterten Holzbau und stieg aus. Der Boden der Holzterrasse war so verrottet, dass Rachel Angst hatte, sie könnte einbrechen. Sie öffnete das Mückengitter und klopfte an die Haustür, durch die sie wegen einiger dicker Risse in den Hausflur schauen konnte. Sie sah, wie ein gebrechlicher Mann im Bademantel den Flur entlangschlurfte. Dann öffnete er die Tür. Rachel stellte sich vor und fragte, ob sie hereinkommen und ihm ein paar Fragen zum Verschwinden der vier Jugendlichen stellen dürfe. Doch der Mann mit zerzaustem Haar, Fünftagebart und einer gewaltigen Alkoholfahne zeigte sich verschlossen. Als Rachel erklärte, dass sie den Fall neu aufrollen würde, um den Eltern und damit auch ihm nach so vielen Jahren Gewissheit über das Schicksal ihrer Kinder zu verschaffen, zeigte er sich offener. Riley trat einen Schritt zur Seite und gab den Weg frei. Ein Schwall muffiger Luft schlug ihr entgegen und ließ sie unwillkürlich schlucken. Glücklicherweise gewöhnte sie sich schnell an den Geruch, denn er schien dem gesamten Haus anzuhaften. Riley wies ihr den Weg zur Küche am Ende des Flurs. Dort erwartete sie die nächste Überraschung: Überall standen leere Wodkaflaschen herum.

»Wenn ich gewusst hätte, dass ich heute noch Besuch bekomme, hätte ich natürlich aufgeräumt«, entschuldigte sich Riley mit einer Gleichgültigkeit, die nur ein Mann an den Tag legen konnte, der sich selbst aufgegeben hatte. Rachel versicherte, es mache ihr nichts aus, und setzte sich mit ihm an den Küchentisch. Sie erzählte, wie es zur Wiederaufnahme der Ermittlungen gekommen war, dass Sophie Scott Lavery in Melbourne gesehen haben wollte und deshalb nicht locker ließ. Riley gab ein grunzendes Geräusch von sich.

»Meinetwegen können Sie tun und lassen, was Sie wollen, ich glaube sowieso nicht, dass Sie irgendeinen Erfolg haben werden. Die Kinder sind im Feuer verbrannt, und jeder, der etwas anderes behauptet, lügt oder hat einen Dachschaden«, sagte Riley in einem lallenden Ton.

Rachel ging über die Bemerkung hinweg. »Können Sie mir Lynn ein wenig beschreiben? Wie war sie? Ich möchte mir nur ein Bild machen.«

Lange reagierte Riley gar nicht. Schließlich senkte er den Kopf auf die auf dem Küchentisch verschränkten Arme und begann zu weinen. »Ich habe sie geschlagen. Immer und immer wieder«, gestand er unter Tränen.

Rachel war, als hätte der Mann lange darauf gewartet, jemandem davon zu erzählen und sein Gewissen zu erleichtern. »Ich verstehe«, sagte sie.

Riley erzählte der Fremden seine ganze Geschichte, angefangen beim Tod seiner Frau über den schleichenden Verfall seiner Lebensinhalte bis hin zu Lynns Verschwinden, das ihm den Rest gegeben habe. Ein paarmal war er in den vergangenen fünfzehn Jahren kurz davor gewesen, seinem Leben ein Ende zu setzen, doch jedes Mal habe er im letzten Moment einen Rückzieher gemacht.

Rachel schrieb alles in ihrem Notizbuch mit.

»Was würde ich dafür geben, wenn ich Lynn nur einmal sagen könnte, wie leid mir alles tut«, schluchzte Riley.

Nach einer Weile hatte Rachel genug gehört. Sie steckte das Notizbuch zurück in ihre Tasche und verabschiedete sich, wobei sie Riley versprach, ihn auf dem Laufenden zu halten. Als sie wieder im Auto saß, dachte sie darüber nach, dass ihr eigenes Schicksal sie zwar hart getroffen hatte, es aber offenbar Leute gab, die Ähnliches erlebt hatten und schlechter damit klarkamen.

Swan Hill, Dezember 1999

Scott nahm die Beretta aus dem Versteck unter seinem Bett und schaute sie sich noch einmal genau an. Am liebsten hätte er sie in sein Baumhaus mitgenommen und ein bisschen damit herumexperimentiert, doch er hatte Angst, sein Vater könnte die Waffe bei ihm finden. So legte er sie lieber wieder ins Versteck, damit er sie morgen zum Camping mitnehmen könnte. Stattdessen schnappte er sich seine Schleuder, die er mit einem stärkeren Gummizug frisiert hatte, nahm das Glas mit den Steinen von der Fensterbank und ging in den Garten.

»Wo willst du hin, Sohn?«, fragte sein Vater, der auf dem Sofa lag und die Abendnachrichten schaute.

»In den Garten, ich mache ein paar Zielübungen«, sagte Scott und bekam den Hinweis mit auf den Weg, vorsichtig mit der Schleuder zu sein. Scott hatte sich angewöhnt, derartige Ratschläge zu überhören.

Im Garten stellte er ein Holzbrett vor seinen Baum und malte drei Kreise als Zielscheibe darauf. Scott stellte sich zwanzig Schritte davor auf, nahm seine Schleuder und einen Stein aus dem Glas, zielte und schoss. Die Wucht des Geschosses war so stark, dass der Stein mitten im Brett stecken blieb, zwar außerhalb der drei Kreise, doch Scott war zu erstaunt über die Kraft der Schleuder, als dass er sich darüber hätte ärgern können. Er schoss noch mehrere Male auf das Brett, und jedes Mal blieb ein Stein darin stecken. Scott fragte sich, wozu er eigentlich noch eine Pistole brauchte, wenn er eine Schleuder wie diese besaß.

Plötzlich raschelte es im Gebüsch hinter ihm. Er wandte sich um und sah den Nachbarshund herauskommen, der öfter im Garten der Laverys herumschnüffelte.

»Hund, komm her«, rief Scott; er kannte den Namen des Tieres nicht. Er kannte nicht einmal den Namen der Nachbarn. Der Hund ließ sich nicht aus der Ruhe bringen und schnüffelte weiter, bis er genug hatte und um das Haus herum wieder zurück zur Straße wollte. Scott folgte ihm und rief ihm noch ein paarmal erfolglos hinterher. Wie konnte das dämliche Vieh einfach nicht auf ihn hören? Scott war wütend. Als der Hund auf dem Bürgersteig angelangt war, zog Scott seine Schleuder und schoss unwillkürlich einen Stein auf ihn ab. Der Hund jaulte laut auf und fiel zu Boden. Scott war schockiert. Er hatte damit gerechnet, dass er einfach weglaufen würde, nun lag er regungslos da. Scott machte einige Schritte auf ihn zu. Was sollte er jetzt machen? Zu allem Überfluss hielt ein Streifenwagen direkt neben dem Hund. Scott hatte einen Kloß im Hals. Die Tür des Wagens öffnete sich und Sheriff Mitchell stieg aus. Er stellte sich breitbeinig vor den Hund, schaute zu ihm hinunter, dann in Scotts Gesicht, dann auf die Schleuder, die Scott noch immer in der Hand hielt.

»Der Fall ist klar, denke ich«, sagte Mitchell. Er kniete sich hin und hielt dem Hund die Hand vor die Nase. »Er atmet«, sagte der Sheriff, »aber ich weiß nicht, wie lange noch.« Er inspizierte die Wunde am Kopf. »Ist das dein Hund?« Scott schüttelte den Kopf.

Plötzlich tauchte Scotts Vater auf. »Was ist denn hier los? Hast du was angestellt?«, fragte er. Dann schaute er sich die Szene genauer an und fügte in seinem Kopf die Mosaiksteinchen zu einem Gesamtbild zusammen. Michael riss seinem Sohn die Schleuder aus der Hand und blickte ihm direkt ins Gesicht. Dann gab er ihm eine Ohrfeige. »Damit dürfte die Sache erledigt sein, Sheriff. Ich entsorge den Hund und das war's.«

Der Sheriff unterbrach Michael, als er sich nach dem Hund bückte: »Ich fürchte, so einfach ist es nicht. Außerdem lebt das Tier noch.«

Michael beobachtete den Hund, dessen Brustkorb sich ganz langsam hob und senkte. Dann zog er sein Portemonnaie aus der Gesäßtasche und schaute im Scheinfach nach. »Ich habe hier fünfhundert Dollar, die heute Abend noch den Besitzer wechseln wollen«, sagte Michael und zog das Geld heraus.

Der Sheriff verschränkte die Arme vor seinem dicken Bauch. »Das ist Bestechung!«

»Ach ja? Für mich sieht das eher wie eine Entsorgungsgebühr für den Hundekadaver aus.«

»Der Hund lebt aber noch!«

Michael holte noch einmal hundert Dollar aus seinem Portemonnaie.

»Gut, dann will ich mal nicht so sein«, sagte der Sheriff. Er vergewisserte sich, dass niemand in der Nähe war, der sie gesehen haben könnte, dann nahm er Michael das Geld ab und legte den Hund in den Kofferraum des Streifenwagens. »Und dass das schön unter uns bleibt ...!«, rief der Sheriff aus der heruntergelassenen Scheibe der Fahrertür, bevor er den Motor startete und davonfuhr.

»Ich glaube, das ist auch in unserem Interesse«, sagte Michael und zog Scott hinter sich her.

»Weißt du, wem der Hund gehört hat?«, fragte Michael, um sich kurz darauf selbst die Antwort zu geben: »Richard Ellroy. Den kennst du vielleicht nicht, aber wenn du so weitermachst, wirst du ihn bald kennenlernen. Der ist nämlich Richter für den District und der wohnt zwei Häuser weiter. Wieso um alles in der Welt hast du auf den Hund geschossen?« Scott zuckte mit den Achseln und ließ weiterhin den Kopf hängen. »Schau mich gefälligst an, wenn ich mit dir rede!« Michael nahm Scotts Kopf zwischen seine großen Hände und versuchte vergeblich, ihn nach oben zu biegen, bis Scott sich losriss und zurück ins Haus rannte. »Und jetzt gehst du hoch in dein Zimmer!«, rief Michael ihm hinterher.

»Ich lass mir gar nichts sagen«, murmelte Scott trotzig in sich hinein. Er ging in sein Zimmer, warf sich eine Jacke über und machte sich wieder auf den Weg. Er holte sein Fahrrad aus der Garage und fuhr los zur Verabredung mit seinen Freunden.

Sheriff Mitchell lenkte seinen breiten Streifenwagen über die Brücke nach New South Wales. Er fuhr einige Kilometer, bis er ein einsames Waldstück erreichte, das ihm geeignet erschien. Er stieg aus. Hier draußen, abseits des Lichteinfalls der Stadt, wurde er Zeuge eines faszinierenden und zugleich schockierenden Schauspiels, denn jetzt, da es dunkel war, sah er in der Ferne den roten Feuerschein der Buschbrände, die sich durch das Gehölz fraßen und hoffentlich nicht Swan Hill erreichen würden. Mitchell öffnete den Kofferraum. Er hielt dem Hund noch einmal die Hand vor die Nase, um festzustellen, ob er noch lebte. Das Tier atmete zwar noch, aber flacher als zuvor. Mitchell nahm den Hund auf den Arm und ging einige Hundert Meter in den kargen Wald hinein, in dem ausschließlich Eukalyptusbäume standen. An einer Stelle hinter einem kleinen Erdhügel legte er den Hund auf den Boden. Um sicherzugehen, zog er seine Pistole aus dem Halfter, zielte auf den Kopf und drückte ab. Der Schuss hallte lange nach, doch hier draußen konnte ihn niemand hören. Mitchell steckte die Pistole zurück und scharrte mit seinem Fuß notdürftig umherliegende Erde, Blätter und Zweige auf den Hund. Dann ging er zum Auto und fuhr nach Swan Hill zurück. Sechshundert Dollar für ein wenig Arbeit und einmal Wegsehen – kein schlechter Tausch, dachte er.

Scott war zu spät. Als er am vereinbarten Treffpunkt beim »Burke and Wills Tree« ankam, saßen die anderen bereits in dem ausgeprägten Wurzelwerk der großblättrigen Feige und machten Späße über Scotts Verspätung.

»Hat dich dein Dad nicht gehen lassen?«, scherzte Ada, die immer wieder gern darauf herumhackte, dass Michael Lavery prinzipiell alles im Leben seines Sohnes bestimmte. Bis zu diesem Tag hatte sich Scott noch nie aus einer Situation, sofern sie brenzlig war, je eigenständig befreit. Trotzdem ignorierte Scott Adas Kommentar und machte es sich auf einer der großen Wurzeln bequem, die sich weitläufig in die rote Erde bohrten.

Der Baum, der mit seinen knapp dreißig Metern eine stattliche Größe erreicht hatte, war für die Bewohner Swan Hills von besonderer Bedeutung, denn hier, so sagte die Legende, hatten Robert O'Hara Burke und William John Wills auf ihrer berühmten victorianischen Erkundungsexpedition angeblich eine Nacht verbracht. Auf dieser in den Jahren 1860 und 1861 im Auftrag der Regierung des Bundesstaates Victoria durchgeführten Expedition wurde Australien westlich des 143. Längengrades von Süden nach Norden durchquert. Sie führte von der Stadt Melbourne zum mehr als dreitausend Kilometer entfernten Golf von Carpentaria.

»Haben wir denn jetzt alles für das Silvestercamping oder fehlt noch was?«, fragte Scott.

Matthew zählte auf: Essen, Trinken, zwei Zelte, Schlafsäcke, Isomatten und Campingkocher – es war alles da.

Anschließend unterhielten sich die vier darüber, ob es ihnen schwergefallen sei, die Erlaubnis ihrer Eltern für den Campingtrip zu bekommen. Es stellte sich heraus, dass die Eltern ganz unterschiedlich reagiert hatten. Während Adas Vater nie im Leben etwas von der Sache erfahren durfte, hatte Matthews Dad den Trip gelobt, da er dazu beitrüge, einen richtigen Mann aus Matt zu machen, der in der Wildnis alleine klarkam. Lynns und Scotts Dad war es eigentlich egal, was ihre Kinder am Jahreswechsel trieben.

»Wer schläft eigentlich mit wem in einem Zelt?«, fragte Scott und schaute Ada herausfordernd an.

Zunächst antwortete niemand, bis Ada die Stille durchbrach. »Soll das ein Scherz sein? Lynn und ich, du und Matt. Mädchen und Jungs getrennt. Was hast du denn gedacht, was das für ein Campingtrip wird?«

»War doch nur ein Scherz, sei doch nicht gleich so zickig«, antwortete Scott. »Wenn du nicht immer so aus der Haut fahren würdest, wärst du gleich viel hübscher.«

»Und wenn du etwas eigenständiger wärst, könnte ich dich auch viel ernster nehmen«, konterte Ada.

Matt hatte keine Lust darauf, dass sich Ada und Scott auf diese Weise weiter unterhielten. Denn obwohl sie einander oberflächlich nicht mochten, betrachtete er Scott als potenziellen Rivalen in seinem Kampf um Ada. Er wechselte das Thema. »Wann geht es morgen denn los?«, fragte er.

»Lasst uns uns um vier Uhr an der Murraybrücke treffen. Dann gehen wir los zum Zeltplatz, und unser Silvester kann beginnen«, schlug Lynn vor.

»Ist das nicht etwas früh?«, fragte Matt.

»Je eher ich morgen von zu Hause wegkomme, desto besser. Da hält mich nichts«, antwortete Lynn.

»Dann geh doch erst ins Zentrum zu deinen Abos«, warf Scott ein.

»Da bin ich vorher sowieso schon. Also?«

Die anderen drei stimmten schließlich Lynns Plan zu.

Swan Hill, Januar 2015

Rachel glich noch einmal die Adresse der Familie Simons, die sie sich aufgeschrieben hatte, mit der Nummer an der Wand neben der Haustür ab. Sie war richtig. Rachel klopfte an die Tür, doch niemand öffnete. Selbst nach mehreren Minuten und mehrmaligem Klopfen rührte sich niemand. Rachel ging hinter das Haus, wo anscheinend der Garten war, auch wenn die sonnenverbrannte braune Rasenfläche nicht gerade zum Entspannen einlud. Auch hier war weit und breit niemand zu sehen. Am hinteren Ende des Gartens stand eine kleine Scheune. Vielleicht war dort jemand. Rachel ging langsam über den Rasen, bis sie das Tor erreichte. Sie musste einige Kraft aufbringen, um es zu öffnen. Sie trat ein. Es war dunkel. Nur hier und da bahnte sich ein Sonnenstrahl durch eine Holzspalte in der Verkleidung einen Weg ins Innere. Es roch nach Eisen. Eisen und Verwesung. Rachel stieß mit dem Fuß gegen einen Gegenstand. Eine Flüssigkeit schwappte über ihren Fuß. Erschrocken machte sie einen Schritt zurück. Dabei stieß sie mit dem Rücken gegen etwas. Reflexartig drehte sie sich um. In der Dunkelheit konnte sie nicht erkennen, dass der Gegenstand zurückschwang. Sie wurde zu Boden gestoßen. In diesem Moment ging das Licht in der Scheune an, und Rachel sah, wo sie gelandet war. Von der Decke herab hingen kopfüber ein Dutzend Kängurukadaver mit aufgeschnittener Kehle. Aus den Schlitzen in ihren Hälsen tropfte Blut in Schüsseln, die unter ihnen aufgestellt waren. Eine von ihnen hatte Rachel gerade umgestoßen. Sie stand mitten in einer roten Blutlache.

Rachel schaute nach oben. Der Kadaver, der sie zu Boden gestoßen hatte, baumelte nun über ihrem Kopf und tropfte sie mit Blut voll. Entsetzt robbte sie rücklings ein paar Meter nach hinten, ohne darauf zu achten, wohin. Dabei stieß sie eine weitere Blutschüssel um, deren Inhalt sich auf ihrer Uniform verteilte.

»Wen haben wir denn da?«, ertönte eine sonore, verrauchte Männerstimme aus der Richtung des Eingangs. Rachel wandte den Kopf. Jetzt wusste sie, wer das Licht eingeschaltet hatte. Ein Mann stand im Eingang und zielte mit einer Schrotflinte auf sie.

Rachel nahm die Hände nach oben. »Nicht schießen, ich bin von der Polizei«, brachte Rachel außer Atem hervor.

Der Mann kam mit angelegter Schrotflinte langsam auf sie zu und wich dabei elegant den herunterhängenden Kadavern aus. »Zeigen Sie mir Ihren Ausweis«, forderte er Rachel auf. Sie griff in die Brusttasche, holte ihren Ausweis hervor und hielt ihn dem Mann mit ausgestrecktem Arm hin. Er musterte den Ausweis kritisch. »London Metropolitan Police? Wollen

Sie mich verarschen? Ich habe schon ein paarmal Einbrecher bei uns gestellt, aber bis jetzt hatte niemand so eine dämliche Ausrede wie Sie. Von der Verkleidung mal ganz abgesehen.« Der Mann spannte beide Hähne der doppelläufigen Flinte.

»Nein, bitte nicht. Ich nehme am ›British-Australian Police Exchange Programme‹ teil. Ich bin Rachel Buchanan. Ich ermittle im Fall der verschwundenen Jugendlichen vor fünfzehn Jahren. Dass ich hier eingedrungen bin, tut mir leid. Ich habe nur ein paar Fragen an Sie wegen Matthew«, sagte Rachel in einem fast flehenden Tonfall.

Einige Sekunden legte der Mann noch auf Rachel an, dann nahm er die Waffe herunter und streckte Rachel die Hand hin, um ihr auf die Beine zu helfen. »Butch Simons, schön, Sie kennenzulernen«, stellte er sich vor.

Wenige Minuten später fand sich Rachel zusammen mit Butch und dessen Frau Margret in der Küche wieder. Rachel stand dort mit erhobenen Armen, während Margret ihr das Kängurublut von der Uniform wischte. »Das ist sehr freundlich von Ihnen, vielen Dank«, sagte Rachel.

»Keine Ursache«, antwortete Margret, »Ihr Hemd können Sie aber vermutlich wegwerfen.«

»Kein Problem, ich habe ein paar Hemden in Reserve mit.«

Margret schrubbte so lange, bis die Uniform augenscheinlich vom Blut befreit war. Dann kochte sie Kaffee.

»Sie wollen also den Fall noch mal aufrollen?«, begann Butch das anschließende Gespräch.

»Mrs Jennings will Scott Lavery in Melbourne erkannt haben, genau deswegen bin ich hier«, sagte Rachel. Sie legte ihr Notizbuch auf den Tisch.

»Warum möchten Sie darauf eingehen? Weil Sie genau wissen wollen, was damals passiert ist?«

»Möchten Sie das denn nicht?«, fragte Rachel.

Butch warf Margret einen schnellen Blick zu. »Nein, das möchten wir eigentlich nicht«, antwortete er schließlich.

Rachel blickte die beiden verwundert an. »Verraten Sie mir, wieso?«, fragte sie.

Butch lehnte sich zurück. »Wissen Sie, manchmal muss man die Vergangenheit ruhen lassen, Gras über eine Sache wachsen lassen, sonst findet man keinen Frieden. Margret und ich haben uns sehr lange Vorwürfe gemacht, haben uns gestritten. Wenn wir die Dinge nicht hätten ruhen lassen, wären wir heute nicht mehr zusammen. Wissen Sie, an einem toten Kind kann eine Beziehung zerbrechen.«

Für einen kurzen Augenblick war es so, als spräche ihr Mann John zu ihr. Sie sah ihn direkt vor sich. Dort, wo Butch saß. »Du weißt, wovon ich spreche, Rachel«, sagte er.

Rachel schüttelte sich.

»Ist alles in Ordnung?«, fragte Margret und fasste Rachel am Unterarm. Doch nach einem kurzen Schockmoment war Rachel wieder ansprechbar. »Ja, ja, danke. Bitte reden Sie weiter«, sagte sie.

»Also, wie ich schon sagte, haben wir mit dem Thema abgeschlossen. Es gibt nur eine Sache, die mir leidtut: Das Letzte, was ich Matt beigebracht habe, war, wie man ein Tier tötet«, bedauerte Butch.

Rachel überlegte. »Matt hatte vorher also nie ein Tier getötet?«, fragte sie.

Margret sprang ein: »Nein, was denken Sie denn! Matt war ein sensibler Junge, der hätte nie einer Fliege etwas zuleide tun können.«

»Ich überlege nur laut. Oft ist es so, dass ein Ereignis wie das Töten eines Tieres etwas in einem Jugendlichen auslöst. Den Drang zu töten. Etwa einen Menschen …«

Rachel konnte den Satz nicht zu Ende bringen. Butch sprang von seinem Stuhl auf und schnitt ihr das Wort ab. »So, das war's. Niemand unterstellt meinem Sohn einen Mord, und schon gar nicht in unseren eigenen vier Wänden!« Er packte Rachel am Arm und zog sie aus ihrem Stuhl. Protestierend versuchte sie, sich loszureißen, doch die Umklammerung war zu fest. Unsanft beförderte Butch Rachel zur Haustür und warf sie buchstäblich hinaus. Rachel stolperte rückwärts über die Veranda, rutschte auf der Treppenstufe aus und verknackste sich den linken Fuß. Fluchend landete sie auf dem Boden und tastete ihren Knöchel ab.

Margret versuchte zuerst verzweifelt, ihren Mann aufzuhalten. Als er mit Rachel vor der Tür war, ergriff sie jedoch ihre Chance. Sie schnappte sich Rachels Notizbuch, das noch immer auf dem Küchentisch lag, und rannte die Treppe hinauf in Matts ehemaliges Zimmer. Dort nahm sie ein zusammengefaltetes Blatt Papier aus einer der Schubladen am Schreibtisch und steckte es in das Notizbuch.

Draußen baute sich Butch breitbeinig vor der am Boden liegenden Rachel auf. »Das ist Ihnen hoffentlich eine Lehre. Ich will Sie hier nicht mehr sehen!«, rief er und deutete drohend mit dem Zeigefinger auf sie. Dann verschwand er im Haus.

Wenig später kam Margret heraus. Sie kniete sich neben Rachel hin und betrachtete ihren Fuß. »Haben Sie sich verletzt?«

»Geht schon.«

»Er ist immer so impulsiv. Es tut mir wirklich leid. Leider kann ich Sie nicht mehr hereinbitten, aber wenn Sie die Straße hinunterfahren, finden Sie einen Arzt, Doktor Flynn. Sie können mir selbstverständlich die Rechnung schicken. Hier ist Ihr Buch, Sie haben es auf dem Tisch liegen gelassen.« Aus dem Haus brüllte Butch nach seiner Frau. »Tut mir leid, ich muss wieder rein. Schicken Sie die Rechnung«, sagte Margret und verschwand im Haus.

Rachel steckte ihr Notizbuch ein, rappelte sich auf und hinkte zum Auto. Der linke Fuß schmerzte bei jedem Schritt.

Gut, dass sie einen Automatikwagen fuhr, bei dem sie nur ihren rechten Fuß brauchte. Zuerst bezweifelte Rachel, dass sie tatsächlich einen Arzt brauchte. Als ihr Fuß jedoch immer dicker wurde, entschied sie, dass es wohl besser wäre, diesem Doktor Flynn einen Besuch abzustatten.

Der Eingang zur Praxis lag im Hinterhof, was keinen besonders vertrauenerweckenden Eindruck auf Rachel machte. Die Tür war verschlossen und sie musste klingeln. Dabei fragte sie sich, wie so ein Landarzt im australischen Hinterland wohl aussehen werde: alt, langer grauer Bart, Brille? Rachel wurde jäh aus ihren Gedanken gerissen, als sich die Tür öffnete. Ein dunkelhaariger Mann um die vierzig öffnete die Tür. Er trug ein schlabberiges Hemd und Jeans und machte insgesamt einen ziemlich entspannten Eindruck auf Rachel.

»Ich suche Doktor Flynn. Ich habe mir den Fuß verknackst.«

»Ich bin Doktor Flynn, aber die Praxis öffnet erst in einer Stunde wieder.«

»Oh, dann komme ich gleich noch mal wieder.«

»Nein, nein, schon gut, kommen Sie herein.«

Der Arzt ging vor, und Rachel folgte ihm in eine relativ große, modern eingerichtete Praxis, die man von draußen nicht vermutet hätte. Das Wartezimmer war leer, einzig ein schwarzer Hund lag auf dem dunklen Teppichboden und hob kurz den Kopf, als sein Herrchen mit der Frau in den Behandlungsraum ging. Dann sprang das Tier plötzlich auf und fing an, Rachel zu beschnuppern. Er bellte. Doktor Flynn beruhigte ihn und führte ihn zurück an seinen Platz, wo er sich wieder hinlegte.

»Einen niedlichen Hund haben Sie da«, bemerkte Rachel.

»Ja, Boomer. Er war mal Leichenspürhund bei der Polizei in Bendigo. Jetzt ist er sozusagen in Rente. Er kann nicht mehr so gut gucken, aber seine Nase ist immer noch einwandfrei. Ich wundere mich trotzdem: Wie eine Leiche sehen Sie ja nicht gerade aus.«

»Ich bin mit dem Blut von toten Kängurus in Kontakt gekommen, kann es vielleicht daran liegen?«, fragte Rachel.

»Das wird es sein. Ziehen Sie doch bitte schon mal den Schuh aus, während Sie mir erklären, was eine britische Polizistin hier draußen zu suchen hat«, sagte Flynn.

Rachel erzählte ihm ihre Geschichte und kam dann auf das Thema der vier verschwundenen Jugendlichen zu sprechen. »Waren Sie damals schon hier?«, fragte sie.

»O ja, ich war damals schon hier. Das war kein schöner Sommer. Wir hatten die Presse aus dem ganzen Staat, ach, aus dem ganzen Land hier. Swan Hill hat damals traurige Berühmtheit erlangt: die verschwundenen Kinder von Swan Hill. Und wie dann alle enttäuscht waren, als es hieß, die Kinder seien nur im Buschfeuer verbrannt und nicht etwa von Außerirdischen entführt worden oder was auch immer sich alle erhofft hatten.«

»Außerirdische?« Rachel schmunzelte.

»Ja. Man hat den Fall mit mehreren vermeintlichen Ufo-Sichtungen in den vergangenen Jahrzehnten in dieser Gegend in Zusammenhang gebracht. Was für ein Quatsch! Aber die Feuerhypothese ist auch nicht viel besser.«

»Warum?«

»Weil man keine Überreste gefunden hat. Nichts. Man hat behauptet, die Kinder seien samt ihren Skeletten verbrannt. Das kann aber eigentlich nicht sein, da ein Buschfeuer nicht heiß und auch nicht gleichmäßig genug ist, um Knochen vollends zu verbrennen. Und dann die Metallteile, irgendetwas hätten sie finden müssen.«

»Und wenn sie nicht an der richtigen Stelle gesucht haben?«

»Sie haben alles in einem entsprechenden Umkreis abgesucht«, sagte Flynn, »aber kommen wir mal zu Ihrem Fuß: Tut das weh?«, fragte er, während er auf Rachels linkem Fuß herumdrückte. Sie schrie vor Schmerzen auf. »Sieht nach einem Bänderanriss aus.« Um sicherzugehen, machte Flynn ein Ultraschallbild, das seine Vermutung bestätigte. Er schiente den Fuß und gab Rachel eine Packung Schmerztabletten. »Wie lange bleiben Sie in der Stadt?«

»So lange, wie ich brauche. Ich kann das schlecht abschätzen.«

»Dann kommen Sie in ein paar Tagen doch noch mal vorbei. Und wenn was ist, hier meine Karte.«

Rachel bedankte sich. Sie stand von der Liege auf und reichte dem Arzt zum Abschied die Hand. »Fällt der Hund mich jetzt noch mal an – ich meine, wegen des Kängurubluts?«

»Ich komme mit, keine Angst. Wie ist das eigentlich passiert?«

»Ich war bei den Simons wegen ein paar Fragen. Und da hingen mehrere Kadaver herum.«

»Verstehe«, sagte der Doktor und schwieg.

»Stimmt etwas nicht?«

»Die Familie ist eigenartig. Butch und Margret gehören zu so einer eigenartigen Sekte, über die immer wieder in den australischen Medien berichtet wird. Sie sind für rituelle Schlachtungen und Opferungen von Tieren bekannt. Es gibt Gerüchte, denen zufolge ihr Glaube auch Kinderopfer verlangt. Aber das konnte nie bewiesen werden.«

Rachel musste sich innerlich schütteln.

»Was schulde ich Ihnen? Oder greift meine britische Krankenversicherung hier?«, fragte Rachel.

»Kommen Sie in ein paar Tagen wieder, dann reden wir darüber«, sagte Doktor Flynn.

Im Auto schaute sich Rachel die Visitenkarte des Arztes noch einmal genau an. *Dr. Thomas Flynn, Royal Flying Doctor Service of Australia.* »Spannender Mann«, dachte Rachel und legte die Karte in ihr Notizbuch.

KAPITEL 4

Swan Hill, Silvester 1999

Matt war der Erste an der Brücke. Es war Viertel vor vier, und von den anderen war noch nichts zu sehen. Matt war immer zu früh irgendwo, das war ihm seit frühester Kindheit eingetrichtert worden: niemals zu spät zu kommen. Heute hegte er außerdem noch insgeheim die Hoffnung, dass Ada vielleicht auch ein wenig zu früh kommen würde und sie wenigstens ein paar Minuten zu zweit verbringen könnten. Er hatte auf seinen Liebesbrief bislang keine Antwort erhalten. Doch er wurde nicht enttäuscht. Kurze Zeit nach ihm tauchte Ada auf. Als sie Matt von Weitem erblickte, zögerte sie einen Augenblick, ging dann aber weiter.

»Hi«, sagte sie schüchtern. Matt erwiderte den Gruß. Danach fehlten ihm aber die Worte. Ada war die Situation sichtlich unangenehm. Schließlich kam Matt zur Sache, er hatte nicht viel Zeit, bis die anderen aufschlagen würden. »Ada, der Brief, den ich dir geschrieben habe …« Ada senkte den Blick. »… hattest du schon Gelegenheit, darüber nachzudenken?«

In diesem Moment tauchte Scott auf. Als Ada ihn sah, beschloss sie, das Thema schnell zu beenden. »Hör zu, Matt. Das ist vielleicht jetzt schwierig für dich, aber lass uns einfach nur Freunde sein, okay?«

Matt fühlte sich, als hätte Ada ihm mit der Faust ins Gesicht geschlagen. Er hatte sich große Hoffnungen gemacht, nicht zuletzt, weil er glaubte, in Adas Verhalten versteckte Signale entschlüsselt zu haben. Ihr Lächeln, die Art, wie sie ihn zufällig berührte, oder wenn sie sich die Haare hinters Ohr strich, während sie ihn anschaute. Sollte das alles nur eine riesengroße Verarsche gewesen sein? Matt war sauer und sagte ganz einfach gar nichts auf Adas Abfuhr. Musste er auch nicht, denn inzwischen war Scott angekommen und begann mit einem Redefluss. Ada war es ganz recht, dass sie nun nicht mehr mit Matt allein war und sie sich nicht mehr erklären musste. Sie tat einfach so, als wäre nichts gewesen.

Noch ein paar Minuten später, um kurz nach vier, kam Lynn. »Sorry, im Zentrum war viel zu tun«, entschuldigte sie sich.

»Und täglich grüßt das Murmeltier ... erzähl uns was Neues«, sagte Scott.

Lynn antwortete mit einem gestellten Grinsen.

»Dann lasst uns mal losziehen!«, sagte Scott.

Er rückte seinen Rucksack zurecht und setzte seinen linken Fuß auf die hölzerne Brücke über den Murray, an deren Ende New South Wales begann. »Ein kleiner Schritt für mich, ein großer Schritt für die Menschheit«, sprach Scott feierlich aus.

»Hör auf zu reden und geh lieber«, sagte Lynn und schubste ihn unsanft auf die Brücke.

Scott stolperte und warf ihr einen bösen Blick zu. »Ich hoffe, das ist jetzt kein schlechtes Omen«, sagte er.

»Ich wusste gar nicht, dass du abergläubisch bist«, bemerkte Ada.

»Bin ich auch nicht.«

Scott ging weiter, und die anderen folgten ihm, bis die Brücke endete und sie wieder rote Erde unter den Füßen hatten.

»Wo gehen wir eigentlich hin?« Ada blickte Scott fragend an.

»Überraschung. Folgt mir einfach, ich habe einen super Platz ausgesucht.«

Matt protestierte. »Wer hat eigentlich gesagt, dass du unser Anführer bist? Ich weiß auch tolle Plätze zum Zelten.«

»Du darfst uns dann anführen, wenn du ein Mann geworden bist – was vermutlich noch sehr lange dauern wird«, sagte Scott und nahm Matt scherzhaft in den Schwitzkasten.

Der riss sich los und stieß Scott zur Seite. »Arschloch«, entgegnete Matt. Eigentlich hatte er nach der Sache mit Ada und Scott überhaupt keine Lust mehr mitzukommen. Dennoch ging er weiter, wenn er sich auch einige Meter hinter die drei zurückfallen ließ, während sie durch das Outback wanderten.

Nach zehn Minuten wurde Lynn ungeduldig. Sie war es nicht gewohnt, mit einem Rucksack herumzulaufen, und ihre Schultern begannen zu schmerzen. »Wann sind wir endlich da?«, rief sie in Scotts Richtung.

»Da hinten ist der Wald, wir haben die Hälfte des Weges bereits hinter uns«, antwortete er.

Ada war gut gelaunt, und sie stimmte ein Lied an, das ihr gerade in den Kopf kam: »Livin' on a prayer« von Bon Jovi. Die anderen sangen mit. Auch Matt schloss wieder zu den Freunden auf. Eine Gesangseinlage mit Bon Jovi wollte er sich außerdem nicht entgehen lassen.

Schließlich erreichten sie das Waldstück, das Scott ausgesucht hatte. Der Bewuchs mit Eukalyptusbäumen war zwar nicht dicht, aber das störte die Jugendlichen nicht weiter. Sie betraten den weichen Boden und gingen etwa zweihundert Meter in den Wald hinein. Auf einmal vernahm Lynn ein Motorengeräusch. Sie drehte sich um und sah einen weißen Lieferwagen, der auf der Straße hielt. Aus der Ferne konnte sie nicht erkennen, wer am Steuer saß. Nach einigen Augenblicken fuhr der Wagen weiter und Lynn dachte sich nichts dabei. Die vier wanderten, bis sie eine kleine Senke erreichten und sie sich sicher waren, dass man sie von außerhalb des Waldes nicht mehr sehen konnte.

»So, da sind wir. Ist doch schön hier, oder?«, fragte Scott.

Lynn und Ada inspizierten den Platz und nahmen zum Zeichen ihres Einverständnisses ihre Rucksäcke ab. Nur Matt schaute sich aus reinem Protest noch etwas länger um und machte einen Kommentar zu dem von Scott ausgewählten Zeltplatz. Er führte an, dass das nichts Besonderes sei und er ja viel bessere Plätze hätte finden können. Erst dann stellte er mit dem guten Gefühl, seinem Ärger Luft verschafft zu haben, seinen Rucksack ab.

Nachdem die Jugendlichen einen Lagermittelpunkt in Form einer wegen der Waldbrandgefahr nur imaginären Feuerstelle definiert hatten, bauten sie die Zelte auf. Das Mädchenzelt links von der Feuerstelle, das Jungszelt rechts. Scott holte ein Radio und seinen Campingkocher aus dem Rucksack, den er danach in sein Zelt warf. Matthew war überhaupt nicht begeistert und maulte seinen Freund an: »Ich hab dir schon im Supermarkt gesagt, dass das mit dem Campingkocher nicht geht. Hier ist alles knochentrocken. Pack den gefälligst wieder ein!«

Doch Scott wollte nicht hören. Demonstrativ entzündete er den Kocher und stellte ihn in die Mitte der Feuerstelle. »Was soll schon groß passieren? Wir passen ja auf«, sagte er. Scott kramte die Marshmallows aus dem Rucksack, den Ada mitgenommen hatte, spießte einen von ihnen auf einen Ast und röstete ihn über dem Campingkocher. Ada und Lynn taten es ihm gleich. Matt aß aus Protest einen Cracker, den er großzügig mit Vegemite bestrich.

»Wie wäre es mit ein bisschen Musik?«, fragte Lynn.

Scott warf ihr das Radio zu. »Hier, such dir was aus«, sagte er.

Lynn schaltete das Radio ein. »Wo war noch mal Triple J?« Sie drehte am Suchknopf herum, bis der erste weitgehend rauschfreie Sender hereinkam. Es liefen gerade die Nachrichten.

Guten Tag, willkommen zu den News um fünf.
Die Regierungen von New South Wales und Victoria
warnen aktuell vor heftigen Buschbränden. So
sind in den vergangenen Tagen überraschend mehr
als sechzig Brände in den beiden Bundesstaaten
ausgebrochen, nur etwa zwanzig der Feuer
konnten bislang gelöscht werden. Die Brände
wüten besonders heftig im Südwesten von New
South Wales und Nordosten von Victoria. Die
Feuerwehr erklärte, die Ursache für den Ausbruch
werde untersucht. Der Nothilfeminister von New
South Wales sagte, zumindest drei der Feuer
seien womöglich gezielt gelegt worden. Hunderte
Feuerwehrleute kämpften gegen die Flammen,
sechs von ihnen erlitten Rauchvergiftungen.
Mindestens zwei Häuser wurden bisher zerstört.
Wir halten Sie auf dem Laufenden.

Lynn drehte weiter, bis sie einen Sender fand, auf dem Musik lief. »Was sind das bloß für Arschlöcher, die immer wieder Feuer legen. Für mich ist das Mord«, sagte Lynn.

»Das liegt doch in der Natur Australiens«, sagte Scott und kaute dabei genüsslich auf seinem mittlerweile fertig gerösteten Marshmallow herum.

»Wie meinst du das denn jetzt? Brandstiftung?«, fragte Lynn empört.

»Ja, das auch. Nimm mal zum Beispiel deine Abos. Die haben damals als Jagdtaktik gezielt Buschbrände gelegt, um ihre Beute aus dem Busch zu treiben. Außerdem sind viele Pflanzen hier auf Hitze angewiesen, da sie erst dann ihre Sporen freisetzen«, sagte Scott.

»Mag sein, aber die Aborigines haben nur gejagt, wenn sie Nahrung brauchten, und nicht, weil die ein bisschen verrückt in der Birne sind«, sagte Lynn.

»Na ja, wenn ich mir deinen Kuparr so anschaue …«

»… rede nicht so über ihn, der hat viel erlebt!«, unterbrach Lynn ihn.

Diesmal wechselte Ada geschickt das Thema. »Hat sein Name nicht auch was mit Feuer zu tun?«, fragte sie.

Lynn nickte. »Ja, das bedeutet in seiner Sprache ›verbrannte Erde‹. Wisst ihr eigentlich, wie nach indigenem Glauben das Feuer auf die Erde kam?«

Scott verdrehte die Augen. Matt zeigte sich dagegen interessiert. »Nein, erzähl mal«, forderte er Lynn auf.

»Also. Einst lebten im Himmel, in der Nähe vom Kreuz des Südens, zwei Brüder: Kanbi und Jitabidi. Zu dieser Zeit gab es noch nirgendwo im Universum Feuer. Als die Nahrung in ihrer Welt, der Himmelswelt, knapp wurde, stiegen die beiden auf die Erde herab. Im Gepäck hatten sie ihre Feuerstöcke. Sie errichteten ein Lager, legten ihre Feuerstöcke auf den Boden und gingen auf die Jagd nach Possums, um wieder an Nahrung zu gelangen. Doch die beiden blieben sehr lange weg und hatten ihre Feuerstöcke ohne Aufsicht auf der Erde liegen lassen. Nach einiger Zeit begannen die Feuerstöcke sich zu langweilen. So spielten sie miteinander, um sich die Zeit zu vertreiben. Während des Spiels sprangen sie hin und her, auch in das Geäst eines Baumes und dann wieder hinunter ins Gras. Was dann passierte, ist klar, es brach nämlich ein Buschfeuer aus. Als die beiden Brüder den Rauch sahen, rannten sie sofort zurück zu ihrem Lager, fingen die Feuerstöcke ein und brachten sie wieder an ihren Platz in der Himmelswelt zurück – ohne natürlich das Buschfeuer vorher zu löschen.

Eine Gruppe von Ureinwohnern, die sich in der Gegend aufhielt, hatte das Buschfeuer gesehen und seine Wärme gespürt. Sie sahen sofort ihre Chance und erkannten, was man mit so einem Feuer alles machen könne. So nahmen sie einen brennenden Ast mit in ihr Lager. Seit jener Zeit haben alle Aborigine-Stämme das Feuer, das früher nur den beiden Brüdern aus dem Kreuz des Südens vergönnt war.«

Nachdem Lynn ihre Geschichte beendet hatte, schwiegen sie eine Weile. Scott gab als Erster einen Kommentar ab. »Das ist wirklich die bescheuertste Geschichte, die ich seit Langem gehört habe«, sagte er in einem mehr als genervten Unterton.

»Sie muss dir ja nicht gefallen. So haben es sich auf jeden Fall die Ureinwohner vorgestellt, dass das Feuer auf die Erde gekommen ist«, entgegnete Lynn.

»Also ich fand die Geschichte schön. Ist vielleicht auch eine passende Bestätigung dafür, dass wir kein Feuerwerk dabeihaben«, sagte Ada.

Matt schwieg. Er überlegte, ob er doch noch nach Hause gehen sollte, bevor es dunkel wurde. Dann ploppte es. Alle drehten sich zu Scott, aus dessen Richtung das Geräusch gekommen war. Er hatte eine Flasche Sekt aufgemacht. »Becher raus, die Party geht los!«, sagte er und goss allen etwas ein.

Swan Hill, Januar 2015

Niemand im Ort beachtete ernsthaft das Chrysler-Cabrio, das mit dem typischen Blubbern eines V8-Motors durch die Straßen fuhr. Sein Ziel war die Polizeiwache, vor der es stoppte. Heraus stieg ein Mann mittleren Alters mit Jeans und Jackett und selbstbewusstem Auftreten. Es war Michael Lavery. Er verschwand in der Wache und kam nach etwa zwanzig Minuten wieder heraus. Er stieg in seinen Wagen und fuhr davon.

Vor dem Schlafengehen hatte Rachel zwei von den Schmerztabletten genommen, die Doktor Flynn ihr gegeben hatte, da ihr Fuß in der Zwischenzeit angefangen hatte, sehr arg zu schmerzen. In der Nacht hatte sie dann einen extrem wirren Traum von Hexen, Scheiterhaufen und dergleichen gehabt und war zwischendurch mehrmals aufgewacht. Dementsprechend gerädert fühlte sie sich am nächsten Morgen. Wie ein Zombie schleppte sie sich vom Bett zu ihrer kleinen Küchenzeile und kochte sich einen Tee, Darjeeling. Sie nahm die Tasse und setzte sich auf das Sofa vor dem Glastisch, auf den sie gestern ihr Notizbuch gelegt hatte. Sie beugte sich vor, um nach dem Buch zu greifen. Plötzlich erschien in der Spiegelung des Glastisches ein Gesicht. Rachel zuckte zusammen: Es war Toms Gesicht! Vor Schreck ließ sie die Tasse fallen und der Tee versickerte im Teppich. Sie sank in das Sofa zurück. Ein kalter Schauer lief ihr über den Rücken. Sie atmete heftig und hielt sich krampfhaft mit beiden Händen an der Lehne fest. Für einige Minuten verharrte sie in dieser Position.

Als sie sich wieder beruhigt hatte, beugte sie sich vorsichtig vor und schaute noch einmal auf den Glastisch. Toms Gesicht war nicht mehr da. Dennoch erschrak sie ein weiteres Mal, als das Telefon auf dem Nachttisch klingelte. »Ja, hallo?«, fragte Rachel zögernd.

»Guten Morgen, Sweetheart, die Rezeption am Apparat. Hier ist Besuch«, meldete sich Suzie.

»Für mich?«, fragte Rachel – und Suzie betonte, dass es sich um Besuch handelte, den sie ganz sicher würde sehen wollen. Rachel war neugierig, zog sich ihre Uniform an und warf noch eine Schmerztablette ein. Auf dem Weg zum Hauptgebäude ging sie einige Namen von Leuten aus Swan Hill durch, die sie potenziell hier besuchen könnten. Sheriff Mitchell und Doktor Flynn waren dabei. Doch der Mann, der neben der Rezeption auf sie wartete, war ihr völlig unbekannt, bis dieser sich mit einem kräftigen Handschlag vorstellte: »Michael Lavery ist mein Name. Sheriff Mitchell sagte mir, Sie möchten mich sprechen.«

Rachel war zunächst ein wenig verblüfft. Sie hatte nicht damit gerechnet, dass Mister Lavery so kurzfristig Zeit hatte und sie darüber hinaus auch noch eigenständig und unangekündigt aufsuchte. Aber sie freute sich natürlich. »Schön, dass es so schnell geklappt hat. Rachel Buchanan ist mein Name. Ich würde mich gern ungestört mit Ihnen unterhalten. Im Ort ist eine Bar, das Lame Kangaroo. Ich weiß aber nicht, ob die schon auf haben …«

»Haben sie, Sweetheart«, warf Suzie ein.

Michael bot an, Rachel dorthin mitzunehmen, was sie jedoch mit der Begründung ablehnte, nachher noch weiterzumüssen, weshalb sie ihren eigenen Wagen benötige.

Rachel und Michael stellten ihre Autos nebeneinander vor dem Lame Kangaroo ab. Einige Leute waren auf der Straße unterwegs und erkannten Michael, den sie längere Zeit nicht gesehen hatten, erst auf den zweiten Blick. Sie tuschelten. Auch als sie das Lame Kangaroo betraten, waren sie ganz offensichtlich das Gesprächsthema der wenigen anwesenden Gäste. Der Wirt machte einen ungläubigen Gesichtsausdruck, als er Rachel mit Michael im Schlepptau hereinkommen sah. Michael suchte sich einen Tisch am Rand aus und sie setzten sich. Der Wirt kam nach einigen Minuten, um die Bestellung aufzunehmen.

»Ich nehme einmal das große Frühstück«, sagte Michael.

Rachel bestellte sich nur einen Kaffee und ein Croissant. Im Gegensatz zu Lavery hatte sie nicht die Absicht, länger zu bleiben. Außerdem hatte sie morgens generell keinen großen Appetit. »Mister Lavery, danke noch mal, dass Sie es so schnell einrichten konnten. Wie gesagt haben wir den Fall der verschwundenen Kinder noch einmal aufgenommen, und dazu habe ich ein paar Fragen an Sie.«

Michael lehnte sich mit einer gönnerhaften Geste in seiner Bank zurück und schaute Rachel auffordernd an.

»Als Erstes würde ich gern wissen, wo genau Sie eigentlich wohnen.«

Michael schaute ungläubig. »Ich weiß zwar nicht, was das gerade für eine Rolle spielt, aber ich habe keinen festen Wohnsitz.

Ich wohne mal hier, mal da und reise wie ein Nomade durchs Land. Dann wohne ich vorwiegend in Hotels.«

»Und in welcher Stadt haben Sie die letzten Wochen genächtigt?«

»Brisbane.«

»Nicht Melbourne?«

»Nein, wieso?«

»Sophie Jennings will Ihren Sohn dort gesehen haben.«

Michaels Gesichtszüge froren ein. Dann fing er lauthals an zu lachen. So laut, dass sich alle im Lame Kangaroo umdrehten. »Das ist stark«, sagte er, nachdem er sich wieder eingekriegt hatte. »Sophie ist also immer noch nicht in der Realität angekommen, das war ja klar!« Michael lehnte sich vor. »Glauben Sie mir, ich würde alles, mein ganzes Vermögen, dafür geben, wenn ich Scott wieder zum Leben erwecken könnte. Aber das ist leider nicht möglich. Es war damals schwer genug, über den Verlust hinwegzukommen. Das Letzte, was ich gebrauchen kann, ist ein erneutes Aufrollen des Falls und dass ich das noch mal durchleben muss.«

Der Wirt brachte das Frühstück. Michael begann mit seinem Toast. Rachel beäugte kritisch ihr Croissant, das der Wirt tatsächlich in einen Sandwichmaker gesteckt und damit vollkommen geplättet hatte. Vorsichtig biss sie einmal ab und ließ den Rest liegen.

»Warum haben Sie Swan Hill verlassen?«, fragte Rachel.

Michael legte den Toast auf dem Teller ab und begann zu weinen, was für Rachel völlig unerwartet kam. »Ich konnte es nicht mehr ertragen. Das Haus hätte ich damals wieder aufbauen können, aber alles hier hat mich an Scott erinnert. Als ich heute Morgen hier ankam, traf es mich wieder wie ein Schock. Ich musste ganz einfach weg«, sagte Michael.

Rachel reichte ihm ihre Serviette. Er nahm sie dankend an und tupfte sich die Tränen aus dem Gesicht. So leid ihr Michael tat, so sehr konnte sie sich nicht des Gefühls erwehren, dass er ihr etwas vorspielte. »Wo wir beim Thema Scott wären: Was war er für ein Junge?«

Michael beruhigte sich wieder. Er schaute ins Leere und grübelte. Das hatte ihn noch nie jemand gefragt. Und bewusst nachgedacht hatte er darüber auch noch nie. Deshalb dauerte es etwas länger, bis ihm eine Antwort einfiel. »Nun ja, er war ein sehr netter Junge. Er mochte es auch mal, wenn er allein war und nachdenken konnte. Scott war oft in seinem Baumhaus, hat da übernachtet und so.«

»Und das Verhältnis zu seinen Freunden?«

»Das war gut. Die haben oft etwas zusammen unternommen. In der Truppe war er übrigens so etwas wie der Boss, das Alphamännchen sozusagen«, sagte Michael nicht ohne Stolz.

Rachel waren solche testosterongeschwängerten männlichen Kommentare zuwider, weshalb sie ihn reaktionslos zur Kenntnis nahm. »Hatte Scott eine Freundin? Oder wissen Sie, ob es innerhalb der Clique zu einer Pärchenbildung kam? Zwei Mädchen und zwei Jungs allein beim Camping, dazu in der Pubertät ...«, sagte Rachel.

Michael zuckte mit den Schultern. »Davon weiß ich nichts.«

»Verstehe. Dann hätte ich noch eine Frage zum Denkmal. Auf der Rückseite ist ein Schild, auf dem steht, dass Sie der alleinige Stifter sind. Warum haben die anderen sich nicht beteiligt?«

»Ganz unter uns: Ich glaube, dass es den anderen zu teuer und zu unnötig war. Die Anlage hat hunderttausend Dollar gekostet.«

Rachel schrieb fleißig in ihr Notizbuch. Als Michael sein Frühstück beendet hatte, verabschiedeten sie sich. Er gab ihr sogar noch seine Handynummer für den Fall, dass sie Rückfragen hätte. Dann stieg er in seinen Chrysler und fuhr davon. Rachel setzte sich für einen letzten Kaffee an die Bar und ging ihre bisherigen Notizen durch, die sich für sie bedauerlicherweise noch nicht zu einem schlüssigen Gesamtbild zusammenfügten.

»Was wollte der denn hier? Den hab ich ja schon ewig nicht mehr gesehen. Beim letzten Mal war ich fast noch ein Kind«, unterbrach sie der Wirt.

»Ich hatte ein paar Fragen an ihn bezüglich der verschwundenen Kinder«, antwortete Rachel. »Haben Sie die eigentlich gekannt?«

»Nicht wirklich. Die waren zwar auf derselben Schule, aber ein paar Klassen über mir. Damals gab es von der ganzen Schule eine Trauerfeier. Jaja, das ist schon eine schlimme Sache mit den Aborigines ...«

»... wieso mit den Aborigines?«, hakte Rachel nach.

»Die Leute können mir sagen, was sie wollen, ich glaube, dass Kuparr hinter dem Verschwinden der vier steckt.«

»Kuparr?«

»Ja, Sie haben ihn gestern kennengelernt. Das ist der Abo, den ich mit der Flinte verscheucht habe.« Jetzt wurde Rachel klar, warum der Wirt so kompromisslos reagiert hatte.

»Warum glauben Sie denn, dass er dahintersteckt?«

»Der hing doch ständig mit einem der verschwundenen Mädels rum. Dieser Riley. Im Abo-Zentrum hat die ehrenamtlich gearbeitet. Ich glaube, der wollte was von ihr, aber so weit wollte sie dann doch nicht gehen, und deshalb hat er sie und alle anderen umgebracht.«

Rachel hielt nichts von wilden Theorien, machte sich aber dennoch einige Notizen. In ihrer Situation musste sie einfach jeder noch so kleinen Spur nachgehen. Anschließend ließ sie sich den Weg zum Abo-Zentrum erklären, bezahlte und verließ das Lame Kangaroo.

Zehn Minuten später stand Rachel vorm AYSAR, dem »Aboriginal Youth Sport and Recreation Initiative«, und betrachtete den Holzbau, der von außen einem Saloon im Wilden Westen Amerikas glich. Ihr fiel sofort die Flagge ins Auge, die groß und stolz über dem Eingang prangte, aber bereits ein wenig verblasst war. Die Flagge war horizontal in zwei Hälften geteilt, oben schwarz und unten rot, in der Mitte befand sich eine gelbe Scheibe. Offenbar handelte es sich um die Flagge der indigenen Bevölkerung Australiens. Rachel fragte sich, was sie wohl bedeutete. Ihr Blick blieb auf der goldenen Scheibe in der Mitte hängen. Sie übte eine geradezu hypnotische Wirkung auf sie aus. Alles andere um sie herum verstummte und verschwamm – bis sie plötzlich jemand ansprach und aus ihrem Tagtraum holte. Rachel erschrak. Sie drehte sich um. Ein alter Mann, ein Aborigine, stand hinter ihr. Sie hatte ihn am Tag ihrer Anreise bereits gesehen. Er hatte sehr dunkle Haut, und seine Locken waren grau meliert. Er mochte vielleicht um die siebzig Jahre alt sein. Das gütige Gesicht des Mannes strahlte eine besondere Wärme aus – was nicht an der unglaublichen Hitze lag, die Rachel trotz des relativ starken Windes zu schaffen machte.

»Ich wollte Sie nicht aus Ihrem Traum reißen, entschuldigen Sie bitte«, sagte der Mann.

»Das ist schon okay, ich habe nicht geträumt, alles gut«, antwortete Rachel und stellte sich vor.

»Ich heiße Waratah, ich bin der Leiter dieses Zentrums hier. Ich hoffe, es gibt keinen ernsten Anlass für Ihren Besuch. Hat einer von uns etwas ausgefressen?«, erkundigte sich Waratah vorsichtig.

Rachel versicherte ihm, dass keiner etwas angestellt und sie nur ein paar Fragen an einen Mann namens Kuparr habe.

»Der wollte kurz ein paar Sachen einkaufen, müsste aber jeden Augenblick wieder hier sein. Sie können gern hier warten«, bot Waratah an.

»Sehr gern. Ich hätte aber vorher noch eine Frage. Was bedeutet Ihre Flagge?«

Waratah dachte kurz nach. »Vielleicht gehen wir rein, da ist es gemütlicher«, schlug er vor.

Rachel war überrascht, denn von innen machte das AYSAR einen komplett anderen Eindruck. Sie folgte Waratah in den großen Aufenthaltsraum, in dem rund ein Dutzend dunkelhäutige Menschen, offenbar indigenen Ursprungs, saßen, Karten spielten oder sich unterhielten. Der Raum war hell und modern eingerichtet, an der Wand hing ein großer Flachbildfernseher. Waratah und Rachel setzten sich an einen der Tische.

»Unsere Flagge also«, begann Waratah, »die drei Farben unserer Flagge symbolisieren die Grundlage des Lebens von uns Aborigines in Australien. Rot sind Mutter Erde und der Ocker, der bei uns traditionell für Zeremonien benutzt wird. Gelb ist die Sonne, der beständige Geber und Erneuerer des Lebens. Schwarz ist die Traumzeit, in der alles entstanden ist. Daneben gibt es aber noch alternative Interpretationen. So kann zum Beispiel Schwarz auch für die dunkle Haut von uns Ureinwohnern stehen und Rot für das Blut, das wir in zweihundert Jahren vergossen haben.«

Rachel schaute betreten zu Boden. Sie hatte immer ein schlechtes Gewissen, wenn sie daran dachte, wie viel Leid die Ureinwohner durch die Siedler erfahren hatten. »Sie haben gerade die Traumzeit erwähnt. Was ist das?«, hakte sie ein.

»Da muss ich etwas weiter ausholen. Wir glauben, dass der Ursprung des Lebens in der sogenannten ›Traumwelt‹ liegt, und von Generation zu Generation geben wir diesen Glauben weiter. Unsere gesamte Kultur ist vom Zusammenleben von Mensch und Natur geprägt. Zeit stellt die Schöpfung der Welt dar und symbolisiert, dass alles, was wir sehen oder auch nicht sehen, miteinander in Verbindung steht. Die Traumzeit ist eine ›heilige fortlaufende Schöpfungsgegenwart‹, die schon immer existiert hat und für immer bestehen wird. Unsere Welt ist damit nur ein Traum und Bestandteil der Traumzeit, die die eigentliche Realität darstellt. Die Natur und alle Wesen haben ihren Ursprung in dieser Traumzeit und werden ›Ahnenwesen‹ genannt. Außerdem glauben wir an die Unsterblichkeit der Seele, die ein Teil unserer Ahnen aus der Traumzeit ist und nach dem Tod wieder dorthin zurückwandert. Anschließend kommt ein Teil dieser Seele zurück auf die Erde und wird in einer anderen Daseinsform wiedergeboren. Durch Rituale und spezielle Magie können wir mit der Traumzeit in Kontakt treten. Dieses Wissen ist jedoch streng geheim und wird nur auserwählten Aborigines zuteil. Dennoch gibt es viele Tänze, die der Weitergabe des Wissens über die Vergangenheit dienen. Diese Tänze können von allen Mitgliedern eines Stammes praktiziert werden und dauern nicht selten mehrere Tage an. Dabei bemalen wir unsere Körper und Gesichter und ahmen Naturereignisse nach. Bei allem steht übrigens die Natur im Mittelpunkt, und wir tun alles dafür, diese im Namen der Vorfahren in der Traumzeit zu beschützen und zu bewahren. Zusammengefasst bedeutet das: Alles, was Sie träumen oder in der Realität erleben, ist nicht voneinander zu trennen.«

Rachel hörte aufmerksam zu, bis sie plötzlich wieder das Gesicht ihres toten Sohnes vor dem inneren Auge sah. Sie zuckte zusammen.

»Geht es Ihnen gut?«, fragte Waratah, der bemerkte, dass Rachel für einen Augenblick abwesend war. Sie winkte ab. »Wie dem auch sei, unsere Kultur und die Denkweise sind heute immer noch die gleiche, und es gibt bei uns kaum jemanden, der nicht an die Traumzeit glaubt.«

Rachel fand das eine sehr romantische Vorstellung. Allerdings war sie realistisch genug, um die Probleme zu erkennen.

»Kuparr hat mich vorgestern in stark alkoholisiertem Zustand verfolgt und beleidigt. Sie erinnern sich bestimmt, Sie haben ihn danach vor dem Lame Kangaroo abgeholt …«

»Leider haben wir immer noch mit großen Problemen zu kämpfen und sind von Existenzschwierigkeiten und hoher Arbeitslosigkeit bedroht. Das geht sehr oft mit Alkoholismus einher. Die Aborigines in Australien existieren in einer Art Parallelgesellschaft und führen einen völlig anderen Lebensstil als die weißen Australier. Sehr oft haben sie keine Wohnung und leben ähnlich wie Nomaden. Zwar ist die Akzeptanz der weißen Bevölkerung vor allem bei den jungen Menschen deutlich besser geworden, doch es gibt immer noch Leute, die die Aborigines als minderwertig betrachten. Die Ursprünge dieser Situation reichen lange zurück. Mit der Ankunft der ersten Weißen im 16. Jahrhundert wurde unsere Kultur nach und nach fast gänzlich zerstört. Als sich die Briten im Kampf um die Eroberung des neuen Kontinents als Sieger herauskristallisierten, folgten die ersten Sträflingstransporte britischer Gefangener nach Australien, und Siedlungen entstanden. Die Besiedelung führte selbstverständlich zu Konflikten mit der einheimischen Bevölkerung. Als wir Widerstand zeigten, wurden wir gejagt und als Menschen unterster Klasse behandelt. Man geht davon aus, dass vor der Ankunft der Europäer zwischen 750 000 und 1,5 Millionen Ureinwohner in Australien lebten. Anfang des 18. Jahrhunderts lag diese Zahl nur noch bei circa 300 000 Aborigines und 1947 sogar nur noch bei 75 000. Erst im Jahre 1960 nahm der menschenunwürdige Umgang mit uns allmählich ein Ende. Uns wurden verschiedene Bürgerrechte wie das Wahlrecht zugestanden und durch den ›Aboriginal Land Rights Act‹ von 1967 gingen bedeutende Territorien wieder an unsere Stämme über. Heute sind lediglich knapp zwei Prozent der australischen Bevölkerung von indigener Herkunft. Wir sind nur noch 460 000, tun jedoch alles in unserer Macht Stehende, um unsere Kultur und Sprache am Leben zu halten. Und Zentren wie dieses hier tragen dazu bei. Es wäre ein Jammer, wenn unser Kulturgut aussterben würde. Unsere Kultur ist die älteste noch heute existierende Kultur der Weltgeschichte. Das ist übrigens durch 50 000 Jahre alte Felsmalereien belegt. Aber man muss leider sagen, dass die australische Regierung es lange Zeit systematisch darauf angelegt hat, uns regelrecht auszurotten.«

»Wie meinen Sie das?«, fragte Rachel.

»Haben Sie schon mal von den ›Stolen Generations‹ gehört?«

Rachel verneinte.

»Das ist ein sehr trauriges Kapitel in der australischen Geschichte. Ich bin zum Beispiel ein Kind der Stolen Generations und Kuparr auch – und noch einige andere in diesem Zentrum. Lassen Sie mich das erklären. Bis in die Siebzigerjahre verfolgte die australische Regierung eine rigide Anpassungspolitik, deren Ziel die Auslöschung der Aborigine-Kultur war. Dazu wurden ganz junge Aborigine-Kinder aus ihren Familien herausgerissen und in weiße Familien gesteckt. Die Bemühungen der Politiker konzentrierten sich vor allem auf die sogenannten Mischlingskinder. Sie sollten dem Einfluss der Ureinwohner entzogen und fernab von ihren Familien zu ›richtigen‹ Australiern erzogen werden. Zwischen 1910 und 1970 waren rund hunderttausend Kinder betroffen – schätzungsweise jedes zehnte Aborigine-Kind. In manchen Jahrgängen soll es sogar jedes dritte gewesen sein. Obwohl die australische Regierung bereits 1997 eine Wiedergutmachung beschloss, warten bis heute viele Familien auf eine Entschädigung.«

Rachel schossen die Tränen in die Augen. Sie fühlte sich schlecht. Das ungefähre Ausmaß der Geschichte konnte man wohl nur richtig nachempfinden, wenn man selbst ein Kind verloren hatte und dieses Gefühl dann mal hunderttausend nahm.

In diesem Augenblick betrat Kuparr das Zentrum. Er machte einen nüchternen Eindruck, und Waratah bat ihn, zu sich und Rachel herüberzukommen. Er stutzte erst, kam dann aber zögerlich auf die beiden zu, bevor er sich an den Tisch setzte und ein schüchternes »Hallo« hervorbrachte.

»Kuparr, du hast ja bereits die Bekanntschaft von Rachel Buchanan gemacht. Sie ist von der Polizei und hat dich gesucht. Aber keine Angst, sie hat nur ein paar Fragen.«

Kuparr schaute irritiert, stimmte dann aber zu. Waratah gab das Wort an Rachel.

»Ich ermittle gerade in dem Fall der verschwundenen Jugendlichen vor fünfzehn Jahren. Ich habe gehört, dass Sie mit einem der Mädchen, Lynn Riley, befreundet waren ...« Rachel ließ die Frage bewusst offen, um zu testen, wie Kuparr reagierte. Wie sie erwartet hatte, sagte Kuparr nichts und starrte stattdessen auf die Tischplatte. »Wo waren Sie denn zum Beispiel Silvester 1999?«, fuhr Rachel fort.

»Ich war hier, im Zentrum«, antwortete Kuparr schließlich.

Waratah sprang Kuparr bei. »Das kann ich bezeugen.«

Rachel wunderte sich. »Das wissen Sie also noch nach fünfzehn Jahren, ohne dass Sie auch nur einen Augenblick überlegen müssen?«

»Ich denke mal, dass niemand hier diesen Abend vergessen wird. Einen Millenniumswechsel erlebt man schließlich nur einmal im Leben«, sagte Waratah.

»Ich hatte Angst, dass die Welt untergeht. Damals haben alle davon gesprochen, von einem Millenniumbug. Deshalb wollte ich an dem Abend nicht allein sein. Außerdem war das mit den Feuern ja auch schon beängstigend genug«, ergänzte Kuparr.

»Ja, das sehe ich ein. Die Feuer müssen hier in der Stadt ja auch ganz schön gewütet haben ...«

»Ich weiß nicht, wer Ihnen das erzählt hat, aber die Feuer sind nicht in die Stadt gekommen.«

»Die Feuer nicht, aber ich habe gehört, dass durch den Funkenflug einige Häuser niedergebrannt sind.«

»Das weiß ich nicht mehr so genau«, sagte Waratah.

»Wie dem auch sei.« Rachel richtete sich wieder an Kuparr. »Ich möchte noch mal auf Lynn zu sprechen kommen. Wie war Ihr Verhältnis zu ihr?«

Kuparr schaute wieder auf den Tisch hinunter. »Das war gut. Sie hat hier im AYSAR regelmäßig geholfen. Jeder kam sehr gut klar mit ihr. Sie hat die Situation der Aborigines als eine der wenigen Weißen sehr gut verstanden«, sagte er.

»Wann hatten Sie Lynn vor ihrem Verschwinden das letzte Mal gesehen?«

»Das war an Silvester, nachmittags. Da war sie hier im Zentrum.«

Rachel notierte alles in ihr Büchlein. Beim Hinausgehen bedankte sich Waratah für Rachels Besuch und bot ihr die volle Unterstützung an. Kuparr entschuldigte sich für sein volltrunkenes Auftreten am Tag von Rachels Ankunft, was sie angenehm überraschte. Dennoch verließ sie das AYSAR mit gemischten Gefühlen, da sie noch nicht recht wusste, wie sie die soeben erhaltenen Informationen einordnen sollte – und natürlich wegen der teilweise schockierenden Erkenntnisse, die sie in Bezug auf die Behandlung der Aborigines durch die Weißen erlangt hatte. Auch die Weltsicht der Ureinwohner, dass sich alles, das gesamte Leben, in einer Art Traum abspielte, ließ Rachel keine Ruhe.

Swan Hill, Silvester 1999

Ada, Scott, Lynn und Matt hatten kurzfristig ihren Platz im Wald verlassen, um von der Straße aus eine bessere Sicht auf das Schauspiel genießen zu können, das sich ihnen in seiner faszinierenden Grausamkeit in einiger Entfernung bot: das Buschfeuer. Die Dämmerung hatte bereits das meiste Tageslicht verschluckt, doch es war immer noch hell. Über dem Horizont schwebte ein leuchtend roter Streifen, aus dem in regelmäßigen Abständen Rauchsäulen aufstiegen.

»Echt gruselig«, bemerkte Ada.

»Wir brauchen gar kein Feuerwerk mehr, das ist ja noch viel besser«, sagte Scott.

»Wie weit das wohl weg ist? Wird uns das heute Nacht gefährlich?«, fragte Lynn.

»Nein, das sind mit Sicherheit noch zwanzig oder fünfundzwanzig Kilometer«, antwortete Matt.

Alle vier hatten rot glühende Gesichter und konnten den Blick nur schwer abwenden.

»Vielleicht geht heute ja wirklich die Welt unter, und das ist gar kein Buschfeuer, sondern die Höllenglut, die langsam näher kommt«, sagte Scott wie abwesend, womit er nur dumme Blicke erntete.

Nach einer Stunde gingen sie zurück zu ihrem Platz.

»Stellt euch mal vor, heute würde wirklich die Welt untergehen. Was würdet ihr dann machen, in den letzten Stunden eures Lebens?«, fragte Lynn.

Scott musste nicht lange nachdenken. »Da würde mir schon was einfallen«, sagte er und schaute Ada an.

Matt schäumte innerlich.

»Jetzt seid doch mal ernst!«, sagte Lynn.

»Okay, jetzt mal ernst: Es sind noch genau zwei Stunden bis Mitternacht. Was sollte man in zwei Stunden schon machen?«, fragte Matt.

»Ich glaube auch, dass ich gar nichts Großartiges würde machen wollen. Hier mit den Freunden zu sitzen und das Ende der Welt zu erleben ist doch schön«, sagte Ada. »Freunde sind das Wichtigste auf der Welt, oder etwa nicht?«

»Und was ist mit der Familie? Familie ist ja wohl noch wichtiger«, warf Matt ein.

Lynn reagierte mit einem abfälligen Seufzer. »Auf mich wartet zu Hause niemand – mit Ausnahme eines Alkoholikers, dem ab und zu mal die Hand ausrutscht«, sagte sie. Die Jugendlichen verloren sich daraufhin in eine leidenschaftliche Diskussion darüber, ob sie ihren Freunden oder ihren Familien näherstünden.

Schließlich wurde es Scott zu dumm. »Wir kommen hier nicht weiter. Meine letzten Stunden auf der Erde würde ich ganz sicher nicht mit sinnlosen Diskussionen vergeuden. Mich würde viel mehr ganz rational interessieren, was denn so ein Millenniumbug tatsächlich anrichten könnte.«

Die vier zeigten sich bei diesem Thema ausgesprochen kreativ. Explodierende Fabriken, startende Atomraketen, Super-GAUs in Nuklearanlagen, Weltwirtschaftskrise, Zusammenbruch der gesamten Infrastruktur, Chaos, Bürgerkrieg und andere Szenarien apokalyptischen Ausmaßes. Nachdem sie alle Eventualitäten durchexerziert und dabei noch den ein oder anderen Schluck Sekt zu sich genommen hatten, war Lynn angetrunken genug, um eine Runde Wahrheit oder Pflicht vorzuschlagen, womit sie bei den anderen auf offene Ohren stieß. Lynn nahm eine leere Sektflasche und kehrte Blätter und Äste vom Boden der imaginären Feuerstelle. Dann drehte sie die Flasche, die nach eineinhalb Umdrehungen stehen blieb und auf Ada zeigte.

»Ada, sehr schön. Wahrheit oder Pflicht?«, fragte Lynn. Ada entschied sich für Wahrheit. »Wahrheit also. Hast du schon mal einen Jungen geküsst?«

Scott und Matt schauten aufmerksam zu Ada, die eine Weile herumdruckste, sich am Ende aber ein Herz fasste und schüchtern antwortete: »Ja, Brian, aus unserer Klasse.« Lynn lachte, Matt fühlte einen Stich im Herzen. »Das war aber nur ganz kurz, und eigentlich hat er auch eher mich geküsst«, verteidigte sich Ada. »Jetzt bin ich dran.«

Ada drehte die Flasche, die diesmal mit dem Hals auf Lynn zeigte. Sie entschied sich ebenfalls für Wahrheit. »Mit wem aus unserer Schule würdest du gern dein erstes Mal verbringen?«

Lynn dachte kurz nach. »Wer sagt dir denn, dass ich mein erstes Mal nicht schon hatte?«, konterte Lynn.

Scott gab ein fieses Lachen von sich. »Haha, bestimmt mit dem Abo.«

Lynn hob einen Ast auf und warf ihn nach Scott. »Nein, Scherz. Ich bin noch Jungfrau. Wenn ich mich tatsächlich entscheiden müsste, dann würde ich mein erstes Mal mit Steve verbringen.« Lynn schaute in fragende Gesichter. »Steve, das ist der Junge mit der Kappe eine Klasse über uns.« Das brachte Licht ins Dunkel.

Lynn drehte die Flasche. Matt war an der Reihe, er entschied sich für Pflicht, was Lynn dazu anspornte, sich etwas besonders Schwieriges auszudenken. »Ich möchte, dass du Ada einen Kuss gibst. Auf den Mund«, sagte sie schließlich.

Ada war etwas schockiert. Matt tat erst so, als fände er die Aufgabe blöd. Dann ging er aber doch halbwegs selbstbewusst zu Ada hinüber und küsste sie. Kurz bevor sein Mund ihre Lippen berührte, drehte sie ihren Kopf zur Seite, sodass er sie auf die Wange küsste, was die anderen aber nicht sahen. Enttäuscht setzte sich Matt wieder auf seinen Platz. Er drehte die Flasche. Scott war an der Reihe. Er nahm ebenfalls Pflicht, da er nicht bereit war, Informationen über sein Innerstes preiszugeben, und sich lieber einer wie auch immer gearteten Aufgabe stellte.

»Geh auf den Boden und mach fünfzig Liegestütze!«

Scott krempelte die Ärmel hoch und legte sich mit dem Bauch auf den Boden. Dann begann er mit den Liegestützen. Die anderen zählten laut mit. Bis dreißig hatte er keine Probleme, danach wurde es schwieriger. Die letzten fünf schaffte er nur noch mit Müh und Not. Als er fertig war, applaudierten die Mädchen ihm. Scott befreite sich vom Dreck, der auf dem

Waldboden gelegen hatte, drehte die Flasche und setzte sich wieder hin. Der Flaschenhals zeigte auf Ada. Sie wählte erneut Wahrheit.

»Hast du schon mal einen Liebesbrief bekommen?«, fragte Scott.

Ada schaute verschüchtert zu Boden. Sie bejahte.

»Von wem denn?«, hakte Scott nach.

»Das sind zwei Fragen. Das gilt nicht«, sagte Ada.

»Na gut, dann frage ich dich halt in der nächsten Runde danach.«

Matt wollte sich die Peinlichkeit ersparen und das Spiel beenden. Nicht, dass Scott am Ende noch herausfand, dass er in Ada verliebt war. Doch vielleicht wusste er es auch längst. »Ich habe jetzt keine Lust mehr, lasst uns was anderes machen!«, schlug er vor.

Die anderen akzeptierten und einigten sich auf ein paar Runden »Ich packe meinen Koffer«, bis Lynn zufällig auf die Uhr schaute. »Es ist gleich Mitternacht!«, rief sie.

»Wir haben noch zwanzig Minuten«, bemerkte Ada.

»Ich sag doch ›gleich‹.«

Scott sprang auf, ging zu seinem Zelt und kroch hinein. Kurz darauf raschelte es im Zelt und ein Reißverschluss öffnete sich. Scott holte etwas aus seinem Rucksack.

Matt machte derweil noch eine Flasche Sekt auf. »Für gleich, zum Anstoßen auf das neue Jahrtausend«, sagte er.

»Wusstest du, dass das neue Jahrtausend eigentlich erst 2001 beginnt? Habe ich gestern irgendwo gelesen«, sagte Ada.

»Egal, Hauptsache, die Zwei ist davor«, sagte Matt, womit er die beiden Mädchen zum Lachen brachte. Doch das Lachen blieb ihnen buchstäblich im Halse stecken, als hinter Matts Kopf plötzlich im Schein des Campingkochers, der bisher als Lagerfeuerersatz hergehalten hatte, ein glänzender Pistolenlauf aufblitzte.

Kapitel 5

Swan Hill, Januar 2015

Rachel ging wie in Zeitlupe den Bürgersteig entlang und hatte das Gefühl, auf Wattebäuschen zu wandeln. Um sie herum war es still, und sie sah vor sich nur einen kleinen Ausschnitt, wie bei einem Blick durch den Tunnel. Erst als sie ihren Kopf nach rechts wandte, erkannte sie, wo sie war. Sie befand sich direkt vor Michael Laverys Gedenkpark. Was sollte das? Rachel schaute nach oben. Der Himmel zog sich mit gelben Wolken zu. Dann fing es an zu regnen. Rachel betrat die Rasenfläche, die schnell immer matschiger wurde. Mit jedem Schritt hatte sie das Gefühl, etwas mehr im Boden zu versinken. Nur langsam näherte sie sich der Skulptur in der Mitte des Grundstücks. Nach einer Weile war das Gras vollständig verschwunden, und die Skulptur wirkte wie eine Insel inmitten eines schlammigen Meeres, das Rachel zu verschlingen drohte. Sie watete schneller durch den Matsch und schaute sich um. Die Bäume hatten all ihre Blätter verloren und standen nun kahl um den Matschozean. Plötzlich entzündeten sich ihre Zweige. Bis zur Skulptur waren es nur noch wenige Meter. Jetzt konnte Rachel erkennen, dass jemand hinter dem Denkmal saß. Zwei Schritte und sie hatte es geschafft. Mit letzter Kraft hievte sie sich auf die Betonplatte und gab sich ein paar Sekunden, um zu verschnaufen.

Vorsichtig umrundete sie das Denkmal, weil sie sehen wollte, wer es war. Sie erschrak bis ins Mark, als sie ihren Sohn Tom erblickte. Er war von Kopf bis Fuß mit Schlamm beschmutzt und grub mit den Händen ein Loch. Rachel rief seinen Namen. Ruckartig drehte er sich um und schaute seine Mutter an. »Mom?«

In diesem Moment schreckte Rachel aus dem Schlaf hoch. Sie war klatschnass. Der Wecker zeigte kurz nach sieben Uhr, spät genug, um aufzustehen. Rachel zog ihren nassen Pyjama aus und duschte ausgiebig. Sie hatte den Eindruck, als würden ihre Träume immer schlimmer. Unwillkürlich fiel ihr die Unterhaltung mit Waratah ein. Wenn Träume tatsächlich zur Wirklichkeit gehörten, konnte sie froh sein, dass sie heute aufgewacht war. Sie entschied sich, unmittelbar nach dem Frühstück zum Arzt zu fahren, um sicherzugehen, dass die Schmerzmittel nicht doch in Wechselwirkung mit ihren Antidepressiva stünden und die schlimmen Träume verursachten.

Suzie an der Rezeption war – wie jeden Tag – gut gelaunt. In einem heiteren Tonfall erkundigte sie sich danach, ob Rachel gut geschlafen habe. Rachel erwiderte, dass sie schlecht geträumt habe und ein gutes Frühstück genau das Richtige für sie sei. Sie setzte sich an einen der vielen leeren Tische im gemütlichen kleinen Speisesaal und bekam kurz darauf Rührei und Baked Beans mit Speck und Würstchen serviert.

»Schlechte Träume vertreibt man am besten mit einem guten Essen«, kommentierte Suzie die Kalorienbombe. »Deshalb habe ich auch nie Albträume«, scherzte sie.

Rachel musste lächeln. Suzie war ein Original.

»Haben sich in der Zwischenzeit eigentlich weitere Gäste angekündigt?«, fragte Rachel.

»Erst nächste Woche wieder, Sweetheart. Bis dahin bin ich nur für dich da.« Und damit schlenderte Suzie hinter die Theke ihrer Rezeption zurück.

Nach dem Essen fühlte sich Rachel, als würde sie jeden Augenblick platzen. Sie erhob sich und ließ sich augenblicklich auf ihren Stuhl zurückfallen. Ihr Fuß schmerzte. Entgegen ihrem Plan nahm sie eine weitere Schmerztablette, wartete einige Minuten, bis die Wirkung einsetzte, und hinkte zu ihrem Wagen. Wie am Vortag stand Rachel auch heute beim Arzt wieder vor verschlossenen Türen. »Heute geschlossen« stand auf einem Schild, das um die Klinke gehängt war. Gestern hatte Rachel Glück gehabt, deshalb beschloss sie, es noch einmal zu versuchen. Nachdem sie dreimal geklopft hatte, öffnete Doktor Flynn.

»Sie sind das, hallo. Ich hatte erst in ein paar Tagen wieder mit Ihnen gerechnet«, sagte er.

»Es tut mir leid, ich wollte nicht stören. Ich glaube, ich habe ein Problem mit den Schmerzmitteln.« Flynn bat Rachel herein. »Haben Sie eigentlich nie Sprechstunde?«, fragte Rachel und grinste.

»Doch, aber heute habe ich Flugbereitschaft. Neben meiner Praxis betreibe ich die örtliche Niederlassung des ›Flying Doctor Service‹.«

»Das finde ich sehr interessant. Sie warten also hier, bis ein Notfall reinkommt, und fliegen dann los?«

»Ganz genau. Außerhalb der Stadt ist ein kleiner Flugplatz, da steht meine Maschine. Wenn Sie möchten, können Sie gern mal mitkommen.«

»Sehr gern«, antwortete Rachel.

»Aber kommen wir zu Ihrem Schmerzmittel. Was ist los?«

»Ich habe Ihnen gestern nicht alles über meinen gesundheitlichen Hintergrund gesagt. Ich nehme seit mehreren Monaten Antidepressiva. Ich hab die Befürchtung, dass sie in Wechselwirkung mit den Schmerztabletten stehen. Ich habe Halluzinationen und träume sehr schlecht.«

Flynn fasste sich mit der Hand ans Kinn. »Das halte ich, ehrlich gesagt, für unwahrscheinlich. Kann es sein, dass Sie die Halluzinationen vielleicht schon vorher hatten?«

Rachel erinnerte sich an die Fahrt nach Swan Hill und den Moment, als sie Tom am Straßenrand gesehen hatte. »Das könnte sein«, gab sie zu.

»Schmerzmittel dämpfen bestimmte Wahrnehmungen im Körper. Auf der anderen Seite kann es manchmal passieren, dass andere Wahrnehmungen verstärkt werden. Leiden Sie unter Schizophrenie oder haben Sie kürzlich ein Trauma erlebt?«

»Nein.« Rachel schluckte. »Aber vor etwa einem Jahr habe ich meinen kleinen Sohn verloren.«

Flynn schwieg eine Weile. »Verstehe. Ich nehme an, dass Sie diesen Schicksalsschlag noch nicht verarbeitet haben, kann das sein?«

Rachel begann zu weinen. Sie konnte in diesem Augenblick nicht mehr die starke Frau spielen, sie wollte sich einfach jemandem anvertrauen, der sie auffing. »Aber ich war in der Klinik, ich habe eine Therapie gemacht. Ich will einfach wieder ein normales Leben führen, ohne an das Schreckliche erinnert zu werden.«

Flynn setzte sich zu Rachel auf die Liege und nahm sie in den Arm. Er fühlte, dass sie jetzt jemanden brauchte. Sie legte den Kopf an seine Schulter und erzählte Flynn ihre Geschichte und wie sie hier gelandet war. Sie ließ nichts aus. Flynn stellte sich als sehr guter Zuhörer heraus. Erst als sie fertig war, redete er Rachel zu. »So etwas dauert. Geben Sie sich die Zeit. Sie können das nicht erzwingen.«

»Diese Stadt hier tut mir nicht gut«, gestand Rachel nach einigen Minuten.

»Da haben Sie mit den meisten Menschen, die hier leben, etwas gemeinsam«, sagte Flynn. Er holte eine Packung des Schmerzmittels aus dem Medikamentenschrank und reichte es Rachel, die sich die Tränen aus dem Gesicht tupfte. »Sie können die Schmerzmittel ruhig weiternehmen. Vielleicht reduzieren Sie sie ein wenig, und in ein paar Tagen sieht die Welt schon wieder anders aus.« Dazu gab Flynn der Patientin noch seine Handynummer. »Falls etwas ist, die steht nicht auf der Karte«, sagte er.

Beim Hinausgehen war Rachel sich unsicher, wie sie sich von Flynn verabschieden sollte. Deshalb hob sie einfach nur den Arm und sagte »Bis dann.« Auf dem Weg zum Auto zweifelte sie, ob es klug gewesen war, sich Flynn gegenüber so weit zu öffnen, doch eine Schulter zum Anlehnen war genau das, was sie in dem Moment gebraucht hatte. Also nahm sie einfach an, dass es okay war. Unterwegs kam sie schnell wieder auf andere Gedanken. Sie war auf dem Weg zum Stadtarchiv im Rathaus, da sie den Buschbränden aus dem Sommer 1999/2000 auf den Grund gehen wollte. Das Gespräch mit Waratah darüber, wie viele Häuser beim Buschfeuer verbrannt waren, hatte sie nachdenklich gemacht.

Das aus beigem Sandstein erbaute Rathaus strahlte in der Sonne, und Rachel musste sich die Sonnenbrille aufsetzen, um überhaupt den Eingang zu finden. Drinnen nahm sie sie sofort wieder ab, da die Lobby sehr dunkel, dafür aber angenehm kühl war. »Guten Tag, ich müsste einmal ins Archiv«, sagte Rachel zu dem Mann am Empfang.

Der war gerade damit beschäftigt, in der Zeitung zu lesen. Er hob langsam den Kopf, um zu sehen, wer dreist genug war, ihn zu stören. Als der Mann Rachel in ihrer Uniform vor sich stehen sah, setzte er ein Lächeln auf. »Ich nehme an, es handelt sich um eine polizeiliche Ermittlung«, mutmaßte er.

»Selbstverständlich«, antwortete Rachel.

Der Mann quälte sich aus dem Stuhl und bat Rachel, ihm zu folgen. Die beiden bestiegen den Fahrstuhl in der Lobby und fuhren ein Stockwerk tiefer in den Keller. Als die Aufzugtüren sich öffneten, wehte ihnen ein penetranter Lackgeruch entgegen, der mit einer extrem trockenen Luft daherkam. Rachel musste schlucken.

»Hier wurde gestern frisch gestrichen. Ich hoffe, das macht Ihnen nichts aus«, erklärte ihr der Rezeptionist, während er Rachel in einen Raum führte, der ungefähr doppelt so groß war wie ihre Lodge und in dessen Mitte ein Tisch und ein Stuhl standen. Das grelle Licht der Leuchtstoffröhre machte den Raum alles andere als gemütlich. »Was brauchen Sie?«, fragte der Mann.

»Mich interessieren alle Berichte, insbesondere die der Feuerwehr, über die Monate Dezember 1999 und Januar 2000.«

Der Mann schlurfte zu einem Regal und holte zwei Ordner heraus, die er auf den Tisch legte.

»Und gibt es zufällig Luftaufnahmen von den Waldbränden damals?«

»Ja, die Löschflugzeuge machen in der Regel immer welche. Aber die müsste ich mir per E-Mail kommen lassen. Ich bin gleich wieder da«, sagte der Mann und verschwand.

Rachel setzte sich auf den ungepolsterten Holzstuhl, der ihr nach wenigen Minuten Schmerzen am Po bescherte. Sie nahm sich den ersten Ordner vor, in dem sich ausschließlich Zeitungsartikel aus dem gewünschten Zeitraum befanden, die in der örtlichen Lokalzeitung *Swan Hill Courier* erschienen waren. »Buschfeuer bedrohen Swan Hill«, »Flammen nähern sich stetig«, »Buschfeuer erreicht Swan Hill«. Rachel überflog jeden Artikel und blätterte weiter. Neben den Waldbränden stieß sie schnell auf das zweite Thema, das im *Courier* eine große Rolle spielte: »Vier Jugendliche vermisst«, »Wo sind die vier Kinder aus Swan Hill?«, »Abschlussbericht: Kinder sind verbrannt«. Dann endete die Berichterstattung über den Fall, was Rachel ein wenig verwunderte, da er offenbar nur wenige Tage in den Medien war.

Rachel legte den Ordner aufgeschlagen beiseite und nahm sich den zweiten vor. Er enthielt die Einsatzlisten der Feuerwehr in den Jahren 1995 bis 2005. Rachel blätterte bis Dezember

1999 vor. An jenem Abend, so stand es im Bericht, gab es genau zwei Einsätze: einen großen, der den Busch um Swan Hill betraf, und einen Hausbrand. Rachel schaute genauer nach. Tatsächlich war es die Adresse des ehemaligen Lavery-Anwesens, das dort als Einsatzort im Bericht angegeben war. Brandursache: Funkenflug durch die Buschbrände, die bis zum frühen Morgen des 2. Januar ungefähr die Hälfte der Wälder auf der Ostseite des Murray River niederbrannten. Tatsächlich war sonst kein anderes Haus in Swan Hill vom Feuer betroffen gewesen.

Rachel fotografierte die Seiten mit dem Smartphone ab und notierte ihre Erkenntnisse zusätzlich in ihrem Notizbuch. Dann lehnte sie sich im Stuhl zurück und begann nachzudenken, bis sie nach einer Weile das Summen des Aufzugs hörte, der wieder in den Keller fuhr. Es war hoffentlich der Mann von der Rezeption, der ihr die Luftaufnahmen brachte. Tatsächlich kam er mit einer Rolle unter dem Arm herein, die er vor Rachel auf dem Tisch ausbreitete. Es waren drei Bögen, die den Fortschritt der Brände um Swan Hill am 1. und 2. Januar 2000 dokumentierten. Es handelte sich um ein großes Feuer, das im Wald nordöstlich der Stadt gut zu erkennen war. Auf dem ersten Bild hatten sich die Flammen schon ein ganzes Stück vorgearbeitet, auf dem dritten Bild war bereits der halbe Wald fort. Doch am interessantesten fand Rachel den Rauch. Auf allen drei Fotos war gut zu erkennen, dass die Qualmsäulen, die aus dem Wald emporstiegen, in östliche Richtung getrieben wurden. Das Anwesen der Laverys lag jedoch mehrere Hundert Meter südwestlich des Buschfeuers.

»Es ist nicht möglich, dass Funken gegen den Wind fliegen, oder?«

Der Mann von der Rezeption schaute sie an, als wollte sie ihn auf den Arm nehmen. »Wir sind hier zwar in Australien, das Wasser fließt hier andersherum ab als auf der Nordhalbkugel und wir stehen verkehrt herum auf der Erde. Funkenflug entgegen der Windrichtung ist aber auch hier nicht möglich«, antwortete er.

»Wie entsteht eigentlich so ein Waldbrand?«, fragte Rachel.

»Das hat verschiedene Ursachen: Achtlosigkeit, Rodung, Funkenflug, Blitzschläge. Aber in vielen, vielen Fällen ist es Brandstiftung. Sollte ich je einen Brandstifter in die Finger bekommen, wird er selbst brennen, das schwöre ich Ihnen.«

Rachel hatte genug gesehen. Sie fotografierte die Luftaufnahmen ab und bedankte sich höflich. »Eine Frage hätte ich noch. Der Wald, der auf dem Luftbild in Flammen steht. Ist es der, in dem die Kinder zum Jahreswechsel gezeltet haben?«

Der Mann nickte. »Ja, das ist er. Es ist ein Waldstück mit einer Senke. Den Ort nennen die Leute hier ›Killed Kids' Creek‹.«

Rachel machte sich auf den Weg zum Polizeipräsidium. Dort konfrontierte sie Sheriff Mitchell mit ihren Erkenntnissen. Entgegen ihrer Erwartung wehrte er sämtliche Zweifel strikt ab, ja, er wirkte regelrecht aufgebracht. »Sie können sicher sein, dass wir alles getan haben, um das Verschwinden der Kinder aufzuklären. Sie sind im Wald verbrannt und Punkt. Und die Villa der Laverys hat sich durch Funkenflug entzündet. Mehr sage ich dazu nicht«, raunte Mitchell.

»Aber die Luftaufnahmen sagen etwas anderes«, warf Rachel ein.

»Dann sind das eben falsche Luftaufnahmen. Seit 1999 stand derselbe Wald noch weitere dreimal in Flammen. Die müssen die Aufnahmen verwechselt haben«, argumentierte Mitchell. »Und jetzt lassen Sie mich bitte in Ruhe, ich habe zu arbeiten!«

Wütend sprang Rachel auf und verließ zügig und wortlos den Raum. Von Sheriff Mitchell brauchte sie also keine Hilfe zu erwarten. Er hatte ganz offenbar mit der Geschichte abgeschlossen.

Rachel setzte sich ins Auto, knallte die Tür hinter sich zu und haute ein paarmal fluchend auf das Lenkrad. Sie nahm an, dass ein kleiner Besuch im Busch vermutlich genau das Richtige war, um wieder runterzukommen. Rachel nahm eine Tablette, da ihr Fuß wieder zu schmerzen begann, startete den Wagen und fuhr los. Vor der Brücke, die nur breit genug für ein Fahrzeug war, musste sie warten, bis ein entgegenkommender Traktor den Fluss überquert hatte. Danach fuhr sie über die holprigen Planken der Brücke und erreichte new-south-wali-sischen Boden. Rachel warf einen Blick auf das abfotografierte Luftbild und erkannte schnell den Weg zum Killed Kids' Creek. Sie musste nur wenige Minuten fahren, bis sie die Senke bereits vom Waldrand aus sah. Sie parkte den Wagen am Straßenrand, stieg aus und nahm ein paar kräftige Züge der frischen Luft. Sie unterschied sich deutlich von dem Kleinstadtmief in Swan Hill.

Bei jedem Schritt über den trockenen, unebenen Waldboden musste Rachel aufpassen, mit ihrem lädierten Fuß nicht umzuknicken. Schließlich erreichte sie die Senke. Hier hatten die Jugendlichen also gezeltet. Rachel schloss die Augen und versuchte sich vorzustellen, wie der Zeltplatz vor fünf-zehn Jahren ausgesehen haben mochte. Die Bäume waren nach den Feuern der vergangenen Jahre vermutlich anders nachge-wachsen, außerdem war es damals dunkel. Wo mochten wohl die Zelte gestanden haben? Rachel überlegte, ob es möglich war, dass man in einem Zelt schlief und so schnell von einem Buschfeuer überrascht wurde, dass man entweder im Schlaf ver-brannte oder nicht mehr genug Zeit hatte, um wegzurennen. Konnte sich ein Feuer im Wald überhaupt so schnell ausbreiten? Sie kniete sich hin und fuhr mit der linken Hand durch den Waldboden. Er war knochentrocken. Wenn der Boden damals genauso ausgedörrt war, hätte es vielleicht möglich sein können.

Rachel richtete sich wieder auf. Augenblicklich wurde ihr schwindelig, und sie musste sich an einem der umstehenden Bäume abstützen, um nicht umzukippen. Der Schwindel ließ bald nach, aber dann hörte Rachel plötzlich eine Stimme hinter sich. Erschrocken fuhr sie herum. Ein paar Meter vor sich sah sie Tom. »Hey, Mom«, sagte er, und wie in Trance machte Rachel einen Schritt nach dem anderen auf ihn zu. Tom hatte eine Packung Streichhölzer in der Hand und spielte damit herum. Schließlich entzündete er eines und ließ es aus der Hand gleiten. Wie in Zeitlupe kam es dem trockenen Waldboden immer näher. Rachel traute ihren Augen nicht. Sie hatte Tom fast erreicht und setzte zum Sprung an, um das Streichholz aufzufangen und einen Waldbrand zu verhindern, als sie unsanft auf dem Boden aufschlug. Das Streichholz war verschwunden. Tom auch. Sie brauchte ein wenig, um zu begreifen, dass der Verstand ihr wieder einen Streich gespielt hatte. Dann tastete sie prüfend nach ihrem Fuß. Umständlich raffte sie sich auf und ging zurück zur Straße.

Im Auto traf Rachel eine Entscheidung, denn so konnte es nicht weitergehen. Sie rief Doktor Flynn an, um zu fragen, ob sie noch einmal vorbeikommen könne. Leider ging nur die Mailbox an. Sie hinterließ ihm eine Nachricht und schlug vor, sich abends im Lame Kangaroo auf einen Drink zu treffen.

Rachel legte das Handy zur Seite und nahm ihr Notizbuch aus der Tasche, das sie prompt in den Fußraum fallen ließ. Dabei flatterte fast der gesamte Inhalt heraus, alle Zettel, Quittungen, Fotos und zusammengefalteten Papiere. Genervt begann Rachel, alles wieder aufzusammeln. Ihr fiel auf, dass sie das Notizbuch schon länger nicht mehr ausgemistet hatte. Sie zerknüllte alle Zettel, die sie nicht mehr brauchte, und warf sie auf den Beifahrersitz, auf dem sich schnell ein beträchtlicher Haufen Altpapier sammelte. Bei einem Blatt stutzte sie, denn sie konnte sich nicht erinnern, es jemals in ihr Buch gesteckt zu haben. Sie faltete es auf und begann zu lesen.

Liebe Ada,

*ich habe noch einmal über uns nachgedacht. Ich
glaube, dass das, was ich für Dich empfinde, weit
über das normale Verliebtsein hinausgeht. In den
letzten Tagen habe ich gemerkt, dass wir einfach
füreinander geschaffen sind. Ich hoffe, Du siehst
das genauso. Ich würde für Dich sterben. Und
leben möchte ich ohne Dich schon gar nicht.*

> *In Liebe*
> *Matt*

Was war das für ein Brief? Und wie war er in das Buch gekommen? Rachel dachte nach, bis ihr schlagartig klar wurde, dass
es nur Margret Simons gewesen sein konnte. Sofort startete sie
den Wagen und fuhr zurück in die Stadt. Sie musste Margret zu
dem Brief befragen – selbst wenn sie, zumindest in den Augen
von Butch Simons, kein gern gesehener Gast mehr war.

Rachel war erleichtert, als sie Butchs Truck nicht auf der
Auffahrt stehen sah. Margret öffnete die Tür. »Ah, Sie sind es –
dann haben Sie vermutlich den Brief gefunden. Kommen Sie
herein! Sie haben Glück, mein Mann bringt gerade einen Schwung
Kängurus zum Metzger.«

Rachel folgte Margret in die Küche, wo sie am Tisch Platz
nahmen. »Was ist das für ein Brief?«

»Ich habe ihn in Matts Zimmer gefunden, als ich nach seinem Tod aufgeräumt habe.«

»Matt war also in Ada verliebt. Wussten Sie das?«

»Nein. Er hat mit uns nicht viel über seine Gefühle
gesprochen.«

»Verstehe. Wieso haben Sie den Brief damals nicht der
Polizei gegeben?«

»Ich hatte Angst, der Verdacht könnte dadurch auf ihn fallen. Ich meine, der Brief könnte auch so verstanden werden,

dass Matt Ada und die anderen mit in den Tod gerissen hat. Das wollte ich auf jeden Fall verhindern«, sagte Margret. Eine Träne floss ihr die Wange hinunter.

»Und warum dann jetzt?«

»Ich lebe nun fünfzehn Jahre lang mit einem schlechten Gewissen. Butch will unbedingt Gras über die Vergangenheit wachsen lassen. Ich kann das nicht mehr. Da kamen Sie gerade recht. Aber er darf auf keinen Fall etwas davon erfahren«, flehte Margret.

Rachel versicherte ihr, dass das Geheimnis bei ihr in guten Händen sei. »Glauben Sie, dass Ihr Sohn fähig war, jemanden aus Liebeskummer zu töten?«

»Nein, das kann ich mir nicht vorstellen. Ich will einfach nur wissen, was passiert ist. Vielleicht hilft Ihnen der Brief bei Ihrer Arbeit weiter – mehr kann ich dazu nicht sagen.«

»Das tut er«, sagte Rachel, »bestimmt.«

»Jetzt fahren Sie besser wieder. Butch ist gleich zurück. Wenn Sie noch Fragen haben, kommen Sie am besten abends nach Sonnenuntergang vorbei, dann ist er immer auf der Jagd.«

Zurück in den Sunshine Lodges, fragte Rachel Suzie, ob sie sich den Flipchart ausleihen könne, den sie im Frühstücksraum entdeckt hatte. »Nimm ihn mit, Sweetheart, den braucht gerade sowieso niemand«, antwortete sie.

Rachel fiel auf, dass sie immer noch der einzige Gast auf der gesamten Anlage war. In ihrer Lodge begann sie damit, alle Personen, mit denen sie bisher zu tun hatte, auf dem Flipchart zu notieren und wichtige Notizen aus dem Büchlein darauf zu übertragen. Danach betrachtete sie eine Weile ihr Kunstwerk aus Namen, Aufzählungspunkten und Pfeilen und war danach leider genauso schlau wie vorher. Das Klingeln ihres Handys riss sie aus ihren Gedanken. Es war Flynn. »Hi, ich habe Ihre

Nachricht gerade abgehört. Steht der Vorschlag mit dem Drink heute noch?«

»Ja, natürlich.«

»Gut, um acht Uhr im Lame Kangaroo?«

»Ist gut, bis nachher.«

Nach dem Telefonat fühlte sich Rachel eigenartig. Sosehr sie sich auch anstrengte, sie konnte sich nicht mehr richtig konzentrieren. Die abendliche Verabredung ließ ihr einfach keine Ruhe mehr. Dennoch schaffte sie es am Ende, ein recht detailliertes Beziehungsgeflecht der Jugendlichen und ihrer Eltern abzubilden. Auf der Verdächtigenseite standen wenige Namen, angefangen bei Matt, den sie aufgrund des Briefs verdächtigen musste, über Kuparr bis hin zu einer unbekannten Gruppe von Menschenhändlern, die vielleicht mit dem Verschwinden in Zusammenhang stand. Das hatte sie von Waratah erfahren. Doch wenn Rachel ehrlich zu sich war, hatte sie bisher eigentlich nichts Handfestes herausgefunden, nur vage Vermutungen.

Rachel stellte fest, dass es schon sechs Uhr war. Sie ging ins Bad und nahm eine Dusche, wie sie es bei diesem heißen Wetter am liebsten mehrmals am Tag getan hätte. Danach holte sie das einzige Kleid aus ihrem Koffer, den sie noch immer nicht ausgepackt hatte. Sie wollte ihrem Unterbewusstsein nicht das Gefühl geben, für längere Zeit in Swan Hill bleiben zu müssen, weshalb sie es vorzog, aus dem Koffer zu leben. Nachdem sie sich angezogen hatte, schminkte sie sich ausgiebig. Sie konnte sich gar nicht erinnern, wann sie sich das letzte Mal so zurechtgemacht hatte. Nach etwas mehr als einer halben Stunde war sie fertig und schlug die Zeit mit der Lektüre ihres Notizbuchs tot, bis sie sich gegen Viertel vor acht auf den Weg machte.

»Ui, warum so schick, Sweetheart?«, fragte Suzie, die ihr am Waschhaus über den Weg lief.

»Ich habe noch eine Verabredung.«

»Eine Verabredung oder ein Date?«

»Ich date nicht, ich bin Britin und keine Amerikanerin«, scherzte Rachel, womit sie Suzie zum Lachen brachte.

»Darf ich fragen, wer es ist?«

»Klar. Doktor Flynn.«

In diesem Moment wich Suzie das Lächeln aus dem Gesicht. Rachel erkundigte sich, was los sei. »Ich weiß nicht, ob ich Ihnen das sagen soll, aber Doktor Flynn ist mir suspekt.«

»Warum?«

»Man munkelt, dass er im Studium Teil eines umstrittenen Forschungsprojekts der Universität von Melbourne war. Es ging um die Psyche von Kindern, die aus ihrem familiären Umfeld gerissen werden. Man wollte erforschen, ob und wie viel Entschädigung die Regierung den ›Stolen Generations‹ schuldete«, sagte Suzie.

Das dämpfte Rachels Vorfreude auf das Treffen zunächst, doch am Ende beschloss sie, nichts auf die Gerüchte zu geben und sich nur auf ihren persönlichen Eindruck zu verlassen – und der war nun mal gut. Suzie wünschte Rachel trotz allem einen schönen Abend.

Es war kurz vor acht, als Rachel das Lame Kangaroo betrat. Flynn war schon da, stand zur Begrüßung auf und machte ihr ein Kompliment für ihr Kleid. Auf Flynns Empfehlung bestellten sie eine Flasche australischen Chardonnay. Hunger hatten sie wegen des heißen Wetters eigentlich nicht, weshalb Flynn für sie beide eine Platte mit gemischten kalten Tapas bestellte.

»Dann erzählen Sie doch mal, wie kommen Sie mit dem Fall voran?«

»Es geht so. Momentan stecke ich in einer Sackgasse. Ich warte noch immer auf das fehlende Puzzleteil«, sagte Rachel.

»Ja, das kann schwer zu finden sein. Wenn ich was tun soll, sagen Sie Bescheid.«

Rachel wusste das sehr zu schätzen und versprach, darauf zurückzukommen.

»Sie sind also ›Flying Doctor‹«, wechselte Rachel das Thema.

Flynn nickte.

»Das ist für mich so ziemlich das Typischste für Australien. Ich fand das schon immer irgendwie faszinierend: ein Land, das so groß ist, dass man zu den abgelegenen Farmen mit dem Flugzeug zu Arztbesuchen fliegen muss.«

»Dann habe ich noch eine Überraschung für Sie, denn mein Opa hat den weltweit ersten ›Flying Doctor Service‹ hier gegründet.«

Rachel verschluckte sich beinahe an ihrem Wein. »Wirklich?«

»Ja, John Flynn. Mein Großvater war damals presbyterianischer Priester und hat sich schon sehr früh für die Belange der Menschen interessiert, die weit abgelegen im Outback leben, und dafür, wie man ihnen schnellstmöglich zu Hilfe kommen kann. Schon 1917 dachte er über die Nutzung damals moderner Technologien wie Funk und Flugzeug nach. Bis sich ein Pilot im Ersten Weltkrieg, der von seinen Überlegungen gehört hatte, bei ihm meldete und ihm die Möglichkeiten und Kosten damals erhältlicher Flugzeuge aufzeigte. Dann begann er, in Kirchenzeitungen Spenden für sein Projekt zu sammeln. Im August 1927 hob schließlich der erste fliegende Arzt zu einem Einsatz ab. Es war eine Beckenfraktur.«

»Sehr interessant. Meinten Sie es ernst, dass ich mal mitkommen darf, wenn Sie zu einem Einsatz müssen?«, fragte Rachel vorsichtig.

»Natürlich, da wird sich mit Sicherheit eine Gelegenheit finden.«

Die beiden philosophierten über dies und das, das hektische Leben in der Stadt und die Idylle auf dem Land, vergangene Liebschaften, Lebensziele und noch viel mehr. Zwischendurch bestellte Flynn noch eine Flasche Wein.

»Was machen eigentlich Ihre Halluzinationen?«

»Gut, dass Sie das ansprechen. Ich war heute im Wald beim Killed Kids' Creek und hatte schon wieder eine Vision. Mein Sohn saß da und spielte mit Streichhölzern, bis er eines anzündete und fast den Wald in Brand steckte.«

»Wissen Sie, was die Ureinwohner über Träume und Halluzinationen sagen?«

»Ja. Waratah aus dem AYSAR hat es mir erzählt.«

»Träume sind ein Teil unserer Wirklichkeit. Vielleicht hat Ihr Unterbewusstsein versucht, Ihnen etwas mitzuteilen. So etwas sollte man ernst nehmen. Worum ging es noch mal in dem Traum, von dem Sie mir als Erstes erzählt hatten?«

»Tom hat hinter der Statue im Lavery-Park in der Erde gegraben.«

»Wissen Sie was? Dann fahren wir da jetzt mal hin und schauen nach.«

»Jetzt? Sie sind verrückt.« Rachel schaute auf die Uhr, es war kurz nach halb elf.

»Warum nicht? Wir sind angetrunken genug, ich habe einen Spaten dabei und die Nacht ist noch jung. Also, los geht's.«

Nach ihrer anfänglichen Skepsis ließ sich Rachel überreden. Flynn zahlte die Rechnung und führte Rachel hinaus zu seinem Wagen. »Fahren dürfen Sie aber nicht mehr! Und was ist das überhaupt für ein komisches Fahrzeug?«

Flynn fuhr einen Pick-up, der jedoch wie ein normaler Pkw aussah. »So einen Wagen nennen wir ›Ute‹. Ein Pick-up auf Pkw-Fahrgestell. Sehr verbreitet hier in Australien und vor allem sehr praktisch«, erklärte Flynn und holte einen Spaten von der Ladefläche. »Ich habe leider nur einen dabei«, entschuldigte er sich.

»Dann wissen Sie ja, wer graben muss«, sagte Rachel.

Die beiden machten sich zu Fuß auf zur Sunshine Lane. Für die wenigen Fußgänger, die sie unterwegs in der Stadt trafen, war es ein ungewöhnlicher Anblick: zwei relativ schick gekleidete Menschen, die in einer lauen Sommernacht mit einem Spaten durch die Stadt spazierten. Doch Rachel und Flynn störten sich nicht weiter daran.

Das Denkmal auf dem ehemaligen Lavery-Anwesen war in Dunkel gehüllt. Rachel kramte ihr Telefon aus der Handtasche und leuchtete ihnen den Weg. »Wo soll ich anfangen?«, fragte Flynn.

»Gleich hier«, antwortete Rachel und zeigte auf eine Stelle direkt hinter dem Denkmal.

»Dann mal los.« Flynn setzte den Spaten an und drückte ihn mit dem Fuß in den harten, trockenen Boden. Der erste Stich war der schwierigste, danach ging es immer leichter. Rachel leuchtete Flynn und beobachtete, wie der Haufen mit trockenem, staubigem Aushub immer größer und der Graben, in dem Flynn nun stand, immer tiefer wurde. Er machte eine Pause. »Was glauben Sie eigentlich, was wir hier suchen?«, fragte Flynn.

»Das war Ihre Idee«, antwortete Rachel.

»Richtig. Ich hatte vermutlich schon mal bessere«, keuchte Flynn und setzte sich auf den Rand des Grabens.

Auf der Straße leuchteten plötzlich zwei Lichter auf, ein blaues und ein rotes. Dann ertönte ein kurzes Sirenengeräusch. Ein Streifenwagen. Es folgte eine Lautsprecherdurchsage. »Sie da hinter dem Denkmal, nehmen Sie die Hände hoch und kommen Sie langsam zur Straße!« Es war Mitchells Stimme. Offenbar hatte einer der skeptischen Menschen, die Rachel und Flynn mit dem Spaten gesehen hatten, die Polizei gerufen. Na toll, dachte Rachel. Die beiden nahmen die Hände hoch und bewegten sich auf die Straße zu.

Mitchell war inzwischen ausgestiegen und zielte mit seiner Pistole auf sie. Als sie nah genug waren, gab Rachel sich zu erkennen. »Nicht schießen, nehmen Sie die Waffe runter!«

Mitchell war verärgert. »Wann ich die Waffe runternehme, entscheide ich selbst. Kommen Sie näher, ins Licht!« Erst als der Sheriff die Gesichter der beiden im Licht der Straßenlaterne erkennen konnte, steckte er die Waffe weg. Er war noch verärgerter. »Mrs Buchanan. Und Doktor Flynn. Wie enttäuschend, Sie hier zu sehen!«

Rachel war sich nicht sicher, wie sie antworten sollte. »Wir mussten etwas nachschauen«, sagte sie schließlich.

Doch offenbar ließ Mitchell das nicht gelten. »Ihnen ist hoffentlich klar, dass ich Sie mitnehmen muss. Das ist Privatbesitz, und ich bin für die Beaufsichtigung zuständig.«

»Sheriff, wir sind Kollegen, da können Sie doch …«

»Keine Diskussion. Steigen Sie in den Wagen. Oder soll ich Ihnen Handschellen anlegen?«

Rachel und Flynn erkannten, dass es keinen Sinn hatte, Widerworte zu geben. Sie setzten sich auf die Rückbank des Streifenwagens und beobachteten Mitchell dabei, wie er Flynns ausgehobenes Kunstwerk begutachtete und den Spaten einsammelte. Dann fuhren sie zur Polizeistation.

Mitchell setzte die beiden in den Vernehmungsraum. »Bitte warten Sie hier. Ich werde kurz mit Mr Lavery Rücksprache halten – immerhin ist es sein Grundstück«, sagte er und verließ den Raum.

Als die Tür ins Schloss gefallen war, sprang Rachel von ihrem Stuhl auf, lief wie wild im Vernehmungsraum herum und fluchte laut. »Das ist doch alles Schikane! Der Kerl soll mir helfen und keine Steine in den Weg legen! Was ist denn das bitte für eine Zusammenarbeit?« Flynn versuchte sie zu beruhigen, doch er hatte wenig Erfolg.

Der Sheriff ließ sich auf seinen Bürostuhl fallen und wählte Laverys Handynummer. »Hallo, hier ist Ted. Ich habe gerade zwei ungebetene Gäste beim Graben im Gedenkpark erwischt.«

Nach einer Pause antwortete Lavery: »Beim Graben?«

»Ja, ein Loch, hinter dem Denkmal.«

»Verstehe.«

»Wie sieht es mit einer Anzeige aus?«

»Nein, meinetwegen können Sie sie gehen lassen. Sorgen Sie dafür, dass sie das Denkmal nicht noch mal schänden.« Dann legte Lavery auf.

Mitchell quälte sich stöhnend aus dem Sessel und wackelte in den Vernehmungsraum. Als er durch die Tür kam, empfing Rachel ihn mit bitterbösem Blick.

»Ich habe gerade mit Lavery telefoniert.« Mitchell machte eine lange Pause, mit der er offenbar die Dramatik im Raum steigern wollte – ohne Erfolg. »Wie auch immer … Wenn Sie versprechen, in Zukunft das Denkmal nicht mehr zu schänden, dürfen Sie gehen.«

»Wenn Sie darauf bestehen. Wir versprechen, dass wir das Denkmal in Zukunft nicht mehr schänden werden«, sagte Rachel und zwängte sich, gefolgt von Flynn, an Mitchell vorbei. Beim Verlassen der Polizeistation drückte Mitchell dem Doktor noch den Spaten in die Hand.

»Das war wohl nix«, bemerkte Rachel, als sie mit Flynn die Straße hinunterschlenderte.

Flynn antwortete mit einem abfälligen Geräusch. »Ich lasse mir von dem Kasper doch nicht vorschreiben, was ich zu tun habe. Außerdem gehen wir jetzt mit dem guten Gefühl nach Hause, Ihrem Traum gefolgt zu sein. Apropos, wo wohnen Sie eigentlich?«

»Sunshine Lodges.«

»Dann bringe ich Sie noch nach Hause.«

Als Rachel protestierte, betonte Flynn, dass er dies ohne jegliche Hintergedanken tue. Rachel war einverstanden. An den Lodges angekommen, bedankte sich Flynn für den schönen

Abend, der trotz des Zwischenfalls mit der Polizei sehr reiz-voll gewesen sei. Rachel stimmte zu und schlug eine baldige Wiederholung vor. Zum Abschied umarmten sie sich – unter dem skeptischen Blick von Suzie, die an der Rezeption eine letzte Zigarette rauchte.

Swan Hill, Dezember 1999

Matt bekam zunächst nichts davon mit, dass Scott mit einer Pistole in der Hand hinter ihm stand. Erst als er die panischen Gesichter der Mädchen sah, drehte er sich um. Matt blickte direkt in den Lauf und erschrak zu Tode. »Sag mal, bist du bescheuert!«, schrie Matt. Er sprang auf und schlug ihm die Pistole aus der Hand.

»Matt hat recht! Hast du sie nicht mehr alle?«, schrie Lynn. Sie und Ada eilten hinüber zu Matt.

»Wieso, das war doch lustig«, rechtfertigte sich Scott.

»Lustig? Was geht eigentlich in deinem Kopf vor?«, fragte Ada.

»Und wo hast du überhaupt die Pistole her?«, rief Lynn.

Scott ging zu der Waffe, die ein paar Meter entfernt auf dem Boden gelandet war, und hob sie auf. Er wischte den Dreck ab. »Die hab ich von meinem Vater. Ich hab mir gedacht, wenn wir schon kein Feuerwerk machen dürfen, können wir um Mitternacht wenigstens einige Schüsse abfeuern, das knallt auch schön. Und es sind auch nur noch zehn Minuten bis Neujahr«, sagte er.

Die anderen waren von der Idee nicht begeistert. »Entweder die Waffe verschwindet wieder da, wo du sie hergeholt hast, oder ich gehe«, sagte Lynn und schaute Scott fordernd an. Matt und Ada stimmten ihr zu.

»Ist ja schon gut, ich lege sie wieder in meinen Rucksack. Jetzt kommt mal runter! Ist doch gar nichts passiert.« Scott krabbelte ins Zelt und vergrub die Pistole in seinem Rucksack, während die anderen sich wieder um die Feuerstelle setzten. Auf dem Rückweg überlegte er es sich noch einmal anders, kramte die Pistole wieder hervor und steckte sie so in seinen Hosenbund, dass sie nicht zu sehen war. »So weit kommt es noch, dass ich mir von denen etwas verbieten lasse«, sagte er still zu sich selbst, krabbelte aus dem Zelt und setzte sich wieder zu den anderen.

»Ist das Ding wieder gut verstaut?«, vergewisserte sich Lynn. Scott bejahte.

Bis Mitternacht waren es jetzt nur noch etwas mehr als fünf Minuten. Ada schaute auf die Uhr. »Das ist so aufregend, ich glaube, ich muss noch mal kurz pieseln.« Ada stand auf und verschwand im Dunkel des Waldes. Sie ging vorsichtshalber etwas weiter weg, um bei ihrem Toilettengang nicht von einem der anderen überrascht zu werden. Unterwegs dachte sie darüber nach, dass Scott, der ihr in den vergangenen Tagen eigentlich immer besser gefallen hatte, sich wohl doch nie als der Richtige erweisen würde. Dazu hatte er vorhin zu eindrücklich unter Beweis gestellt, dass bei ihm etwas nicht ganz richtig tickt. Als Ada meinte, weit genug von der Gruppe entfernt zu sein, zog sie sich die Hose herunter und lehnte sich mit dem Rücken gegen einen der Eukalyptusbäume.

Scott starrte auf den Campingkocher und überlegte angestrengt. Hoffentlich hatte er es sich durch die Aktion nicht mit Ada verscherzt. Andererseits dachte er an das, was ihm sein Vater Michael immer wieder eintrichterte: Richtige Männer nehmen sich das, was sie wollen. Und die Laverys erst recht.

Völlig unvermittelt sprang er auf. »Ich muss auch noch mal kurz. Den Weltuntergang möchte ich mit leerer Blase erleben«, sagte er. Er ging demonstrativ nicht in dieselbe Richtung, in die Ada verschwunden war. Als er sich außer Sichtweite von Lynn und Matt wähnte, schlich er in großem Bogen und sehr darauf bedacht, keinen Lärm zu machen, um das Lager herum. Irgendwo hier musste sie doch sein! »Ada, Ada«, flüsterte er, doch er bekam keine Antwort. In wenigen Metern Entfernung nahm er im Augenwinkel plötzlich eine Bewegung wahr. Er wandte den Kopf. Im Halbdunkel konnte er erkennen, dass es Ada war, die sich gerade ihre Hose wieder hochzog. Zügig und leise machte Scott ein paar große Schritte auf sie zu, bis er vor ihr stand. Ada erschrak, als sie direkt in Scotts Gesicht blickte.

»Ich habe Signale von dir wahrgenommen. Du hast darauf gewartet, dass ich dir folge, gib's zu!«, sagte Scott.

Ada war ziemlich perplex und mit der Situation überfordert. »Nein, das habe ich bestimmt nicht. Ich wollte einfach in Ruhe austreten.« Sie zwängte sich an Scott vorbei und wollte nur noch schnell zurück zu Lynn und Matt. Scott begann ihr Angst zu machen.

Er hielt sie am Arm fest. »Nein, gib zu, dass du mich auch willst!«, insistierte er.

»Lass mich los!«, rief Ada und versuchte, sich zu befreien, doch es gelang ihr nicht, Scotts Griff war zu fest. Er drückte sie gegen den Baum. Als Ada um Hilfe schreien wollte, presste er seine linke Hand auf ihren Mund. Jetzt bekam sie Panik. Sie versuchte, Scott zu treten. Daraufhin riss er sie zur Seite und warf sie auf den Boden, wo Ada noch heftiger zu strampeln begann. Scott legte sich auf sie und hielt ihren Mund weiter fest zugedrückt. Ada spürte einen harten Gegenstand, der auf ihren Oberschenkel drückte: Es war die Pistole. In ihrer Verzweiflung griff Ada nach der Waffe und zog sie aus Scotts Hosenbund. Es gelang ihm, Ada die Pistole wieder zu entreißen, wozu er die Hand von ihrem Mund nehmen musste. Jetzt schrie sie laut um Hilfe, was Scott in Panik versetzte. Wie in Trance richtete er die Waffe auf Adas Kopf und drückte ab. Für einen kurzen

Moment leuchtete ihr Gesicht im Blitz des Mündungsfeuers hell auf.

Der Schuss hallte noch endlose Sekunden im Wald nach, dann war es still. Und dunkel. Scott konnte nicht ganz begreifen, was soeben passiert war. Ada bewegte sich nicht mehr. Er hatte das Leben eines Menschen ausgelöscht, und seines würde nie mehr dasselbe sein. Er kniete neben Adas Leiche und starrte apathisch nach unten. Es dauerte eine Zeit, bis er wieder einen halbwegs klaren Gedanken fassen konnte zwischen den tausend Dingen, die ihm nun durch den Kopf schwirrten. War das gerade ein Mord? Musste er jetzt ins Gefängnis? Sollte er die Leiche verschwinden lassen? Ging das überhaupt? Die beiden am Lagerfeuer mussten doch den Schuss gehört haben!

Lynn und Matt schwiegen sich an. Obwohl Scott in eine andere Richtung gegangen war, hatte Matt irgendwie ein mulmiges Gefühl, weil beide gleichzeitig weg waren. »Du wirkst nachdenklich. Ist alles in Ordnung bei dir?«, fragte Lynn.

»Ja, alles gut.«

»Du bist in Ada verliebt, stimmt's?« Matt schaute Lynn verwundert an, als wollte er fragen, woher sie das wisse. »Glaub mir, Matt, das sieht ein Blinder. Ich gebe dir einen guten Rat: Du solltest das Mädchen nicht auf ein Podest stellen und anbeten. Träum nicht immer nur davon, etwas zu tun, sondern tu es! Wir Mädchen mögen es manchmal, wenn uns Entscheidungen abgenommen werden. Deshalb möchten wir, dass der Junge den ersten Schritt macht.«

Matt schwieg und ließ die Worte sacken. »Glaubst du, ich habe eine Chance bei Ada?«

»Ja, das glaube ich. Aber sei nicht so ein Träumer! Liebst du sie wirklich?«

»Ich würde für sie sterben.«

Ein lauter Knall peitschte zu ihnen herüber. »Was war das?«, fragte Lynn.

»Klang wie ein Schuss.«

»Wo kam der her?«

»Aus der Richtung, in die Ada gegangen ist.«

Lynn und Matt sprangen auf, nahmen eine Taschenlampe und rannten in den Wald. Wie wild leuchteten sie zwischen den Bäumen umher, doch sie konnten nichts sehen – bis der Lichtkegel von Matts Taschenlampe für einen kurzen Moment den noch immer neben Adas Leiche knienden Scott streifte. Matt schwenkte die Lampe zurück und leuchtete Scott ins Gesicht. Er hatte rote, tränende Augen und sah gruselig aus. Er hob den Arm, um seine Augen vor dem Licht zu schützen. Lynn hatte gesehen, dass Matt stehen blieb, und kam zu ihm herüber. Sie leuchtete auf Ada. Zunächst nahm sie nur wahr, dass sie sich nicht mehr bewegte. Dann sah sie das Einschussloch in Adas Stirn.

»Was hast du getan?«, schrie sie völlig außer sich. Matt stand nur da und leuchtete jetzt auch in Adas Gesicht. Ihre Haut war bleich und ihre Augen weit aufgerissen. Sie sah aus wie ein Geist. Lynn stürmte auf die Tote zu und stieß Scott mit einem kräftigen Schubs zur Seite. Sie fühlte ihren Puls, doch sie fand nichts. Verzweifelt begann sie mit einer Herz-Lungen-Massage, drückte unkoordiniert auf ihrem Brustkorb herum und machte eine hastige Mund-zu-Mund-Beatmung. »Tut doch was! Ruft den Krankenwagen!«, schrie sie. Doch Matt stand einfach nur da, und Scott kauerte, noch immer mit der Waffe in der Hand, auf dem Waldboden.

Nach einer Weile gab Lynn auf und umarmte Adas toten Körper, der langsam immer kälter wurde. Unvermittelt löste Matt sich aus seiner Starre und lief in großen Schritten zu Scott hinüber. Mit voller Wucht schlug er ihm immer und immer wieder ins Gesicht, bis seine Nase blutete.

»Das bringt doch nichts, hör auf!«, sagte Lynn und riss Matt von Scott weg.

Der wischte sich mit seinem T-Shirt das Blut aus dem Gesicht und erhob sich. »Darauf hast du bestimmt lange gewartet«, sagte er zu Matt.

»Du kannst gern noch ein paar haben«, antwortete dieser.

»Ja, dann komm doch!«, forderte er Matt mit der Waffe in der Hand auf.

»Denkt auch irgendjemand von euch noch an Ada? Was sollen wir denn jetzt machen?«

Die Jugendlichen richteten ihren Blick auf die Leiche und schwiegen sich an.

»Ich weiß nicht, was *ihr* macht, aber ich gehe jetzt zur Polizei«, sagte Matt. Er drehte sich um und setzte sich in Bewegung.

»Halt!«, rief Scott und richtete die Pistole auf Matt. »Das wirst du schön sein lassen!«

Matt fuhr herum. »Und wenn nicht? Willst du mich dann auch noch erschießen?«

Lynn mischte sich ein. »Scott, leg die Waffe weg! Matt hat recht, wir müssen zur Polizei.«

»Keine Polizei, habt ihr mich verstanden? Wir regeln das so«, sagte Scott.

»Wie willst du das denn regeln? Ada ist tot, hast du das begriffen?«

»Wir lassen die Leiche verschwinden und sagen, sie sei abgehauen oder so«, schlug Scott vor.

Matt reichte es. »Ich gehe jetzt«, sagte er und drehte sich wieder um.

Scott feuerte in die Luft. »Du wirst nicht gehen! Wir machen das so, wie ich es gesagt habe. Ich habe nichts zu verlieren.«

KAPITEL 6

Swan Hill, Januar 2015

Rachel konnte nicht schlafen, zum einen, weil ihr Flynn nicht mehr aus dem Kopf ging, zum anderen, weil sie Angst hatte, sie könnte wieder einen dieser abgedrehten Träume haben, die sie in letzter Zeit plagten. Außerdem war es heiß. So lag sie in ihrem Bett und starrte an die Decke. Nach langem gründlichem Nachdenken hatte Rachel schließlich die nötige Bettschwere erreicht, um trotz allem einzuschlafen. Es war zwei Uhr nachts, als ihr die Augen zufielen.

Lange konnte Rachel ihren Schlaf jedoch nicht genießen, denn plötzlich schreckte sie auf. Ein Geräusch vor der Lodge hatte sie geweckt. Es war die hölzerne Terrasse, die so knarzte, als würde sie jemand betreten. Sie war sich sicher, jemand näherte sich der Tür. Doch wer? Suzie? Ein anderer Gast? Rachel wusste es nicht. Ihr war nur klar, dass sich die Gestalt vergeblich bemühte, beim Gehen keinerlei Geräusche zu machen. Dann sah Rachel durch den Schlitz unter der Tür einen Lichtschein. Sie hielt den Atem an. Die Person war nicht mehr weit. Augenblicke lang passierte nichts. Rachel richtete sich im Bett auf. Plötzlich erschienen zwei Schatten unter dem Türschlitz, sie rührten sich nicht. Jemand stand direkt vor ihrer Tür.

Rachel angelte nach dem eisernen Schuhanzieher, der hinter ihrem Bett stand, und versuchte, dabei so wenig Lärm wie möglich zu machen. Sie wollte auf alles vorbereitet sein. Langsam stand sie vom Bett auf. Dummerweise quietschte das alte Bettgestell dabei so laut, dass man es vermutlich auch draußen hören konnte. Rachels ungebetener Gast musste es jedenfalls gehört haben, denn die Schatten hinter dem Türschlitz verschwanden plötzlich. Rachel richtete noch einige Minuten ihr wachsames Auge auf die Tür und hielt dabei den Schuhanzieher in der Hand, bevor sie beschloss, draußen nachzuschauen. Sie öffnete die Tür, betrat vorsichtig die Terrasse und schaute sich um. Nichts. Sie legte sich wieder ins Bett. Vielleicht war es ja wirklich nur ein anderer Gast, der sich in der Tür geirrt hatte und weitergegangen war, nachdem er gehört hatte, dass das Zimmer schon besetzt war, versuchte sie sich einzureden. Doch es half nichts, nun konnte sie erst recht nicht mehr einschlafen. Plötzlich klopfte es an der Tür, und Rachel saß in Sekundenbruchteilen wieder aufrecht im Bett. Sie schnappte sich den Schuhanzieher.

»Wer ist da?«, fragte sie mit einem Kloß im Hals.

»Ich bin's, Flynn.«

Rachel freute sich, Flynns vertraute Stimme zu hören – ungeachtet der für einen Besuch ungewöhnlichen Uhrzeit. Sie öffnete die Tür.

»Hi. Ich wollte nur noch mal sagen, dass mir der Abend sehr gut gefallen hat. Und ich habe eine Idee. Ich möchte morgen mit Boomer noch mal zu dem Denkmal. Er hat eine exzellente Nase. Ihr Traum lässt mich nicht mehr los.«

»Ich freue mich, dass Sie hier sind – auch wenn ich eigentlich nicht mehr mit Besuch gerechnet habe«, sagte Rachel vorsichtig. »Woher wussten Sie denn, in welcher Lodge ich bin?« Rachel konnte die polizeiliche Skepsis, mit der sie auch ihre Ermittlungen zu machen pflegte, selbst im Privaten nicht ablegen.

»Ihre Schuhe stehen draußen auf der Terrasse – und das hier ist die einzige Terrasse, auf der Schuhe stehen. Ich würde Ihnen übrigens dringend davon abraten, sie hier draußen zu lassen.«

»Wieso?«

»Weil sonst Spinnen hineinkrabbeln. Besonders Rotrückenspinnen lieben Schuhe, und wenn die Sie beißen …«

»Schon gut, ich kenne die Geschichte von Suzie.«

»Also entweder reinstellen oder gut ausschütteln, bevor Sie sie anziehen.«

Rachel bückte sich nach ihren Schuhen, schüttelte sie aus und holte sie herein. »Sagen Sie, waren Sie vorher schon mal hier, ich meine: vor meiner Tür?«

»Nein, wie kommen Sie darauf?«

»Nur so. Haben Sie dann noch jemand anderen in der Anlage gesehen?«

»Nein, nur Suzie. Sie schläft gerade mit dem Kopf auf der Theke an der Rezeption. Sonst niemand.«

»Mhm. Dann erklären Sie mir doch bitte mal genau, wieso Sie morgen noch einmal zum Denkmal möchten.«

»Ich habe mir das alles noch mal durch den Kopf gehen lassen. Erst einmal finde ich es eigenartig, dass zehn Minuten, nachdem wir angefangen haben zu graben, auf einmal die Polizei daherkommt und wir dann noch wegen einer Lappalie abgeführt werden. Und dann auch noch in den Vernehmungsraum, obwohl Sie ja auch von der Polizei sind. Dann ist mir kurz vor dem Verlassen der Polizeiwache einer der Überwachungsmonitore aufgefallen: Er zeigt den Gedenkpark. Warum wird der Park Ihrer Meinung nach mit einer Kamera überwacht?«

»Vielleicht weil Lavery es so will?«

»Das ist für mich keine Erklärung. Ich werde morgen früh noch mal dorthin fahren.«

Rachel sagte zu mitzukommen. Sie beide hatten zwar das Versprechen abgegeben, das Denkmal nicht noch mal zu schänden, doch Rachel pfiff auf ein Versprechen, das sie Mitchell gegenüber gemacht hatte.

»Dann hole ich Sie in ein paar Stunden hier ab, sagen wir um sieben?«, schlug Flynn vor.

Rachel fühlte sich unwohl bei dem Gedanken, jetzt alleine in der Lodge zu sein, zumal sie noch immer unter dem Eindruck des unbekannten Besuchers von vorhin stand. Sie überlegte sich etwas, mit dem sie Flynn zum Bleiben überreden konnte. »Ich frage mich, ob es sich für Sie überhaupt noch lohnt, nach Hause zu fahren. Gleich geht ja schon die Sonne auf«, sagte Rachel.

Flynn schaute auf die Uhr.

»Sie haben recht. Bieten Sie mir Ihr Sofa an?«

Rachel räumte einige Sachen von der Couch und warf eine Wolldecke und eines ihrer beiden Kissen darauf. Flynn legte sich hin und fand seinen Schlafplatz sehr gemütlich, wie er ein paarmal betonte. Wenige Minuten später schlief Flynn ein, und auch Rachel machte bald die Augen zu.

Nach einer viel zu kurzen Nacht riss der Wecker von Rachels Handy die beiden aus dem Schlaf. Sie machten sich frisch, nahmen auf dem Weg zu Flynns Ute, den er nachts noch abgeholt hatte, ein schnelles Frühstück ein und fuhren zur Praxis, wo sie Boomer einsammelten. Mit einem kräftigen Satz landete der Hund auf der Ladefläche, seinem Stammplatz bei Autofahrten.

Flynn stellte den Ute vor dem Gedenkpark ab. »Vom Blickwinkel auf dem Überwachungsmonitor zu urteilen, muss die Kamera in der Straßenlaterne dort sein. Ich schalte sie aus, dann haben wir vermutlich zehn bis fünfzehn Minuten, bis die Polizei hier ist«, sagte er. Flynn stieg aus, ging zur Straßenlaterne und schaute nach, wo die Kamera versteckt war. Sie war in den Laternenpfahl eingelassen. Er nahm sein Kaugummi aus dem

Mund und klebte die Linse ab. Dann winkte er Rachel zu sich und rief Boomer. Sie durften sich nicht allzu viel Zeit lassen.

Flynn gab dem erfahrenen Leichenspürhund einen Befehl, und er begann sofort damit, das Gebüsch rund um die Rasenfläche abzusuchen. Dabei kamen sie relativ schnell voran. Der Hund arbeitete sich Meter um Meter vor, wobei er alles gründlich abschnüffelte. »Wenn es hier etwas Ungewöhnliches gibt, findet Boomer es«, kommentierte Flynn.

»Scheint ein super Hund zu sein«, antwortete Rachel.

Auf halber Strecke zwischen Anfang und Ende des Parks heulte mit einem kurzen, lauten Schrei die Sirene eines Streifenwagens auf. Flynn und Rachel drehten sich, nichts Gutes ahnend, auf der Stelle um. Boomer schnüffelte unbeirrt weiter. Aus dem Polizeiauto kamen Sheriff Mitchell und sein Partner. Mitchell fluchte laut, während sie auf Rachel und Flynn zugingen. Diesmal seien sie zu weit gegangen, sie sollten sofort den Hund zurückrufen, ob er sich gestern nicht klar genug ausgedrückt habe und so weiter.

»Wieso? Wir gehen gerade mit dem Hund spazieren, dafür sind Parks doch da, oder?«, sagte Rachel und setzte ihre Unschuldsmiene auf.

»Pfeifen Sie sofort den Hund zurück!«, wiederholte der Sheriff.

In diesem Moment schlug Boomer an. Er bellte laut und begann wie wild, mit seinen Pfoten die Erde wegzubuddeln.

»So, das reicht jetzt«, sagte Mitchell, »komm weg da, Hund!«

»Lassen Sie ihn doch, er hat nur seinen Spaß!«, nahm Flynn seinen Hund in Schutz.

»Michael Lavery hat mir aufgetragen, in seinem Namen den Park zu bewachen. Und ich sage Ihnen: Nehmen Sie den Hund und verschwinden Sie! Sonst passiert hier gleich ein Unglück.«

Mitchell öffnete den Knopf seines Pistolenhalfters. In diesem Moment beförderte Boomer einen dunkel aussehenden Knochen aus dem Loch ans Tageslicht. Er flog in hohem Bogen hinaus und landete vor Mitchells Füßen.

»Was haben wir denn da?«, fragte Rachel und hob den Knochen auf.

»Mit meiner ärztlichen Expertise würde ich sagen, dass das ein Schlüsselbein ist«, sagte Flynn nach näherer Betrachtung.

»Und ich wette, dass wir da noch mehr Knochen finden«, mutmaßte Rachel. Wie auf Kommando grub Boomer daraufhin einen Schädelknochen aus, bei dem eine Schädelplatte fehlte.

Zweieinhalb Stunden später war der Gedenkpark mit gelbem Flatterband abgesperrt, Männer und Frauen in weißer Schutzkleidung gruben, und Michael Lavery wurde offiziell gesucht. Erst mal nicht, weil er unter Mordverdacht stand, sondern weil auf seinem Grundstück Skelette gefunden wurden. Das Personal von der kriminaltechnischen Untersuchung war eigens aus Bendigo hergekommen, da die Polizei in Swan Hill nicht über die nötigen Ressourcen verfügte. Sie fanden in unmittelbarer Umgebung der Stelle, an der Boomer seine Entdeckung gemacht hatte, noch eine ganze Menge weiterer Knochen, darunter einen zweiten Schädel.

»Das sind zwei. Wenn es die verschwundenen Jugendlichen sein sollen, müssten es logischerweise vier sein«, sagte Rachel. Sie ging mit Flynn und Boomer die restlichen Büsche sowie die gesamte Rasenfläche ab. Sogar das Denkmal selbst untersuchten sie, doch der Hund schlug nicht mehr an.

Mitchell beobachtete die Szene argwöhnisch aus dem Streifenwagen. So hatte er sich das Bewachen des Gedenkparks nicht vorgestellt. Was würde Lavery sagen? Noch am Abend hatte er ihm zugesichert, dass niemand mehr das Denkmal schänden würde, und jetzt wimmelte es hier von Kollegen aus

Bendigo, die die Ermittlungen an sich gerissen hatten. Mitchell entschied sich, zum Polizeirevier zurückzufahren und Lavery die Situation so schonend wie möglich beizubringen.

»Wir müssen unbedingt einen DNA-Test machen, um herauszufinden, ob es unsere Opfer sind und, wenn ja, von wem genau die Knochen stammen«, sagte Rachel. Sie ging zu einem der Mitarbeiter von der Spurensicherung und trug ihm ihr Anliegen vor.

»Einen DNA-Test müssen wir zu Hause in Bendigo machen«, antwortete der Mann, »dazu haben die Bogans hier nicht das Equipment.«

»Die was?«, erkundigte sich Rachel, die mit dem Begriff Bogan nichts anzufangen wusste.

»Ach ja, Sie sind offenbar Britin. Sie würden ›Proleten‹ sagen«, erklärte der Mann.

»Wie auch immer. Bekommen Sie den Test heute noch hin?«, fragte Rachel.

»Wenn Sie fliegen können, bekommen wir das heute noch hin, versprochen«, sagte der Mann mit einer gehörigen Portion Sarkasmus.

»Können wir. Wo müssen wir hin?«, schaltete sich Flynn ein. Der Mann von der Spurensicherung schaute ihn fragend an. »Ich bin ›Flying Doctor‹, meine Maschine steht gleich um die Ecke«, sagte Flynn.

»Äh, also …«, versuchte sich der Mann, völlig perplex, aus der Situation herauszureden. Als er von Flynn auf sein Versprechen hingewiesen wurde, sagte er jedoch zu, die Proben heute noch untersuchen zu lassen. Nicht unerwähnt ließ er, dass das aber nur wegen der aktuellen Urlaubszeit möglich sei.

Rachel packte die beiden Schädel aus der Knochenkiste in jeweils eine Plastiktüte, während sich Flynn den Weg zum Kriminaltechnischen Institut in Bendigo erklären ließ.

Auf dem Weg zum Swan Hill Airport, an dem Flynns Maschine stand, legten die beiden einen Zwischenstopp bei Familie Jennings, Mr Riley und den Simons ein. Sie hatten wieder Glück, denn Butch war gerade nicht da und Margret versorgte Rachel mit einer DNA-Probe aus Matts altem Zimmer. Jetzt hatten sie jeweils eine Haarsträhne von Ada und Lynn und einen Milchzahn von Matt. Nur von Scott hatten sie keine Probe. Sollte jedoch einer der Schädel nachweislich von einem der Kinder stammen und der andere nicht mit der organisierten DNA übereinstimmen, würde es sich laut Ausschlussverfahren mit hoher Wahrscheinlichkeit um den Schädel von Scott Lavery handeln.

Rachel stellte fest, dass der Begriff »Swan Hill Airport« leicht übertrieben war, denn der Flughafen war winzig. Er bestand aus einem einzigen kleinen Gebäude, das die Abfertigungshalle mit Check-In und Sicherheitskontrolle sowie den Wartebereich und ein Restaurant in einem beherbergte. Flynn ging zu einem der kleinen Hangars, von dem es sieben Stück gab. Er schob die beiden schweren Tore zur Seite, auf denen in großen schwarzen Buchstaben *Royal Flying Doctor Service of Australia* zu lesen war. Im Hangar stand ein rot-weiß gestreiftes zweimotoriges Flugzeug. »Beechcraft King Air, mein ganzer Stolz«, sagte Flynn und strich verliebt über die Nase des Flugzeugs.

Flynn hob den Hund in die Maschine und umrundete für den Sicherheitscheck einmal den Rumpf. Dann stieg er ein und ging ins Cockpit, um auf dem Pilotensitz Platz zu nehmen. »Na, kommen Sie schon, wir haben es eilig. Oder wollen Sie nicht wissen, wem die Schädel gehören?«, forderte Flynn Rachel auf und winkte sie herein. Rachel nahm die Tür im hinteren Teil des Flugzeugs und schloss sie unter Anleitung von Flynn. Beim Gang nach vorn ins Cockpit staunte sie nicht schlecht, denn das Innere des Flugzeugs sah aus wie ein kleines Hospital. Ein Krankenbett stand dort und ein Brutkasten. Von der Kabinendecke hingen alle möglichen medizinischen Geräte herab, darunter auch ein EKG.

»Diese Maschine ist wie ein richtiges kleines Krankenhaus«, bemerkte Rachel, als sie sich auf dem Co-Piloten-Sitz anschnallte. Die beiden Plastiktüten mit den Schädeln verstaute sie sicher zwischen ihren Beinen.

»Warten Sie ab, bis wir in der Luft sind«, sagte Flynn.

Er checkte die Instrumente, setzte sich ein Headset auf und startete die beiden Motoren. Augenblicklich wurde der Hangar von einem gleichmäßigen Brummen erfüllt, unter dem die Maschine sanft vibrierte. Flynn steuerte das Flugzeug auf das Rollfeld und fuhr nach Einforderung der Starterlaubnis per Funk auf die einzige Start- und Landebahn des Swan Hill Airport. Eine Minute später war die Maschine in der Luft.

»Ich habe Ihnen doch versprochen, dass ich Sie mal mitnehme. Sie haben Glück, heute ist die Sicht ganz fantastisch«, sagte Flynn.

Rachel schaute aus dem Fenster, er hatte recht. Man konnte sehr weit sehen, und der Anblick war nicht zu verachten. Auf dem Weg nach Bendigo zeigte sich das strahlend rote australische Hinterland von seiner schönsten Seite. Sie überflogen Eukalyptuswälder, sahen springende Kängurus, Krokodile, die außerhalb eines Billabong ein Sonnenbad nahmen, und Riesenschwärme von Kakadus.

»Hier oben fühle ich mich am wohlsten«, sagte Flynn.

»Das kann ich gut verstehen. Wie viele Einsätze haben Sie denn so in der Woche?«

»Das kommt natürlich darauf an, im Durchschnitt so vier bis fünf.«

Rachel warf einen Blick über die Schulter. »Wie kommt der Hund eigentlich mit der Fliegerei klar?«

»Boomer? Der würde am liebsten gar nichts anderes mehr machen.« Flynn lachte.

Nicht einmal eine halbe Stunde später landete die Maschine auf dem Bendigo Airport, der zwar auch nicht besonders groß war, aber dafür schon eher den Namen »Airport« verdient hatte. Immerhin gab es hier zwei Start- und Landebahnen. Flynn parkte die Maschine auf der ihm zugewiesenen Parkposition. Zu Rachels und seiner Überraschung wurden sie bereits von einer freundlichen Polizistin erwartet. In ihrem Streifenwagen brachte sie die beiden Besucher samt Hund und der delikaten Fracht zum Kriminaltechnischen Institut.

»Ich freue mich, dass das heute noch klappt«, begrüßte Rachel den Mitarbeiter, der laut Namensschild an seinem Kittel Marc Armitage hieß.

»Das bekommen wir hin. Wo sind denn die Proben?«

Rachel überreichte Armitage die beiden Schädel sowie die Haarproben und den Milchzahn, die alle in beschrifteten Tütchen steckten. »Ich würde gern wissen, ob die Schädel zu einer der Proben gehören. Wie lange dauert das?«

»Wir müssen erst Proben von den Schädeln nehmen und den Zahn zermahlen. Sie müssen wissen, dass nur im Inneren des Knochens verwertbare DNA steckt. Da müssen wir erst mal rankommen. Aber dann können wir eine ganz normale Analyse fahren. Geben Sie mir zwei Stunden.«

Flynn und Rachel verließen das Institut und beschlossen, sich ein wenig die Stadt anzuschauen. Obwohl ihr erster Halt hier vor einigen Tagen wegen des kaputten Reifens eher negativ belastet war, gefielen Rachel die Stadt und vor allem die Architektur der zum großen Teil über hundertfünfzig Jahre alten Gebäude sehr gut. Nach einem ausgedehnten Spaziergang setzten sie sich in ein kleines Café in der Innenstadt. Rachel nahm einen Tee, Flynn eine Cola.

»Dass ihr Briten immerzu Tee trinken müsst – und das auch noch in dieser Hitze!«, bemerkte Flynn und verwies dabei

auf das Thermometer, das an einer Apotheke hing und dreiund-
dreißig Grad Celsius anzeigte.

»Dagegen kann man nichts machen, das liegt in unseren
Genen«, sagte Rachel. »Apropos, wie spät ist es?«

»Zeit, zum Institut zurückzukehren, würde ich meinen«,
sagte Flynn.

Sie zahlten und machten sich auf den Rückweg, wo
Armitage bereits auf sie wartete und sie darüber informierte,
dass es doch schneller gegangen sei als erwartet. »Dann mal zu
den Ergebnissen, die erfreulicherweise sehr eindeutig waren«,
sagte Armitage. Rachel und Flynn hörten aufgeregt zu.

Swan Hill, Januar 2000

Matts Digitaluhr piepte. Mitternacht. Neujahr. Neues
Millennium. Eigentlich sollte er jetzt mit den anderen feiern.
Stattdessen war Ada tot, Lynn hatte einen Nervenzusammenbruch
und Scott stand in seinem Rücken und zielte mit einer Pistole auf
ihn. Matt zitterten die Knie, sodass er sich kaum auf den Beinen
halten konnte. Er atmete flach und schnell. Dennoch wollte und
konnte er sich nicht von Scott aufhalten lassen. Er musste Hilfe
holen; wer weiß, was dieser Irre sonst noch anstellen würde. Matt
setzte zum Sprint an und lief los. So schnell er konnte.

»Bleib stehen!«, rief Scott ihm hinterher, doch Matt rannte
weiter.

Scott traf eine blitzschnelle Entscheidung. Matt durfte
nicht verschwinden und zur Polizei gehen. Er zielte und drückte
ab. Matt ging zu Boden und rührte sich nicht mehr. Einige
Sekunden lang spürte Matt noch den Schmerz der Kugel, die
in seinen Rücken eingedrungen war. Dann wurde ihm schwarz
vor Augen. Sein letzter Gedanke war, dass die Welt doch unter-
gegangen war.

Lynn schrie auf. Scott näherte sich Matts leblosem Körper und fühlte seinen Puls am Hals. Er war tot. »Das hätte er auch anders haben können«, versuchte Scott seine Tat vor sich selbst zu rechtfertigen. Lynn hatte Todesangst. Jetzt traute sie Scott, diesem Monster, alles zu. Sie musste weg von hier, sonst würde er sie auch noch töten, da war sie sich sicher. Sie nutzte den kurzen Augenblick, in dem Scott unaufmerksam war, weil er Matts Puls fühlte, rappelte sich auf und rannte los. Der dunkle Wald lag vor ihr, dort würde sie sich verstecken.

»Halt, bleib stehen!«, schrie Scott, doch Lynn rannte weiter. Sie musste aufpassen, nicht gegen die Eukalyptusbäume zu laufen, die im Dunkeln immer wieder vor ihr auftauchten. Viel mehr Sorgen machte ihr allerdings Scott, der ihr auf den Fersen war und im vollen Lauf und ungezielt in Lynns Richtung feuerte. Eine Kugel zischte dabei gefährlich nah an Lynns Ohr vorbei.

Sechs Schuss, dann war das Magazin leer. Scott warf die Pistole weg und rannte weiter. Lynn durfte nicht entkommen. Doch die hatte bereits einen beachtlichen Vorsprung herausgeholt und war eine kleine Kurve gerannt, während Scott weiter geradeaus gelaufen war. Scott hielt inne, weil er Lynns Schritte auf dem Waldboden nicht mehr vor sich hören konnte. Auch sie blieb stehen. Sie ging in die Knie und versteckte sich neben einem umgestürzten Baumstamm, der wenige Meter von ihr entfernt lag.

»Komm raus, Lynn, du kannst dich vor mir nicht verstecken! Ich werde dich finden – früher oder später!«, rief Scott und drehte sich dabei in alle Richtungen. Er hatte Lynns Fährte komplett verloren, wusste nur noch die grobe Richtung zurück zum Zeltplatz. Er irrte durch den Wald. Lynn schloss die Augen, um sich besser auf seine Schritte konzentrieren zu können, die auf einmal bedrohlich nah kamen. Wenn sie jetzt wegrannte, würde Scott sie sehen, vielleicht sogar kriegen. Scott war nur noch ungefähr fünf Meter von ihr entfernt. Sie konnte seine Schuhe von ihrem Versteck aus sehen. Sie hielt den Atem an.

Scott verharrte einige Zeit in dieser Position und blickte in alle Richtungen.

»Wir können über alles reden, du musst keine Angst haben«, sagte Scott und änderte damit seine Strategie. Vielleicht würde Lynn sich zeigen, wenn er versöhnliche Töne anschlug. Doch Lynn blieb weiter in ihrem Versteck und gab keinen Laut von sich.

Am Ende gab Scott auf. »Scheiße!«, fluchte er und trat mit voller Wucht in den Waldboden. Ein Haufen trockener Erde flog Lynn ins Gesicht. Sie hatte Mühe, den Juckreiz in der Nase zu unterdrücken, schaffte es aber mit größter Anstrengung, nicht zu niesen. Scott ging frustriert zurück zum Zeltplatz, setzte sich an die Feuerstelle und dachte nach. Nach mehreren Minuten erhob er sich und zog die Leichen von Matt und Ada zum Lager, wo er sie neben dem Zelt der Jungs ablegte. Er betrachtete die Gesichter der beiden, die so friedlich aussahen, wie sie da nebeneinanderlagen. »Jetzt seid ihr ja endlich vereint«, sagte Scott spöttisch. Dann machte er sich auf den Weg zurück in die Stadt. Die einzige Person, die ihm jetzt noch helfen konnte, war sein Vater.

Als Scott lange genug weg war, traute sich Lynn aus ihrem Versteck. Sie hatte sich auf der Flucht den Fuß verletzt und humpelte zum Lager. Dabei drehte sie sich ständig um, unsicher, ob Scott nicht doch noch einmal zurückkommen würde. Sie wollte auf alles vorbereitet sein. Lynn kroch in ihr Zelt und kramte das Campingmesser, das sie vor einigen Tagen im Supermarkt gekauft hatte, aus dem Rucksack, um es in eine der Taschen an ihrer Hose zu stecken.

Wo sollte sie nun hingehen? Zurück in die Stadt wollte sie nicht. Vielleicht würde Scott ihr auf dem Weg dorthin auflauern. Vielleicht wartete er auch bereits in der Stadt auf sie. So entschied sie sich, erst einmal in ihr Versteck im Wald zurückzukehren und abzuwarten. Auf dem Weg dorthin warf sie noch einmal einen Blick auf Ada und Matt. Wie hatte das nur passieren können?

Kapitel 7

Bendigo, Januar 2015

»Jetzt machen Sie es nicht so spannend«, forderte Rachel Armitage auf, der breitbeinig und geheimnisvoll schweigend vor ihnen stand.

»Nun gut. Die DNA in diesem Schädel hier ist identisch mit der DNA in dieser Haarsträhne.« Armitage überreichte Rachel den Schädel, bei dem die Platte fehlte, mit dem Tütchen, in dem sich Adas Haare befanden. »Der andere Schädel passt zu dem Milchzahn, den ich Ihnen leider nicht zurückgeben kann, weil ich ihn vollständig zerreiben musste«, sagte Armitage und drückte Rachel auch noch den anderen Schädel in die Hand.

»Ada und Matt also«, überlegte Rachel laut. »Vielen Dank, Sie haben uns sehr geholfen.«

Auf dem Rückflug konnte Rachel nicht die Aussicht genießen. Während des gesamten Flugs grübelte sie, wobei ihr die unterschiedlichsten Fragen durch den Kopf gingen. Wie waren Ada und Matt gestorben? War es Mord? Wo waren die Leichen von Scott und Lynn? Waren sie überhaupt tot? Hatte Sophie Jennings Scott tatsächlich in Melbourne gesehen? Wie kamen die Toten auf das Grundstück von Michael Lavery? Hatte Lavery am Ende selbst etwas mit den Fällen zu tun?

»Was ist los, Sie wirken so versunken?«

»Mir rasen nur tausend Sachen auf einmal durch den Kopf. Die Suche nach Antworten geht jetzt erst richtig los.«

Die Beechcraft setzte ein wenig unsanft auf der Landebahn in Swan Hill auf. Flynn entschuldigte sich bei Rachel, eine Bö hatte die Maschine erfasst. Rachel bat Flynn, sie zurück zu ihrer Lodge zu bringen und bei der Gelegenheit noch einmal am Gedenkpark und dem Fundort der Skelette vorbeizufahren.

Offenbar hatte sich die Nachricht vom Leichenfund in Swan Hill herumgesprochen. Auf dem Bürgersteig vor dem Park stand eine große Menschentraube. Die hinteren Reihen versuchten auf Zehenspitzen einen Blick auf die Mitarbeiter der Spurensicherung zu erhaschen, die sich einen Bagger besorgt und bereits die halbe Rasenfläche umgegraben hatten. Rachel entdeckte Sophie Jennings in der Traube. Rachel bat Flynn, den Wagen zu stoppen, und winkte Sophie heran.

»Oh, Mrs Buchanan, wir haben alle gehört, dass die toten Kinder hier gefunden wurden. Wir haben stundenlang verzweifelt versucht, Sie zu finden. Bitte sagen Sie mir, was los ist!«, flehte Sophie.

»Ja, es gibt einige Neuigkeiten. Bitte sagen Sie den anderen Eltern Bescheid. Wir treffen uns in einer halben Stunde im Büfettsaal der Sunshine Lodges.«

Sophie nickte und machte sich auf den Weg nach Hause.

Dann ließ Rachel sich von Flynn zu ihrem Wagen bringen. »Vielen Dank für Ihre Hilfe. Ohne Sie wäre ich in meinen Ermittlungen jetzt lange nicht so weit«, sagte Rachel.

»Das klingt ja so, als wollten Sie mich direkt loswerden«, entgegnete Flynn.

»Ganz und gar nicht. Ich meinte nur, dass Sie mit Sicherheit auch noch andere Dinge zu tun haben, als mich von A nach B zu fahren und zu fliegen.«

Flynn lächelte. »Jetzt möchte ich auch wissen, wie der Fall ausgeht. Sie haben mich neugierig gemacht. Wir sind nun ein Team.«

Rachel lächelte zurück und stieg in ihren Wagen. »Dann folgen Sie mir!«, rief sie ihm durch die heruntergelassene Scheibe der Fahrertür zu.

Zwanzig Minuten später harrten die beiden im Büfettsaal, den Suzie freundlicherweise ohne Einwände zur Verfügung gestellt hatte, auf die Ankunft der betroffenen Eltern. Wie erwartet erschienen als Erstes Sophie und Benjamin Jennings, die sogleich Platz nahmen. Als Nächstes kam Mr Riley, der – so viel konnte Rachel auch aus einigen Metern Entfernung sagen – eine Alkoholfahne hatte, aber wenigstens versucht hatte, sich ordentlich zu kleiden. Rachel freute sich besonders über das Erscheinen von Margret und Butch Simons. Worüber sie sich nicht freute, war die Anwesenheit von Sheriff Mitchell, der von dem Treffen Wind bekommen hatte und sich jetzt mit seinem fetten Bauch auf einen der Stühle setzte.

»Vielen Dank, dass Sie alle gekommen sind«, begann Rachel ihre Begrüßung. In diesem Moment wurde sie vom Eintreffen zweier Personen unterbrochen, die etwas verspätet in den Büfettsaal kamen. Alle drehten sich um. Waratah und Kuparr betraten den Raum und setzten sich in die letzte Reihe. Einige der Anwesenden hätten es ganz offensichtlich lieber gehabt, wenn insbesondere Kuparr nicht erschienen wäre. Dennoch akzeptierten alle stillschweigend die Anwesenheit der beiden Aborigines. Rachel fuhr fort: »Herzlich willkommen. Wie gesagt bedanke ich mich, dass Sie alle hier sind. Sie haben bereits erfahren, dass wir heute Morgen im Gedenkpark von Michael Lavery sterbliche Überreste gefunden haben. Daraufhin sind Doktor Flynn und ich für einen DNA-Test nach Bendigo geflogen, um die Identität der Toten bestimmen zu lassen. Es handelt sich um die Skelette von Matthew Simons und Ada Jennings.«

Aufgeregtes Gemurmel breitete sich unter den Anwesenden aus. Sophie Jennings begann zu weinen, Benjamin nahm sie in den Arm. Auch Margret rannen die Tränen über die Wangen, Butch machte ein völlig emotionsloses Gesicht, als hätte er nur eine Bestätigung von dem erhalten, was er sowieso bereits wusste. Dennoch schien den Eltern, die soeben Gewissheit über den Verbleib ihrer Kinder bekommen hatten, ein Stein vom Herzen zu fallen. Mr Riley indes schaute hilflos in die Runde. »Was ist mit Lynn passiert? Waren ihre Überreste nicht dabei? Und die von Scott?«

»Leider wissen wir im Moment noch nicht, was mit Lynn und Scott passiert ist …«

»Ich sage doch, dass ich Scott in Melbourne gesehen habe«, mischte sich Sophie ein.

»Fakt ist, dass wir zu diesem Zeitpunkt nichts behaupten und nichts ausschließen können. Ich würde mich an Ihrer Stelle jedoch mit Spekulationen zurückhalten. Derweil tun wir unser Bestes, um das Schicksal von Lynn und Scott, aber auch das der anderen aufzuklären. Die Spurensicherung wird nun versuchen, anhand der Skelette die Todesursache zu ermitteln. Wir werden Sie aber natürlich auf dem Laufenden halten.«

Die nachfolgende halbe Stunde verbrachte Rachel damit, so gut es ging die Fragen der Eltern zu beantworten. Diese konnten noch immer nicht ganz begreifen, was da gerade, fünfzehn Jahre nach dem Verschwinden ihrer Kinder, passierte. Sheriff Mitchell hörte sich die Veranstaltung bis zum Ende aufmerksam an und verschwand dann zusammen mit den Eltern. Nur Waratah und Kuparr blieben als Einzige im Büfettsaal.

Als Rachel gehen wollte, zog Waratah sie zur Seite. »Entschuldigen Sie, Mrs Buchanan«, sagte er. Rachel schaute ihn fragend an. »Ich glaube, Kuparr hat Ihnen etwas mitzuteilen. Es hat mit dem 31.12.1999 zu tun.«

Swan Hill, Januar 2000

Scott lief zurück in die Stadt. Eigentlich verspürte er schon seit einigen Hundert Metern das Verlangen, eine Pause zu machen, doch die nackte Angst trieb ihn weiter. Auf halber Strecke hielt er kurz an, weil er sich übergeben musste. Dann bewegte er sich immer weiter auf die Lichter der Stadt zu, die er so ungeduldig herbeisehnte. Endlich überquerte er die Holzbrücke und betrat damit das Stadtgebiet.

Die Straßen Swan Hills waren noch immer gesäumt von Dutzenden Feierwütigen, die das neue Jahrtausend gebührend begrüßten. Scott versuchte, sich so unauffällig wie möglich an ihnen vorbeizuschleichen. Am Ende war er sich sicher, von niemandem gesehen worden zu sein. So legte er die letzten paar Hundert Meter bis zur Lavery-Villa an der Sunshine Lane zurück.

Michael war überrascht, als plötzlich sein Sohn im Wohnzimmer vor ihm stand. Er hatte bereits ein paar Gläser Whisky intus und war sich nicht mehr ganz sicher, ob er vielleicht nur träumte. »Scott, was machst du denn hier? Ein frohes neues Jahr erst mal!«

Scott setzte sich auf das Sofa. Er versuchte, sich die Worte zurechtzulegen. Er wusste nicht, ob es überhaupt die richtigen Worte für das gab, was er getan hatte. »Dad, ich habe Scheiße gebaut.«

Sein Vater hörte aufmerksam zu, während Scott erzählte, was passiert war. Anstatt völlig auszuflippen, wie Scott es erwartet hatte, zog er sich nach der Geschichte eilig die Schuhe an und forderte Scott auf, ihm auf der Stelle zu seinem Pick-up-Truck in der Garage zu folgen. Um die feiernden Menschen im Stadtzentrum zu meiden, wählte Michael einen kleinen Umweg zur Holzbrücke. Von hier aus ließ er sich von Scott lotsen, bis sie das Waldstück mit der Senke und dem Zeltplatz erreichten. Michael setzte den Pick-up ein Stück in den Wald, sodass man ihn nicht auf den ersten Blick von der Straße aus sehen konnte. Dann führte Scott seinen Vater zum Zeltplatz und zu den beiden Leichen, die immer noch genauso dort lagen wie vorher.

»Und dieses Mädchen, Lynn. Ist sie noch hier im Wald? Sie ist das größte Problem«, bemerkte Michael.

»Ich weiß nicht. Sie muss sich hier irgendwo versteckt haben.«

»Gut, das bekommen wir hin.«

Michael erläuterte Scott seinen Plan. Sogleich begann Scott damit, die schlaffen Körper von Ada und Matt nacheinander aus der Senke über den Waldboden zum Pick-up zu ziehen und wie totes Vieh auf die Ladefläche zu wuchten. Dann sammelten die beiden alles ein, was die Jugendlichen mitgebracht hatten, und verstauten es in der Fahrerkabine des Trucks. Die meiste Zeit nahm die Suche nach den Patronenhülsen in Anspruch, aber am Ende fanden sie alle neun glänzenden Hülsen im Licht ihrer hellen Taschenlampe auf dem Waldboden. Die Pistole war verschwunden, doch Michael war sich sicher, dass das Feuer die Sache schon erledigen würde.

Zuletzt holte Michael einen Benzinkanister von der Ladefläche, ging einige Meter weiter in den Wald und verteilte das Benzin großzügig auf einer kleinen Lichtung. Er entzündete ein Streichholz, das er aus einer zerknitterten Schachtel mit dem Aufdruck *Lame Kangaroo – Bar, Restaurant, Hotel* herausfummelte, und ließ es fallen. Einige Sekunden später stand die Lichtung in Flammen und das Feuer breitete sich auf dem trockenen Waldboden rasch aus. Michael eilte mit Scott zurück zum Pick-up, deckte die Ladefläche mit einer großen Plane zu, sodass man die Leichen darauf nicht sehen konnte, und fuhr, so schnell es ging, zurück in die Stadt.

»Unser komplettes Leben wird sich ändern, Scott, ist dir das klar? Wir müssen weg von hier, heute Nacht.« Scott nickte.

Der erste Anlaufpunkt der beiden war die Polizeistation. Scott protestierte, weil sie doch gerade verhindern wollten, von der Polizei entdeckt zu werden. Doch Michael versicherte ihm, dass er einen Plan hatte. Scott duckte sich im Wagen, während sein Vater in der Wache verschwand. An diesem Silvesterabend war Sheriff Mitchell als Einziger an seinem Schreibtisch, die restlichen diensthabenden Beamten waren draußen unterwegs und sorgten für Sicherheit unter den Feiernden. Michael betrat Mitchells Büro und schloss die Tür hinter sich. Der Sheriff wunderte sich, warum Lavery an Silvester nicht feierte. Michael kam direkt zur Sache: »Mitchell, ich bin hier, weil ich Ihnen ein Geschäft anbieten möchte. Ich weiß, dass man mit Ihnen verhandeln kann«, begann Michael und spielte dabei auf den Vorfall mit dem von Scott angeschossenen Hund an.

»Ich bin ganz Ohr«, sagte der Sheriff.

»Ich bitte Sie jedoch, mir keine Fragen zu stellen.«

»Das werden wir sehen. Legen Sie los!«

»Morgen werden einige Vermisstenanzeigen bei Ihnen eingehen. Es geht um vier Kinder, die beim Zelten im Wald gestorben sind. Ada Jennings, Matthew Simons und Lynn Riley. Auch Scott Lavery wird offiziell dabei sein. Sie sind bei einem Waldbrand ums Leben gekommen.«

Mitchell lehnte sich in seinem Sessel zurück. »Dass Sie denken, ich würde bei so etwas mitmachen, grenzt an Beleidigung.«

Lavery hatte keine Zeit, sich mit derlei Dingen zu beschäftigen. »Nennen Sie mir einen Preis!«

Mitchell lehnte sich wieder nach vorn. »Sie können sich vorstellen, dass es diesmal etwas teurer für Sie wird als die sechshundert Dollar für den Hund.« Michael hörte aufmerksam zu. »Eine Million Dollar. Und weitere zwanzigtausend pro Jahr.«

Michael musste schlucken. Er war zwar wohlhabend, aber um so viel Geld aufzubringen, musste selbst er einige Arrangements treffen. »Wie kommen Sie darauf, dass ich so viel Geld habe?«, fragte er.

»Wir können die Sache auch vergessen und ihren normalen Gang gehen lassen«, sagte Mitchell.

Michael willigte schließlich ein – unter einer Bedingung: »Ich möchte, dass Sie für die zwanzigtausend Dollar jährlich einen kleinen Wachdienst übernehmen. Details folgen. Und sollte wider Erwarten die kleine Riley hier auftauchen, kümmern Sie sich darum.«

Die beiden Männer besiegelten ihr Abkommen mit Handschlag.

»Und?«, fragte Scott, als sein Vater zurück im Auto war.

»Das wirst du nie wiedergutmachen können, mein Sohn.«

Im Wald vor Swan Hill hatte sich in der Zwischenzeit eine Flammenhölle ausgebreitet. Das Feuer loderte weit in den Himmel und erfüllte die Nacht mit einem hellen Schein, Qualm und Gestank. Michael und Scott kamen auf dem Weg zu ihrem Anwesen mehrere Feuerwehrautos entgegen.

Michael lenkte den Pick-up von hinten über den Rasen an die Villa heran, damit niemand sie sehen konnte. Gemeinsam mit Scott zog er die Leichen von Ada und Matt von der Ladefläche und schleifte sie hinunter in den Keller. Sie überdeckten die Körper mit gut brennbaren Materialien wie Vorhängen, Handtüchern und Zeitschriften. Dann leerte Michael einen kompletten Kanister Benzin über den Haufen. Das Benzin aus seinem letzten Kanister verteilte er im Haus. Zuletzt zündete er alles an, erst den Keller, dann den Teppich im Wohnzimmer, von dem aus sich die Flammen im ganzen Haus ausbreiteten.

»Und jetzt lass uns von hier verschwinden. Um die Überreste der beiden kümmere ich mich morgen, wenn das alles hier abgekühlt ist. Und du bist ab sofort offiziell tot, ist das klar? Du wirst dich hier nicht mehr blicken lassen und den Kontakt zu allen Bekannten abbrechen, haben wir uns verstanden?«

Scott, der sich der Tragweite der auf ihn wartenden Veränderungen noch nicht bewusst war, stimmte mit einem knappen Nicken zu.

Michael befahl Scott, sich auf dem Rücksitz des Pickups, den er an die Straße fuhr, zu verstecken und sich zuzudecken. Er wartete eine halbe Stunde und sah dabei zu, wie sein Haus immer weiter abbrannte. Als die Konstruktion, die zu einem großen Teil aus Holz bestand, in sich zusammenfiel, rief er mit seinem Mobiltelefon die Feuerwehr. Aufgrund des Buschbrands im Außenbereich dauerte es eine ganze Weile, bis schließlich ein Löschfahrzeug vorfuhr. Zu diesem Zeitpunkt war der Trümmerhaufen bereits völlig niedergebrannt. Die Feuerwehrmänner löschten die Reste und entschuldigten sich, dass sie wieder zum Buschbrand müssten, versprachen aber, so bald wie möglich wiederzukommen. Michael war zufrieden. Er steuerte mit seinem Sohn ein Motel nahe Bendigo an, in dem sie sich sicher fühlen konnten.

Lynn hockte in ihrem Versteck und hustete. Dichte Rauchschwaden wehten zu ihr herüber und ihre Augen tränten fürchterlich. Lange würde sie es hier nicht mehr aushalten, sonst würde sie wegen einer Rauchvergiftung bewusstlos werden und verbrennen. Das Feuer kam immer näher und drohte sie zu umschließen. Noch hatte sie Gelegenheit, durch eine schmale Gasse in der sich schließenden Flammenfront zu entkommen. Doch warteten draußen Scott und sein Vater auf sie? Sie ging das

Risiko ein und rannte los. Das Feuer, das wenige Augenblicke später ihr Versteck einkesselte, erwischte den rechten Ärmel ihrer Joggingjacke und hinterließ einige große Brandlöcher. Geschafft. Und von Scott und Michael gab es keine Spur. Lynn nahm ihren Mut zusammen und machte sich auf den Weg in die Stadt. Sie musste zur Polizei, unter allen Umständen! Und für den Notfall hatte sie zur Selbstverteidigung ja immer noch das Campingmesser. Sie fühlte nach. Es war noch in ihrer Hosentasche. Sie humpelte los in Richtung Stadt, kam aber nur sehr langsam voran. Im Notfall würde sie nur schlecht weglaufen können, aber darauf ließ sie es mit ihrer Entschlossenheit ankommen.

Auf halbem Weg vernahm sie die Sirenen der Feuerwehrautos, die sich ihr näherten, etwas später sah sie die rot-blauen Lichter. Es waren fünf Löschfahrzeuge und damit alles, was das Swan Hill Fire Department zu bieten hatte. Der Fahrer des letzten Wagens, der Lynn am Straßenrand entlanghumpeln sah, bremste beim Vorbeifahren etwas ab und erkundigte sich, ob alles in Ordnung sei. Lynn wusste nicht, was sie in der kurzen Zeit antworten sollte, weshalb sie dem Wagen nur ein knappes »Ja!« hinterherrief.

Als sie schließlich die Polizeiwache erreichte, schmerzte Lynns Fuß stark. Sie schleppte sich die Stufen hinauf, betrat das Gebäude und fiel in der Lobby fast auf den Boden. Lynn schaute sich um. Die Wache war leer. Nur in Sheriff Mitchells Büro brannte Licht. In Lynn keimte Hoffnung auf. Endlich jemand, der ihr helfen konnte.

Die Tür zum Büro stand offen. Der Sheriff blätterte in einem Anglermagazin, das auf dem Schreibtisch lag. Als er Lynns Schritte hörte, die sich langsam näherten, blickte er auf. Er traute seinen Augen nicht, es war tatsächlich Lynn Riley, die in sein Büro gehumpelt kam! Man konnte ihr ansehen, dass ihr ein Stein vom Herzen fiel, als sie endlich vor Mitchell stehen blieb und nach Atem rang.

»Sheriff, Sie müssen mir helfen«, keuchte sie.

Mitchell blieb völlig unbeeindruckt sitzen. Er musste an das Abkommen mit Lavery denken. Da stand es also vor ihm, das subversive Luder mit seinen bunten Haaren und dem Hang dazu, den Fabos zu helfen, obwohl der Sheriff sie lieber heute als morgen aus der Stadt verbannen würde. Niemand wird dich vermissen, kleines asoziales Riley-Mädchen, niemand, dachte er. Warum sollte er dann nicht noch vorher etwas Spaß mit ihr haben?

»Jetzt mal ganz ruhig, was ist passiert?«, fragte Mitchell.

»Scott Lavery, er ... er hat sie umgebracht. Ada. Matt. Dann hat er mit seinem Vater die Leichen fortgeschafft und den Wald abgefackelt, um Beweise zu vernichten. Ich habe alles aus meinem Versteck gesehen.« Lynns Stimme überschlug sich. Sie hustete. Sie hatte eine Rauchvergiftung erlitten.

Behäbig schälte sich Mitchell aus seinem Stuhl und ging um den Schreibtisch herum zur Bürotür, die er vorsichtig zuzog. Dann schloss er die Lamellen der Bürofenster. Lynn, die noch immer sehr aufgeregt war, wusste nicht, was das zu bedeuten hatte. Ihr wurde mulmig, als Mitchell sich ihr wieder näherte. »So, jetzt sind wir unter uns, kleine Miss Riley«, sagte er. Mit seinen speckigen Händen und wurstigen Fingern versuchte er, Lynns Gesicht zu umfassen. Sie riss sich los und ging zwei, drei Schritte zurück, bis sie mit dem Rücken zur Tür stand.

Mitchell war es als Sheriff gewohnt, dass Menschen das taten, was er ihnen sagte. Dass Lynn sich zu wehren versuchte, machte ihn nur noch mehr an. Als sie begriff, dass der Sheriff versuchte, sie zu vergewaltigen, schrie sie laut um Hilfe. »Das ist sinnlos, Kleine. Hier wird dich niemand hören, glaub mir!«, sagte er.

In Lynn stieg Panik auf, sie musste hier raus. Sie drehte sich um, ging einen Schritt zurück und versuchte, die Tür aufzudrücken. In diesem Moment packte sie der Sheriff bei den Haaren und zog sie an sich. Lynn kreischte vor Schmerz. Sie ließ sich auf den Boden fallen. Da der Sheriff ihre Haare noch immer fest umklammert hielt, tat das nur noch mehr weh. Mitchell kniete sich hin und drückte Lynn mit dem Rücken auf den Boden. Sie zappelte und wehrte sich mit Händen und Füßen. Der fette Sheriff setzte sich auf ihren Bauch und hielt ihre Arme fest. Lynn konnte sich nicht rühren, sie saß in der Falle.

Auf einmal nahm der Sheriff den linken Arm weg, um seinen Gürtel zu öffnen. Das war Lynns Chance. Blitzschnell griff sie in ihre Hosentasche und zog das Campingmesser hervor. Sie schaffte es, mit dem Daumen den Druckknopf der Scheide zu öffnen und das Messer herauszuziehen. Mitchell wollte sie noch aufhalten, doch er schaffte es nicht rechtzeitig. Mit einem kräftigen Stoß rammte sie ihm die Klinge in die Hüfte. Mitchell schrie laut auf und zog eiligst das Messer, das gut zehn Zentimeter tief in seinem Bein steckte, aus der Wunde. Er krümmte sich vor Schmerzen, während er sich laut fluchend von Lynn herunterrollte.

»Du Schlampe, du dämliche Schlampe. Damit kommst du nicht davon!«

Während Mitchell sich auf dem Boden in einer immer größer werdenden Blutlache wälzte, stand Lynn auf und rannte zur Tür. Mitchell griff noch einmal schnell nach ihrem Fuß, der ihm aber sofort wieder entwischte.

Lynn flossen die Tränen über die Wangen, als sie aus der Polizeiwache auf die Straße stürmte. Wie konnte das passieren? Wie konnte Mitchell als Polizist so etwas tun? Sie rannte. Immer weiter. So lange, bis sie den Fluss erreichte. Lynn setzte sich auf einen großen Stein am Ufer und weinte. Wem sollte sie sich jetzt noch anvertrauen? Lynn wusste nicht, wie lange sie schon auf dem Felsen saß, als sie auf einmal eine vertraute Stimme hinter sich hörte: »Frohes neues Jahr! Wolltest du nicht mit deinen Freunden zelten?« Lynn drehte sich um – es war Kuparr.

Lynn freute sich, ihren Freund aus dem AYSAR zu sehen, und fiel ihm sogleich um den Hals.

»Was ist los mit dir? So kenne ich dich nicht, du weinst.« Kuparr betrachtete Lynns Tränen, die den orangenen Feuerschein der sich nähernden Buschbrände jenseits des Flusses reflektierten.

Lynn schluckte, sie hatte eine Entscheidung getroffen. »Kuparr, ich gehe weg von hier. Noch heute Nacht. Kannst du mir einen Gefallen tun?« Kuparr wusste nicht, was los war, doch er wollte seine Freundin nicht enttäuschen. Er willigte ein. »Bitte sag niemandem, dass du mich heute noch gesehen hast. Niemand soll wissen, dass ich noch lebe. Ich werde dir schreiben.« Dann gab sie Kuparr einen Kuss auf die Wange und rannte nach Hause.

Wie erwartet, war ihr Vater betrunken und schon eingeschlafen. Sie schlich sich in ihr Zimmer, holte ihren großen Trekkingrucksack unter dem Bett hervor und warf in Windeseile ein paar Kleidungsstücke hinein. Aus einer geheimen Zuckerdose in der Küche, in der ihr Vater das Geld für den Wodka aufbewahrte, nahm sie dreihundert Dollar. Dann machte sie sich auf den Weg.

Lynn hatte keine Ahnung, wohin sie gehen sollte, aber es würde sich schon etwas finden. Die Hauptsache war, so schnell wie möglich aus dieser Stadt zu verschwinden und nie wieder zurückzukehren. Unterwegs warf sie ihre Armbanduhr in einen der brennenden Wälder. Hoffentlich würde nun niemand mehr auf die Idee kommen, sie hätte überlebt.

Swan Hill, Januar 2015

Kuparr lehnte sich in seinem Stuhl zurück, während Rachel, Waratah und Flynn ihm auf der Terrasse zuhörten. »Seitdem

habe ich sie nicht mehr gesehen. Sie schreibt mir nur in regelmäßigen Abständen Briefe. Ich habe aber keine Adresse. Ich
weiß nur, dass sie immer mit dem Namen ›Meg‹ unterschreibt«,
sagte er.

Rachel hörte sich die Geschichte aufmerksam an. »Lynn
lebt also noch – und sie lebt heute unter dem Namen Meg«,
sagte sie in Gedanken. »Haben Sie zufällig einen der Briefe
dabei?« Kuparr kramte einen zusammengefalteten Umschlag
aus seiner Hosentasche hervor.

»Ich habe ihm gesagt, er soll einen der Briefe mitnehmen«,
sagte Waratah. Rachel nahm den Brief an sich und begutachtete
den Poststempel. Brisbane, Queensland.

»Vielen Dank, das sind sehr hilfreiche Informationen.«
Rachel gab Kuparr den Brief zurück. Als er zusammen mit
Waratah hinausging, bedankte sie sich noch mehrere Male.
Sie freute sich sehr, denn das konnte sie in dem Fall deutlich
weiterbringen.

Auf dem Rückweg stießen die beiden Aborigines beinahe
mit Sheriff Mitchell zusammen, der nach seinem Abgang einige
Minuten zuvor noch auf der Anlage geblieben war und einen
erstaunlich nervösen Eindruck machte. So entschuldigte er
sich nicht bei den Ureinwohnern, sondern kramte sein Handy
heraus, auf dem er mit zittrigen Fingern Michael Laverys
Nummer wählte.

»Sie sollen mich nicht so häufig anrufen«, raunzte Lavery
am anderen Ende.

»Sie lebt! Lynn Riley lebt!«, flüsterte er mit Nachdruck in
den Hörer.

Jetzt schien auch Lavery nervös zu werden. »Wie kann das
sein? Und woher wollen Sie das überhaupt wissen?«

»Dieser Kuparr ist noch regelmäßig mit ihr in Kontakt. Sie
schreiben sich geheime Briefe. Ich habe sie gerade belauscht.

Anscheinend wohnt sie jetzt in Brisbane und hat ihren Namen in Meg geändert.«

Mitchell bildete sich ein, dass er Lavery am anderen Ende der Leitung förmlich denken hören konnte, als er für eine Weile keine Antwort erhielt. »Ich will, dass die Sache geregelt wird. Solange Lynn lebt, läuft da draußen eine potenzielle Zeugin herum. Und Sie können sich vorstellen, dass ich das nicht gutheißen kann. Finden Sie sie – um jeden Preis. Und schneller als die anderen!«

Das ließ sich Mitchell nicht zweimal sagen. Er steckte wegen Mitwisserschaft in der Patsche. Er fuhr zurück zur Polizeistation, recherchierte im Polizeirechner und rief einige Freunde an, die bei Behörden in Brisbane arbeiteten. Zwei Stunden später erreichte ihn ein Fax. Er zog das Stück Papier aus dem surrenden Gerät und betrachtete es mit einem Grinsen. »Wer sagt's denn ...«, knurrte er zufrieden.

Er fuhr nach Hause und tauschte die Uniform gegen zivile Kleidung. Nur die Waffe steckte er ein. Dann setzte er sich in seinen Privatwagen. Bis nach Brisbane war es ein gutes Stück. Eintausendfünfhundert Kilometer, mit dem Auto rund achtzehn Stunden ohne Pause. Doch wenigstens wusste er, zu welcher Adresse er musste.

Rachel entschied, Lynns Vater erst einmal nichts von den neuen Erkenntnissen zu sagen. Als Kuparr und Waratah fort waren, griff sie direkt zum Telefon und rief bei ihrem Chef McDermott in Melbourne an. Er war gerade auf dem Weg in den Feierabend, nahm sich aber dennoch die Zeit, um sich zu erkundigen, wie der Fall laufe. »Gut, derzeit sogar sehr gut. Es war ein Verbrechen, und wir haben eine heiße Spur. Dazu bräuchte ich aber Ihre Hilfe. Ich suche nach einer Adresse. Das Problem ist, dass ich nur Brisbane als Wohnort und Meg als

Vornamen habe. Die gesuchte Person müsste nun aber Ende zwanzig sein. Kommen Sie damit weiter?«

»Hm, das wird natürlich schwierig. Bis wann brauchen Sie die Adressen? Einige Tage?«

»Am liebsten morgen früh«, sagte Rachel.

»Na ja, mal schauen, was ich tun kann. Das hängt natürlich auch ein bisschen davon ab, wie die Kollegen in Brisbane so drauf sind. Aber ich rufe die kurz mal an. Ich melde mich.« McDermott beendete das Gespräch. Das klang nicht sehr vielversprechend, aber am Ende würden sie Lynn schon finden, da war sie zuversichtlich.

Es war schon spät, und Flynn verabschiedete sich von Rachel, da er zu einem Blinddarmdurchbruch im Outback gerufen wurde. Rachel zog sich in ihre Lodge zurück, verriegelte die Tür doppelt und schlief nach einem anstrengenden Tag friedlich ein. Zwischendurch wurde sie ein- oder zweimal wach, weil sie wieder von toten Kindern träumte. Aber diesmal schob sie es auf die Ereignisse vom Tage und nicht auf den unverarbeiteten Tod ihres Sohnes.

Am nächsten Morgen wurde Rachel von ihrem Handy aus dem Schlaf geklingelt. Sie setzte sich im Bett auf und rieb sich die Augen. Sie griff nach dem Handy und checkte ihre Dienstmails. McDermott hatte Wort gehalten und heute Morgen in aller Frühe bereits eine E-Mail geschickt. Rachel öffnete sie. Im Anhang fand sie eine Liste mit allen potenziellen »Megs« und »Margrets« im Alter zwischen fünfundzwanzig und dreißig Jahren samt den dazugehörigen Adressen und dem Meldedatum beim Einwohnermeldeamt. Das war genau das, was sie brauchte.

Rachel zog sich an und bat Suzie an der Rezeption, ihr die Liste auszudrucken. Sie setzte sich in den Frühstückssaal und machte sich an die Arbeit. Es standen ungefähr dreihundert

Namen auf der Liste. Rachel strich alle durch, die aufgrund ihres Alters – Lynn war jetzt neunundzwanzig – oder aufgrund des Meldedatums ausschieden. Und so blieb tatsächlich nur ein einziger Eintrag übrig. Meg Townsend, Meldedatum: 6. Januar 2000. Rachel griff zum Telefonhörer. Sie hoffte, dass McDermott nicht allzu genervt war, dass sie sich schon wieder meldete. War er nicht. Und selbst als Rachel die Akte von Meg Townsend anforderte, sofern es sie denn gab, zeigte er sich sehr offen.

Es dauerte eine Stunde, bis die Akte in Rachels Posteingang eintraf: keine Straftaten, aber dafür ein Register des Jugendamts. Meg war am 4. Januar 2000 in einem Heim für Jugendliche in Brisbane, im »Chisholm Orphan Asylum of Queensland«, aufgeschlagen, ohne Ausweispapiere oder dergleichen. Sie hatte behauptet, Vollwaise und traumatisiert zu sein, weshalb sie sich an viele Dinge nicht erinnern könne. Als Herkunftsort hatte sie Gold Coast angegeben, letzte Unterkunft: obdachlos. Zwei Tage später hatten die Betreuer in dem Heim das Einwohnermeldeamt informiert.

»Das muss sie sein«, sagte Rachel und klatschte in die Hände. Durch ihre jahrelange Arbeit bei der Metropolitan Police in London war sie es gewohnt, immer auf hundertprozentige Sicherheit zu setzen. Sofort suchte sie im Internet nach der Nummer des Waisenhauses und wählte. Nachdem sie zweimal weitergereicht worden war, sprach sie tatsächlich mit einer Frau, die schon lange genug in dem Waisenhaus arbeitete und sich an das Mädchen erinnern konnte. Mit ihrem Smartphone sendete sie eine Abfotografie von Lynns Foto an die Frau am Telefon und bekam prompt die Bestätigung, dass es sich tatsächlich um Lynn handelte.

»Hat sie Ihnen nie etwas über ihre Vergangenheit erzählt, während sie im Heim war? Oder warum sie traumatisiert war?«, fragte Rachel.

»Nein, sie war immer sehr verschlossen. Wir haben ein paarmal versucht, sie mit einem unserer Psychologen ins Gespräch zu bringen, aber sie wollte nicht. Wir haben mit Engelszungen auf sie eingeredet, aber da war nichts zu machen. Ein Jahr, nachdem sie hergekommen war, entwickelte sie eine Magersucht. Selbst da konnten wir nichts machen, weil wir einfach nicht an sie herankamen.«

»Was ist dann passiert?«

»In der Highschool hat sie einen netten Jungen kennengelernt, der hat ihr eine Menge Halt gegeben. Wir waren alle sehr froh, als sie dann tatsächlich ihren Year-Twelve-Abschluss geschafft hat. Sie ist daraufhin Krankenschwester geworden. Den Jungen aus der Highschool hat sie später geheiratet. Die beiden haben jetzt einen kleinen Sohn, soweit ich weiß. Aber ich habe Meg seit ein paar Jahren schon nicht mehr gesehen.«

»Vielen Dank, Sie haben mir sehr weitergeholfen«, beendete Rachel das Gespräch.

Rachel freute sich so offensichtlich und laut, dass Suzie an der Rezeption sich erkundigte, was denn los sei. »Kann ich noch nicht sagen. Ich habe eine Frage: Wie lange brauche ich bis nach Brisbane?«

»Kommt drauf an. Ein Freund von mir hat es mal in sechzehn Stunden geschafft.«

»Uff, das ist ein ganzes Stück«, kommentierte Rachel. Sie überlegte kurz und wählte Flynns Nummer.

»Hallo, Rachel, was macht das verschwundene Mädchen?«, meldete er sich prompt.

»Sieht alles gut aus. Ich habe schon wieder einen Anschlag auf Sie vor.« Flynn gab am anderen Ende ein erwartendes Summen von sich. »Ich müsste schnellstmöglich nach Brisbane und die Autofahrt dauert entschieden zu lange ...«

»... und da haben Sie sich gedacht, ich könnte Sie noch mal fliegen«, unterbrach Flynn sie.

»Ganz genau. Und was sagen Sie?«

»Ich kann Ihnen nichts abschlagen. Ich bin in einer halben Stunde da.«

»Das ist großartig, wie lange brauchen wir bis Brisbane?«

»Ich schätze, so zweieinhalb Stunden, mehr nicht.«

»Gut, bis später«, freute sich Rachel.

Derweil war Ted Mitchell die Nacht mit seinem Auto durchgefahren und befand sich jetzt nur noch rund fünf Stunden vor Brisbane. Er hätte liebend gern für ein paar Minuten die Augen zugemacht, doch die nackte Angst trieb ihn weiter in Richtung seines Ziels.

Es war kurz vor zwölf Uhr mittags, als Flynns Maschine auf einem kleineren Flughafen bei Brisbane landete. Er vermied es, in großen Städten die Hauptdrehkreuze anzusteuern, da die Landegebühren dort ziemlich hoch waren. Außerdem war dieser Airport näher an der Adresse, die Rachel ermittelt hatte. Am Flugplatz mietete Rachel einen kleinen Wagen mit Navigationssystem und machte sich auf den Weg zu Meg Townsend beziehungsweise Lynn Riley. Flynn entschied sich, am Flughafen zu bleiben und schon mal die Maschine zu betanken, damit sie nach Rachels Rückkehr ohne Verzögerung starten konnten.

Das Navigationssystem lotste Rachel nach Anstead, einem etwas abseits gelegenen, aber sehr schönen und grünen Vorort von Brisbane. »Sie haben Ihr Ziel erreicht«, tönte die Stimme des GPS, als sie auf einer breiten Straße an ein großes Haus mit einem weitläufigen Vorgarten gelangte. Die Hausnummer stimmte. Rachel stieg aus. Augenblicklich drang eine helle, lachende Kinderstimme an ihr Ohr. Aus der Haustür stürmte ein kleiner Junge von etwa vier Jahren auf den Rasen. Sofort wurde Rachel von einem Flashback heimgesucht. Sie sah das

Gesicht ihres toten Jungen vor sich und erinnerte sich, wie er in ihrem Vorgarten gespielt und gelacht hatte. Rachel musste für einen Augenblick in die Hocke gehen, bis sich ihr Kreislauf stabilisiert hatte. Sie wurde von einem vorbeifahrenden Auto angehupt. Nach einer kurzen Pause ging sie über die Straße bis zum Vorgarten. Mit einem lächelnden Blick auf den spielenden Jungen schritt sie über den Weg zur Haustür und klingelte. Eine gut aussehende junge Frau öffnete. Rachel war sich sofort sicher: Das musste Lynn sein. Diese machte ein erstauntes Gesicht, als sie Rachel in der Uniform sah, und fragte verunsichert, ob etwas passiert sei.

»Nein, machen Sie sich keine Gedanken. Sind Sie Meg Townsend?«

»Ja, das bin ich. Worum geht es denn?«

»Das würde ich Ihnen am besten in Ruhe erklären. Wenn ich bitte hereinkommen dürfte …«

Lynn war zwar immer noch verunsichert, trat aber aus dem Türrahmen und bat Rachel herein. Sie gingen ins Wohnzimmer. Lynn entschuldigte sich für die Spielsachen, die auf dem Boden verstreut lagen.

»Schon gut, ich weiß, wie das ist«, antwortete Rachel, wobei sie einen kleinen Stich im Herzen spürte. Sie nahm auf dem dunklen Ledersofa im Wohnzimmer Platz, während Lynn zwei Tassen Kaffee organisierte. Lange hatte Rachel überlegt, wie sie das Gespräch beginnen sollte. Am Ende entschied sie sich dafür, einfach loszulegen, da es für so etwas wohl ohnehin keine festgelegten Muster gab. Lynn setzte sich in den Sessel gegenüber und schaute sie neugierig an. Rachel nahm einen großen Schluck Kaffee. »Nun, ich komme aus Swan Hill«, begann Rachel. Mehr brauchte es nicht, um Lynn das Lächeln aus dem Gesicht zu fegen. Rachel konnte ihr ansehen, dass sie am liebsten aufgesprungen wäre und ihren Gast hinausbefördert hätte. »Ich weiß, dass Sie Lynn Riley sind und seit fünfzehn Jahren hier unter

Ihrem aktuellen Namen leben. Ich arbeite derzeit bei der Polizei in Melbourne und habe den Fall von damals wieder aufgerollt. Wir haben die Skelette von Matthew Simons und Ada Jennings gefunden. Ich komme jedoch ohne Ihre Hilfe nicht weiter«, erklärte Rachel in einem fast schon flehenden Tonfall.

Lynn schwieg eine Weile. »Wie haben Sie mich gefunden?«

»Kuparr. Er hat mir einen Ihrer Briefe gezeigt. Darauf war ein Poststempel.«

Lynn ärgerte sich, dass sie damals nicht vorsichtiger gewesen war. Heutzutage würde sie es anders machen. »Verräter«, grummelte sie in sich hinein.

»Miss Riley ...«

»Mrs Townsend ...«, insistierte Lynn, woraufhin sich Rachel sofort entschuldigte.

»Ich kann die Täter von damals ihrer gerechten Strafe zukommen lassen, doch dazu müssen Sie mir helfen.«

»Was ist denn, wenn ich nicht will, dass ich mich noch mal mit dem Fall von damals beschäftigen muss?«

Rachel atmete tief durch. »Um Sie nicht zu verunsichern, muss ich zugeben, dass ich mich vorher in Ihrem ehemaligen Waisenhaus ein wenig über Sie schlaugemacht habe. Ich weiß, dass Sie Probleme hatten und wahrscheinlich sogar noch haben, Ihre Vergangenheit zu bewältigen. Lassen Sie mich Ihnen etwas über mich erzählen. Ich habe vor ungefähr einem Jahr meinen Sohn verloren. Er wurde von einem Auto überfahren. Ich weiß, wie es ist, nachts nicht schlafen zu können, weil einen diese Bilder nicht loslassen. Ich kenne das Gefühl, sich wie aus dem Nichts übergeben zu müssen, weil Sie ohne Vorwarnung ein Bild vor dem geistigen Auge überkommt. Oder diese Panikattacken, die einen heimsuchen, wenn man etwas mit sich herumträgt, das einem die Seele beschwert. Ich kann Sie sehr gut verstehen. Genau deshalb gebe ich Ihnen den Rat, darüber zu reden und die schlechten Gefühle zuzulassen, die damit an die Oberfläche gespült werden. Was auch immer damals passiert ist, es war nicht Ihre Schuld!«

Lynn schossen die Tränen in die Augen. Rachel konnte sehen, wie sie innerlich versuchte, etwas zurückzuhalten. Schließlich hielt sie dem Druck jedoch nicht mehr stand und fing bitterlich an zu weinen. Lynn erzählte Rachel die Geschehnisse der Silvesternacht. Wie Matt und Ada von Scott erschossen wurden und dieser kurz darauf mit seinem Vater die Leichen abholte. Wie sie den Wald angezündet hatten und Lynn es schließlich bis in die Stadt schaffte, nur um knapp einer Vergewaltigung durch Sheriff Mitchell zu entgehen. Zwischendurch musste Rachel ein paarmal schlucken. Lynn erinnerte sich, wie sie sich bis nach Brisbane durchschlug, erst per Anhalter, dann mit einem freundlichen Road-Train-Fahrer. Sie erzählte, wie sie ihren Mann kennenlernte, der ihr unglaublichen Halt gab, und wie dann der kleine Jacob geboren wurde. Am Ende der Geschichte fühlte sich Lynn tatsächlich ein wenig erleichtert. Rachel ging es dagegen eher schlecht. Sie hatte zwar nach dem Leichenfund auf Laverys Grundstück geahnt, dass dieser in die Sache verwickelt war. Dass jedoch Sheriff Mitchell ein derartiges Schwein war, musste sie erst einmal sacken lassen. Sie wusste aufgrund der Komplexität des Falls noch nicht recht, wie sie weiter vorgehen sollte.

»Also lebt Scott noch«, sagte Rachel.

»Ja, das tut er – sofern er in den letzten fünfzehn Jahren nicht umgekommen ist. Warum?«

»Das war sozusagen der Anlass, warum ich mich dieses Falls angenommen habe. Sophie Jennings will Scott in Melbourne erkannt haben und hatte daraufhin einen Nervenzusammenbruch.«

»Da treibt er sich also herum! Er dachte wohl, dass er sich unter vier Millionen Einwohnern verstecken kann, aber irgendwann kommt alles ans Licht.« Lynn wischte sich die Tränen aus dem Gesicht.

Rachel griff über den Tisch und nahm ihre Hände. »Helfen Sie mir, dass Scott, Michael und der Sheriff ihre gerechte Strafe bekommen. Würden Sie in einem Gerichtsprozess als Kronzeugin auftreten?«

Lynn zog ihre Hände zurück. »Auf keinen Fall! Ich werde mich dieser Situation nicht aussetzen. Mich mit all dem noch einmal konfrontieren – und dann die Öffentlichkeit. Was glauben Sie denn, was der Fall in den Medien für Wellen schlagen würde? Mal abgesehen davon, dass ich mir hier meines Lebens nicht mehr sicher sein könnte. Stellen Sie sich vor, eines der Arschlöcher kommt auf Kaution aus der Untersuchungshaft und versucht, mich umzubringen. Nein, nein, vielen Dank! Ich habe Ihnen alles gesagt, was ich zur Aufklärung beitragen kann. Und ich möchte nie wieder zurück nach Swan Hill. Bitte haben Sie Verständnis dafür.«

Das brachte Rachel in eine schwierige Situation, obwohl sie vollstes Verständnis für Lynns Haltung hatte. Vergeblich versuchte sie noch eine Weile, sie umzustimmen und ihr die Angst zu nehmen. Zum Schluss blieb Rachel nur noch die Hoffnung, dass sie von selbst ihre Meinung ändern würde. Also gab sie Lynn ihre Handynummer und machte sich auf den Weg zurück zum Flughafen.

Lynn brauchte einige Zeit, um sich wieder zu sammeln. Da kam eine wildfremde Frau in ihr Haus, die ihr auf eigenartige Weise vertraut vorkam, und deckte die Geschichte auf, die Lynn seit Jahren erfolglos versuchte zu verdrängen. Und genau das würde sie auch weiter tun, beschloss sie. Sie erhob sich aus dem Sessel, nahm die leeren Kaffeetassen vom Wohnzimmertisch und ging damit in die Küche. Dort schaute sie kurz aus dem Fenster. Ihr Sohn spielte noch immer selig im Vorgarten. Lynn öffnete die Klappe der Spülmaschine und stellte die Tassen hinein. Sie schloss die Klappe wieder, drehte sich um und richtete sich dabei gleichzeitig auf.

Plötzlich stand sie direkt vor einem aufgedunsenen Gesicht und blickte in zwei glasige Augen. Lynn erschrak zu Tode. Wer war dieser Mann? Nach einigen Sekunden konnte sie sich diese Frage selbst beantworten: Sheriff Mitchell. Lynn versuchte, einige Schritte zurückzuweichen, stand aber schon vor der Küchenanrichte. Wie hatte er sie gefunden? Wie war er hier hereingekommen?

»Hallo, kleine Riley«, sagte Mitchell. Lynn roch seinen stinkenden Atem. Sie wich zur Seite, Mitchell humpelte hinterher. »Ja, das hast du mir damals angetan mit deinem Messer. Gleich wirst du sehen, was es heißt, wenn man Schmerzen hat«, drohte er.

Lynn flüchtete sich hinter die Kücheninsel. Wo sollte sie hin? Vor lauter Angst konnte sie keinen klaren Gedanken fassen. Mitchell umrundete die Kücheninsel und auch Lynn machte eine weitere Runde. Als sie sich wieder am Durchgang zum Flur befand, nutzte sie ihre Chance. Sie fasste den Plan, durch die Haustür zu rennen, den Jungen zu schnappen und dann wegzulaufen – egal wohin, nur weg. Der Plan scheiterte bereits vor der Haustür.

»Stehen bleiben oder ich schieße!«, rief Mitchell aus der Küche.

Lynn hatte nicht mitbekommen, dass Mitchell eine Waffe bei sich hatte. Hastig schaute sie sich nach einem Gegenstand um, den sie zur Verteidigung benutzen konnte. Sie griff nach einem schweren kupfernen Kerzenständer, der auf einem Absatz neben der Haustür stand, und versteckte ihn hinter ihrem Rücken. Jetzt kam Mitchell aus der Küche gehumpelt. Er hatte nicht geblufft und richtete eine Pistole auf Lynn, während er langsam auf sie zukam.

»Also, wo waren wir stehen geblieben? Ach ja, ich wollte dir zeigen, wie sich Schmerz anfühlt«, sagte er.

Jetzt stand er in passender Entfernung vor Lynn. Das war ihre Chance. Sie holte aus und zog Mitchell mit voller Wucht den Kerzenständer über den Schädel. Der sackte auf der Stelle zusammen und blieb reglos am Boden liegen. Lynn trat die Pistole zur Seite.

»Wie sich Schmerz anfühlt, habe ich in den letzten fünfzehn Jahren erfahren«, sagte sie und blickte auf Mitchells fetten Körper hinunter. Lynn bückte sich nach der Pistole und fühlte Mitchells Puls. Er war schwach, aber er war da. Was sollte sie jetzt machen?

Zuerst holte sie ihren Sohn herein, der von allem nichts mitbekommen hatte. »Wer ist das, Mom?«, fragte er, als er den regungslosen Mann im Flur sah.

»Der war nur müde und wollte hier schlafen. Geh mal schön hoch in dein Zimmer, ich komm gleich nach«, sagte Lynn. Jacob gehorchte.

Lynn nahm ihr Handy vom Wohnzimmertisch. Wen sollte sie anrufen? Ihren Mann? Eigentlich würde er erst in einigen Stunden von der Schicht im Krankenhaus nach Hause kommen. Sie sagte ihm dennoch Bescheid. Den Krankenwagen? Nicht für den Kerl. Die Polizei? Unbedingt! Lynn wählte Rachels Nummer von dem Zettel, den sie ihr gegeben hatte.

Rachel war in der Zwischenzeit wieder am Flughafen angekommen. »Haben Sie sie gefunden?«, fragte Flynn, der im Cockpit ein Nickerchen gemacht hatte und von Rachel, die sich beim Einsteigen in die Kabine den Kopf stieß und fluchte, geweckt wurde. Rachel erzählte ihm von ihrer Begegnung mit Lynn, als auf einmal ihr Handy klingelte. »Wenn man vom Teufel spricht«, sagte sie zu Flynn und nahm den Anruf an. Eine sehr

186

verstörte Lynn berichtete Rachel von dem Vorfall, der sich soeben in ihrem Haus ereignet hatte.

»Ist er Ihnen gefolgt?«, fragte Lynn in vorwurfsvollem Ton. Rachel verneinte vehement. In der Luft sei das schwerlich möglich gewesen. »Aber Sie müssen zugeben, dass es schon ein großer Zufall ist, dass Sie beide hier innerhalb von zwei Stunden auftauchen, nachdem ich fünfzehn Jahre nichts aus Swan Hill gehört habe!?«

Rachel gab zu, dass sie das auch eigenartig fand. »Wir sind gleich bei Ihnen!«

Rachel und Flynn nahmen sich den Mietwagen und machten sich auf den Weg zurück zu Lynns Haus. Als sie dort ankamen, fanden sie Lynn und ihren Mann zusammen auf dem Sofa im Wohnzimmer. Er hatte sie im Arm und tröstete sie. Der bewusstlose Mitchell lag im Flur. Flynn fühlte seinen Puls und fragte, ob der Krankenwagen schon unterwegs sei. Lynn schüttelte den Kopf. Der Arzt brachte Mitchell in die stabile Seitenlage und rief die Ambulanz. Auch wenn er kriminell war, durfte man einen Menschen nicht einfach sterben lassen. Das hätte dem hippokratischen Eid widersprochen, den er geleistet hatte. Rachel durchsuchte derweil den Sheriff. In seinen Taschen fand sie jedoch nichts Besonderes, nur sein Handy, das sie an sich nahm.

Zehn Minuten später traf der Krankenwagen ein. Die Sanitäter hatten einige Mühe, den schweren Mitchell in den Wagen zu verfrachten. Rachel nannte den Sanitätern Mitchells Namen, seinen Wohnort und die Telefonnummer der Polizei in Swan Hill. Mehr wusste sie nicht. Zuletzt tauschte sie mit den Helfern die Kontaktdaten aus.

»Das sieht mir nach einer ziemlich üblen Schädelfraktur aus. Ich würde ihn erst mal ins künstliche Koma legen«, sagte Flynn, als er dem sich schnell entfernenden Krankenwagen hinterherschaute. »Wie haben Sie das denn hinbekommen?«, fragte er und blickte in Lynns Richtung. Die starrte auf den blutverschmierten Kerzenständer, der in einer Ecke stand.

»Sie haben richtig gehandelt«, sagte Rachel.

»Ich habe eine Entscheidung getroffen. Sie hatten recht, Mrs Buchanan, es wird niemals aufhören, wenn ich mich nicht aktiv mit der Situation auseinandersetze. Ich werde bei der Aufklärung des Falls helfen. Wenn es nötig ist, komme ich sogar mit zurück nach Swan Hill.«

Rachel setzte sich zu Lynn auf das Sofa und nahm ihre Hand. »Eine gute Entscheidung, ich …« In diesem Moment pingte das Handy von Mitchell auf, das Rachel in der Tasche trug. Es war eine SMS von Michael Lavery: »Ist die Sache erledigt?«, lautete die Nachricht. Rachel las die kurze Frage mit einer Mischung aus Entsetzen, Erstaunen und Freude darüber, dass sie Lavery auf der Spur war. Sie wiegte das Handy in der Hand und überlegte eine Weile, bevor sie sich an Lynn wandte: »Sie haben gesagt, dass Sie notfalls mit nach Swan Hill kämen. Wären Sie auch bereit, bei einem kleinen Katz-und-Maus-Spiel den Köder zu mimen?«

Lynns Mann schaute seine Frau nicht gerade begeistert an. Nachdem Rachel ihr versichert hatte, dass ihr nichts passieren würde, sagte sie zu.

Rachel nahm das Handy und verfasste eine Antwort an Lavery: »Die Kleine war nicht da. Sie ist auf dem Weg nach Swan Hill. Ihr Mann sagt, sie übernachtet heute im Lame Kangaroo. Fahre jetzt zurück. Übernehmen Sie. Beeilen Sie sich!«

»Gut«, lautete die einfache Antwort.

Eine Stunde später waren Lynn, Rachel und Flynn auf dem Rückweg nach Swan Hill. Rachel erklärte den beiden ihren Plan, der auf Zustimmung stieß. Lynn war den gesamten Flug über schlecht, weil sie zum ersten Mal in ihrem Leben in einem Flugzeug saß, für eine Australierin eher ungewöhnlich. So war sie froh, als die Beechcraft sicher auf der Landebahn von Swan Hill Airport aufsetzte. Das hielt jedoch nicht lange an. Sie stieg aus dem Flugzeug und wurde augenblicklich von einem entsetzlichen Gefühl übermannt. Einer Art Übelkeit, die, von der Magengegend ausgehend, bis in jede Zelle ihres Körpers vordrang.

»Alles in Ordnung?«, erkundigte sich Flynn, dem Lynns Zustand nicht entging.

»Es wird schon gehen«, antwortete sie.

Für die Fahrt zum Lame Kangaroo gab Rachel Lynn den Rat, sich auf dem Rücksitz so klein wie möglich zu machen, um nicht am Ende noch von jemandem erkannt zu werden. Lynn fand das nicht weiter tragisch, denn so musste sie sich auch die Stadt nicht ansehen, die ihr an jeder Ecke negative Erinnerungen beschert hätte. Rachel hielt unmittelbar vor dem Eingang des Lame Kangaroo. Flynn stieg aus, vergewisserte sich, dass gerade keine Gäste im Restaurantbereich waren, und ließ Lynn in Windeseile über den Bürgersteig in die Bar huschen.

»Guten Tag, willkommen im Lame Kangaroo, was kann ich für Sie tun?«, begrüßte sie der Besitzer.

»Wir hätten gern ein Zimmer für heute Nacht«, sagte Rachel.

»Gern«, sagte der Mann, gab Rachel ein Formular und händigte ihr dann einen Schlüssel aus: Zimmer Nummer 101 im ersten Stock. Alle anderen Schlüssel hingen am Brett. »Nach elf bin ich weg. Aber die Tür vorne kriegen Sie auch mit dem Zimmerschlüssel auf. Oder mit einem kräftigen Stoß«, sagte der Besitzer.

Rachel stieg mit den anderen die knarzende Treppe empor. Zimmer 101 lag auf der linken Seite des Flurs, an dessen Wänden sich schöne alte Holzvertäfelungen befanden. Den Boden bedeckte ein nicht so schöner ausgelatschter Teppich.

Die Tür zum Zimmer, das zur Straße gelegen war, ließ sich leicht öffnen. Rachel dachte, dass man eigentlich gar keinen Schlüssel brauchte, um hineinzugelangen. Das Zimmer war eher rustikal eingerichtet. Massive Holzmöbel versprühten den Charme einer schon länger zurückliegenden Zeit. Ein alter Röhrenfernseher, der aussah, als wäre er aus einem Antiquitätenladen, stand auf einer Kommode und wurde von einem der mintgrünen Vorhänge vor dem Fenster halb verdeckt.

Lynn setzte sich vorsichtig aufs Bett und sank fast komplett bis zum Boden durch. »Es gibt schönere Plätze, die Nacht zu verbringen«, bemerkte sie und legte sich auf das Bett.

»Sie werden sowieso nicht schlafen«, versprach Rachel und setzte sich mit Flynn auf den Zweisitzer, der augenblicklich eine Staubwolke ausspie. Die drei husteten und mussten lachen. Lynn rief bei ihrem Mann an und fragte, ob bei ihm und dem Kleinen alles in Ordnung sei. Beiden ging es gut. Rachel erkundigte sich beim Krankenhaus nach Mitchells Befinden. Der lag im Koma und machte offenbar keine Anzeichen, so schnell wieder aufzuwachen.

»Meinetwegen kann er verrecken«, bemerkte Lynn. Rachel konnte es ihr nicht verübeln. »Was machen wir eigentlich, wenn wir Lavery haben?«, fragte Lynn.

»Wir werden versuchen, ein Geständnis zu bekommen«, sagte Rachel.

»Das wird schwierig bis unmöglich«, sagte Lynn.

Doch Rachel versicherte ihr, dass sich schon ein Weg finden werde. Das Wichtigste sei jetzt, ihn erst einmal zu fassen.

»Und Sie glauben wirklich, dass er kommt?«

»Ja, das glaube ich.«

Der Abend brach über der Stadt herein, und Lynn, Rachel und Flynn harrten in ihrem Versteck aus. Sie beobachteten, wie die Abendsonne über Swan Hill unterging und den Himmel in ein feuriges Rot tauchte, das letztendlich der Nacht wich. Die Straße unter dem Zimmer im Lame Kangaroo leerte sich. Die drei dämpften ihre Stimmen, um keinen Verdacht zu erregen. Es sollte so aussehen, als wäre Lynn allein in dem Zimmer. Um elf Uhr hörten sie, wie der Mann an der Rezeption das Hotel verließ. Stille kehrte ein. Sie löschten das Licht im Zimmer und zogen die Vorhänge zu.

Es war ein Uhr nachts, als letztlich auch Rachel die Augen zufielen. Lange konnte sie jedoch nicht geschlafen haben, als ein Geräusch sie plötzlich hochfahren ließ. Jemand kam über die knarzende Holztreppe nach oben, doch wer? Der Besitzer? Hatte doch noch ein anderer Gast eingecheckt? Rachel wusste es nicht, aber sie hatte den Eindruck, dass derjenige, der auf dem Weg in den ersten Stock war, sich vergeblich bemühte, so wenig Lärm wie möglich zu machen. Die anderen schliefen tief und fest. Das Licht im Flur ging an, Rachel sah es durch den Türschlitz. Dann wurde es wieder still. Der »Gast« war oben angekommen. Augenblicke lang passierte nichts. Plötzlich erschienen zwei Schatten unter dem Türschlitz. Rachel erinnerte sich wieder an die Nacht, als plötzlich jemand vor der Tür ihrer Lodge gestanden hatte. Genau wie jetzt. Rachel angelte nach dem Schlagstock, den sie vorsichtshalber aus dem Auto mitgenommen hatte. Sie wollte auf alles vorbereitet sein. Dann stellte sie sich hin und versuchte, dabei so wenig Krach wie möglich zu machen. Dummerweise quietschte das alte Sofa so laut, dass man es mit Sicherheit noch auf dem Flur hören konnte. Lynn wurde wach und blickte sich zunächst orientierungslos im Zimmer um. Rachel gab ihr mit einer Geste zu verstehen, dass sie keinen Mucks von sich geben sollte.

Der Unbekannte vor der Tür hatte das quietschende Sofa offensichtlich gehört, denn die Schatten verschwanden wieder. Rachel ärgerte sich und blieb noch einige Minuten starr vor der

Tür stehen. Sie war sich jetzt fast sicher, dass es nur Lavery gewesen sein konnte.

Rachel wollte sich gerade umdrehen und zum Sofa zurückgehen, als sich jemand mit Anlauf gegen die Tür warf, um sie aufzubrechen. Der erste Versuch gelang nicht, dann rumste es noch einmal. Rachel hob den Schlagstock, beim dritten Anlauf gab die Tür nach, und jemand stand im Zimmer. Sie konnte nicht erkennen, wer es war, sondern sah nur die Silhouette eines Mannes, der aus dem erleuchteten Flur in das dunkle Zimmer taumelte. Die im Nahkampf mit dem Schlagstock geschulte Rachel reagierte blitzschnell, ging in die Hocke und schlug dem Fremden den Stock in die Kniekehlen. Der schrie laut auf und ging zu Boden. Rachel schaltete das Licht ein. Sich vor Schmerz krümmend, lag Michael Lavery auf dem Boden. Ihr Plan war aufgegangen.

Rachel forderte Lavery mit dem Schlagstock auf, sich hinzustellen, die Arme nach oben zu nehmen und über die Treppe in den Barbereich hinunterzugehen. Die anderen beiden folgten. Unten angekommen, tastete sie Lavery ab und setzte ihn auf eine Bank. »Hände auf den Tisch und nicht bewegen!«, sagte Rachel und setzte sich in einigem Abstand auf den Stuhl, sodass sie Lavery gut im Blick hatte, aber dennoch außerhalb seiner Reichweite war.

Lavery schaute die drei mit einer Mischung aus Herablassung und Verachtung an. »Sie halten mich hier als unbescholtenen Bürger gegen meinen Willen fest«, sagte Lavery.

»Mr Lavery, bitte sagen Sie mir, warum Sie als, wie Sie so schön sagten, unbescholtener Bürger gewaltsam in das Zimmer von Mrs Townsend eingedrungen sind.«

»Townsend – so nennst du dich jetzt also! Ich wollte ihr einen Besuch abstatten, das ist alles«, sagte Lavery, die Augen fest auf Lynn gerichtet.

»Zu welchem Zweck?«

»Ich dachte, sie könnte mir ein paar Fragen zu Silvester 1999 beantworten. Das macht mich bis heute noch fertig«, sagte Lavery.

»Mitten in der Nacht?«

»Warum denn nicht?«

»Woher wussten Sie, dass Lynn hier ist?« Rachel versuchte, Lavery eine Falle zu stellen.

»Swan Hill ist klein. Hier spricht sich alles schnell herum.«

»Wir haben auf Ihrem Grundstück die Skelette von Matthew Simons und Ada Jennings gefunden. Können Sie sich erklären, wie sie dorthin gekommen sind?«

Lavery verschränkte die Arme. »Genau das wollte ich Lynn heute fragen. Deswegen bin ich hier.« Er setzte ein süffisantes Lächeln auf und lehnte sich zurück.

Lynn konnte ihren Ärger nicht mehr zurückhalten und schaltete sich in die Vernehmung ein: »Ich habe damals beobachtet, wie Scott Matt und Ada erschossen hat!«, rief sie und sprang von ihrem Platz auf.

»Ein verwirrtes, vom Buschbrand schockiertes Mädchen, das Dinge sieht, die nicht wahr sind. Und außerdem fünfzehn Jahre zurückliegen. Glaub mir, Lynn, ich weiß, wie das ist, wenn man unter Schock steht. Auch ich habe meinen Sohn verloren ...«

»Lügner! Scott lebt!«, fiel Lynn ihm ins Wort. »Ich habe gesehen, wie Sie die Leichen weggeschafft haben. Auf Ihrem Pick-up. Ja, genau. Ich war noch im Wald, als Sie dachten, ich wäre schon fortgelaufen.«

Lavery versuchte, möglichst unbekümmert zu tun, und schaute zur Decke. Das war der Punkt, an dem Rachel wieder übernahm. »In welchem Verhältnis stehen Sie eigentlich zu Sheriff Ted Mitchell?«, fragte sie.

»Wir kennen uns eben. Er war damals hier Sheriff.«

»Und Sie schreiben sich nicht zufällig ab und zu mal Kurznachrichten oder dergleichen?«

»Wieso sollte ich?«

»Das ist eine gute Frage. Ich würde gern wissen, warum Sie Sheriff Mitchell heute eine SMS mit dem folgenden Inhalt geschickt haben.« Rachel zog Mitchells Handy aus der Hosentasche und las vor: »Ist die Sache erledigt?«

Lavery nahm den Blick von der Decke und schaute irritiert, erstaunt und leicht ratlos zu Rachel herüber. »Wo haben Sie das Handy her?«, fragte Lavery.

»Darauf komme ich gleich noch zu sprechen. Erzählen Sie mir erst, was es mit der Nachricht auf sich hat.«

»Das, ach ja, ich hatte Mitchell um einen Gefallen gebeten. Ich wollte fragen, ob er ein Auge auf die Ermittlungen der Spurensicherung am Gedenkpark werfen kann. Damit die nichts an der Statue zerstören. Er passt auf das Anwesen auf, müssen Sie wissen«, brachte Lavery zögernd hervor.

»Ich dachte, Sie haben keinen weiteren Kontakt?«, hakte Rachel nach.

»Außer in der Sache mit dem Gedenkpark«, korrigierte sich Lavery.

»Wissen Sie, dass Mitchell heute in Brisbane war?«

»Nein, das ist mir neu.«

»Er hat versucht, Lynn umzubringen. Und es ist ein großer Zufall, dass kurze Zeit später von Ihnen eine SMS kommt, in der Sie sich erkundigen, ob die Sache erledigt sei, finden Sie nicht?«

»Solche Zufälle gibt es manchmal.« Lavery begann wieder, in den Arroganzmodus zu wechseln, was Rachel gar nicht passte. Sie musste mit einer Finte arbeiten. Zum Glück wusste Lavery nicht, dass der Sheriff im Koma lag. »Mitchell hat mir erzählt, Sie hätten ihn zum Mord an Lynn angestiftet. Er hat mir außerdem geschildert, wie Sie in der Silvesternacht zu ihm gekommen sind. Ich weiß alles.«

Rachel konnte erkennen, wie Lavery langsam begann, innerlich vor Wut zu kochen, bis er schließlich explodierte und anfing, wie ein Wilder herumzuschreien: »Sie können mir gar nichts beweisen! Glauben Sie nicht, Sie können da aus Ihrem Großbritannien einfach nach Swan Hill kommen und hier nach Ihren Regeln spielen. Finden Sie den kleinsten Beweis, dass Scott oder ich irgendetwas mit der Sache zu tun haben, und dann reden wir weiter. Ohne Anwalt sage ich jetzt gar nichts mehr!«

Lavery war in der Ecke, darüber waren sich Lynn, Rachel und Flynn im Klaren. Jetzt fehlte nur noch ein weiteres Argument, um ihn vollends aus der Reserve zu locken. Dass man mit Bluffs bei Verhören Erfolg haben konnte, hatte Lynn gerade bei Rachel erlebt. Sie zog nach. »Ich habe die Pistole. Ich habe sie damals eingesammelt und nie weggeworfen«, sagte sie. Alle Anwesenden, insbesondere Lavery, schauten sie verdutzt an. »Sie können bestimmt nachprüfen, auf wen die Waffe registriert war.« Lynn schaute Rachel fragend an.

»Noch mehr als das. Wir können sogar anhand der Fingerabdrücke nach so vielen Jahren noch feststellen, wer die Waffe in der Hand hatte. Glauben Sie, wir finden Scotts Abdrücke auf der Waffe?« Rachel blickte zu Lavery hinüber.

Ihm kam ein gequältes Lächeln über die Lippen. Als er einsah, dass er an dieser Stelle nicht weiterkam, gab er wütend und frustriert auf: »Sie können mit mir machen, was Sie wollen. Scott ist in Sicherheit und hat ein neues Leben begonnen. Sie werden ihn niemals finden. Dich habe ich auch nicht gefunden, obwohl ich fünfzehn Jahre durchs Land gefahren bin, du kleine Schlampe.« Er schaute Lynn mit irrem Blick an. »Aber jeder bekommt am Ende das, was er verdient. Jeder.« Dann streckte Lavery die Hände nach vorn.

Rachel legte ihm die Handschellen an und rief die Kollegen vom Swan Hill Police Department, um ihn abtransportieren zu lassen.

Während die Beamten anrückten, durchsuchte Rachel Lavery gründlich und konfiszierte sein Handy, obwohl dieser heftig protestierte. Zehn Minuten später wimmelte es vor dem Lame Kangaroo von Menschen, die, auf welchem Weg auch immer, von den Ereignissen bereits gehört hatten und trotz der späten Uhrzeit hergekommen waren, um die Verhaftung von Michael Lavery zu verfolgen und das verschwundene Riley-Mädchen zu sehen.

Bei Letzterer hatten sie jedoch kein Glück. Lynn hatte sich bereits auf den Weg gemacht, auf den Weg zu ihrem alten Zuhause. Schon im Flugzeug hatte sie Rachel gefragt, ob ihr Vater noch lebe. Angesichts seines starken Alkoholkonsums hatte sie nicht unbedingt damit gerechnet. Nun verspürte sie eigenartigerweise umso stärker den Drang, ihn zu sehen. Lange stand sie einfach nur vor ihrem alten Haus und versuchte, sich an die guten Zeiten zu erinnern, die sie hier erlebt hatte. Es gab tatsächlich welche, doch sie musste tief in ihrer Erinnerung graben, um sie hervorzuholen.

Das Küchenfenster war das einzige Fenster, das beleuchtet war. Lynn nahm all ihren Mut zusammen und atmete tief durch. Sie ging langsam zur Haustür und klopfte ein paarmal. Nach wenigen Minuten sah sie durch den immer noch vorhandenen Spalt, wie ihr Vater den Flur betrat. Er war merklich älter geworden, hatte dunkle Augenringe, tiefe Falten im Gesicht und einen angestrengten Gang. Er öffnete die Tür. »Ja bitte?« Er erkannte Lynn zunächst nicht.

Sie räusperte sich. »Dad, ich bin's, deine Tochter«, begrüßte sie ihren Vater mit einem Kloß im Hals.

Er rieb sich die Augen und schaute genauer hin. Träumte er? Das konnte nicht sein. Er hatte doch gar nichts getrunken, im Delirium konnte er nicht sein. Er betrachtete Lynns Gesicht.

Langsam dämmerte es ihm. Diese Frau vor ihm war tatsächlich seine Tochter. Mit zittrigen Händen tastete er nach ihrem Gesicht. Dann fing er an zu weinen und sank zu Boden. Lynn half ihm wieder auf und gestattete ihm, sich auf ihr abzustützen, während sie in die Küche gingen. »Du lebst, du lebst«, wiederholte er die ganze Zeit, bis er sich auf einen der Küchenstühle fallen ließ. Lynn setzte sich neben ihn und hielt seine Hand, während er sich ausweinte.

Die beiden redeten die ganze Nacht. Erzählten, was sie in den vergangenen fünfzehn Jahren erlebt hatten und was damals passiert war. Am Ende fiel Lynn erschöpft in das Bett in ihrem alten Zimmer, in dem sich kaum etwas verändert hatte. Sie fühlte sich erleichtert.

Rachel ging im Speiseraum der Sunshine Lodges auf und ab. Flynn war schon nach Hause gefahren, weil er einen Patienten ins Krankenhaus fliegen musste. Auf der einen Seite freute sie sich, dass sie Michael Lavery überführt hatte. Auf der anderen wurde sie zunehmend nervöser. Scott war noch irgendwo da draußen. Sie wollte ihn unbedingt finden und ihn zur Rechenschaft ziehen. Doch ihr einziger Anhaltspunkt war, dass er in Melbourne gesehen wurde und heute vielleicht dort lebte. Mit größter Wahrscheinlichkeit lebte er unter einem anderen Namen, was die Sache noch schwieriger machte. Während sie grübelte, fielen ihr fast die Augen zu. Sie beschloss, erst einmal schlafen zu gehen, morgen war auch noch ein Tag.

Kapitel 8

Swan Hill, Januar 2000

Lynn lief und lief immer weiter. Zuerst riefen ihr die Feuerwehrleute, die gegen die Buschbrände ankämpften, noch zu, sie sei verrückt, wenn sie weiterginge, doch sie rannte weiter durch die Flammenhölle. Irgendwann, sie wusste nicht, wie lange sie schon unterwegs war, gab es keine Feuer mehr. Nur Einsamkeit und eine endlose Straße vor ihr. Lynn griff in ihre Tasche. Sie hatte die Pistole in der Panik vom Waldboden aufgesammelt und eingesteckt. Jetzt wollte sie sie loswerden und sich von allem befreien, was ihrem neuen Leben im Weg stehen könnte. Sie holte die Pistole aus der Tasche und warf sie in hohem Bogen in ein Billabong. Die Waffe sank in das Wasserloch. Sie würde nie wieder von ihrer Vergangenheit sprechen. Heute drückte sie die Reset-Taste.

Als Ziel hatte Lynn Brisbane ausgewählt. Dort wollte sie schon immer mal hin, und die Stadt war groß genug und, vor allem, weit genug weg, um nicht weiter aufzufallen. Einmal dort angekommen, würde sie schon eine Unterkunft finden, notfalls in einem Heim.

Als die Sonne aufging, schmerzten ihr die Füße. Sie entschied, trotz aller Gefahren per Anhalter weiterzufahren, und lernte dabei eigentlich ganz nette Leute kennen, die entweder in den Weihnachtsferien oder beruflich unterwegs waren. Die ersten beiden Nächte verbrachte sie unter freiem Himmel, in der dritten Nacht kam sie in einem Hostel unter. Am 4. Januar, nach mehr als tausendfünfhundert Kilometern, erreichte Lynn endlich Brisbane. Sie musste nicht lange suchen, bis sie ein Waisenhaus ausfindig gemacht hatte. Nachdem sie sich eine passende, möglichst plausibel klingende Geschichte ausgedacht hatte, machte sie sich auf den Weg dorthin. Der letzte Gedanke, der ihr durch den Kopf ging, bevor sie die Türklingel drückte, war gleichermaßen kurios und unvergesslich: Nun gehöre ich selbst zu den »Stolen Generations« …

Scott lag auf dem Bett in seinem Motelzimmer und wartete ungeduldig auf die Rückkehr seines Vaters. Seine Gedanken kamen nicht zur Ruhe. Jetzt war er also ein Mörder. Er hatte keine Ahnung, was das hieß oder welche Auswirkungen das auf sein späteres Leben haben würde. Er wusste nur, dass sie so schnell wie möglich von hier weg mussten. Sie durften nie im Leben erwischt werden.

Die Tür öffnete sich und sein Vater kam herein. Unter den Armen trug er zwei Tüten mit Lebensmitteln. Er stellte sie auf dem Tisch im Zimmer ab und setzte sich auf das Bett. »Wir gehen nach Melbourne. Du heißt ab jetzt Julian Bosworth. Wir dürfen von nun an auf keinen Fall mehr zusammen gesehen werden. Außerdem denken wir uns eine Geschichte für dich aus.«

»Ist Melbourne nicht noch ein bisschen zu nah?«, fragte Scott.

»Das ist egal. Die Hauptsache ist, dass es groß genug ist. Wer kommt schon jemals in die Suburbs?«

Scott hatte in der ersten Zeit große Probleme, sich in Melbourne einzuleben und neue Freunde in der Schule zu finden. Nachts plagten ihn Albträume über die Silvesternacht 1999/2000. Ständig sah er die Gesichter von Matt und Ada vor sich. Eine psychologische Behandlung kam jedoch nicht infrage, da er sein dunkles Geheimnis sonst jemandem hätte anvertrauen müssen, was insbesondere sein Vater nicht wollte. Auch mit ihm konnte er nicht reden, da er ständig im Land unterwegs war – geschäftlich, wie er sagte. So riss er sich zusammen und lebte immer weiter vor sich hin.

Irgendwie schaffte er es, mit achtzehn seinen Year-Twelve-Abschluss zu bestehen, woraufhin er an die Universität ging – Master of Business Administration an der La Trobe University, ein Wunsch seines Vaters. Doch Scott mochte das Studentenleben. Auf dem Campus fand er zum ersten Mal nach langer Zeit wieder Freunde, mit denen er gerne Zeit verbrachte. Doch sein Geheimnis trug er nach wie vor mit sich herum – wie ein wildes Tier, das eingesperrt war und nicht herauskonnte.

Swan Hill, Januar 2015

Rachel war schon früh aufgestanden, um zum Polizeipräsidium zu fahren. Michael, der die Nacht in einer kleinen Zelle im Swan Hill Police Department verbracht hatte, sollte heute nach Melbourne überstellt werden. Rachel hatte bei den Kollegen ein Kontaktverbot durchsetzen können, sodass Michael seinen Sohn nicht kontaktieren und warnen konnte. Jetzt hatte sie nur noch die Herausforderung vor sich, Scott zu finden.

Rachel erinnerte sich an den Trick vom Vortag, mit dem sie Michael aus der Reserve gelockt hatten. Was einmal funktioniert, klappt vielleicht noch ein zweites Mal, sagte sie sich und zog Laverys Handy aus ihrer Tasche. Sie scrollte durch das Telefonbuch. Der Name Scott war nicht zu finden, was sie nicht sonderlich überraschte. Sie traute Michael da schon ein wenig mehr Grips zu. Doch jeder noch so umsichtige Mensch macht irgendwann einen Fehler, das wusste Rachel aus ihrer Erfahrung bei der Polizei.

Rachel checkte die Verbindungen auf dem Handy. Nur ausgehende und eingehende Telefonate mit Frauennamen waren dort gespeichert. Sie klickte sich weiter zu den Kurznachrichten. Auf den ersten Blick wurde sie auch hieraus nicht schlau. Auffällig war jedoch, dass zwischen den Gesprächsverläufen mit einigen der Frauen, die auch schon im Verbindungsnachweis auftauchten, immer wieder dieselbe unbekannte Nummer erschien. Rachel klickte darauf. Die Korrespondenz mit der Nummer bestand immer nur aus wenigen Worten, wenn nicht sogar aus einem einzigen Wort. »Essen?«, »Treffen?«, manchmal nur Uhrzeiten. Verdächtig!

Einen Versuch war es wert. Rachel schickte das Wort »Treffen?« an die unbekannte Nummer. Ein paar Minuten später erhielt sie die Antwort. »Sechzehn Uhr?« Rachel bestätigte. »Treffpunkt wie immer?«, kam zurück. Da Rachel nicht wusste, was das bedeutete, konnte sie schlecht zusagen. Sie suchte sich den markantesten und für einen Polizeizugriff geeignetsten Platz in Melbourne aus, den sie in ihrer bisher kurzen Zeit dort gesehen hatte, und schickte ihn als Gegenvorschlag an die Nummer. »Mitte Federation Square?«

Der Federation Square, zwischen Flinders Street und Swanston Street beziehungsweise St Kilda Road gelegen, war ein über drei Hektar großer Platz im Zentrum Melbournes. Jährlich fanden dort mehr als zweitausend Veranstaltungen wie Kulturfestivals, Sportaustragungen, Ausstellungen, Modenschauen, Filme, Konzerte und neue Weltrekordversuche statt. »Alles klar«, kam als Antwort zurück.

Rachel klatschte vor Freude einmal laut in die Hände. Jetzt durfte sie keine Zeit verlieren. Sie rief McDermott in Melbourne an, schilderte ihm die Situation und bat um ein Polizeiaufgebot, um den Swan-Hill-Mörder zu stellen.

»Sind Sie sicher, dass der verschwundene Junge sich hinter der Nummer verbirgt?«, vergewisserte sich McDermott.

Rachel konnte ihm leider keine hundertprozentige Garantie geben. Sie versuchte jedoch, so sicher wie möglich zu klingen, und hoffte, dass sie richtig lag. Denn sonst hätte sie ihre Gunst bei McDermott wohl verspielt. »Alles deutet darauf hin.«

»Gut, das reicht mir«, sagte McDermott.

Nun stand Rachel nur noch vor dem Problem, dass sie nicht wusste, wie Scott aussah. Die Einzigen, die es wussten und denen man bei dieser Operation trauen konnte, waren Sophie Jennings und Lynn Riley. Rachel traf eine Entscheidung und holte ihr Handy aus der Tasche. »Hallo, Lynn, ich bin's, Rachel. Ich hoffe, ich störe nicht.«

»Nein, kein Problem, ich bin gerade bei meinem Vater, was gibt's?«

»Nun ja, Sie haben schon so viel für mich getan, und ich weiß, dass ich das eigentlich nicht von Ihnen verlangen darf. Aber würden Sie mir dabei helfen, Scott zu fassen?«

Am anderen Ende der Leitung herrschte für einen kurzen Augenblick Stille. Schließlich kam jedoch eine sehr überzeugende Antwort. »Mit dem größten Vergnügen.«

Rachel fiel ein Stein vom Herzen. »Ich muss allerdings dazusagen, dass Sie ihm begegnen werden. Aber alles ist natürlich durch Polizisten abgesichert.«

»Seit gestern wurde ich von Sheriff Mitchell und von meiner Vergangenheit attackiert und ich habe es überlebt. Ich glaube nicht, dass es mich aus der Bahn werfen wird, wenn ich diesem Schwein auch noch begegne.«

Eine Stunde später saßen Rachel und Lynn im Auto auf dem Weg nach Melbourne. »Ich habe, ohne meine Identität zu verraten, ein Treffen mit ihm um sechzehn Uhr in der Mitte des Federation Square arrangiert. Er denkt, er trifft sich mit seinem Vater. Wenn Sie ihn erkannt haben, geben Sie uns ein Zeichen, und bewaffnete Polizeibeamte greifen zu. Leider gibt es eine Chance, dass es nicht Scott ist, der auftaucht, sondern jemand anderes. Das ist das einzige Risiko heute, machen Sie sich also keine Sorgen«, versuchte Rachel sie zu beruhigen. Das war allerdings nicht notwendig, denn Lynn war sehr gelassen. Erst als sie die Stadtgrenze überquerten, wurde sie ein wenig nervös.

Im Polizeihauptquartier kamen Rachel und Lynn mit McDermott und den fünf Beamten in Zivil, die Teil des Einsatzes waren, zum Briefing zusammen. Wie immer klang der Plan in der Vorbesprechung theoretisch ganz einfach. McDermott rechnete auch nicht damit, dass Scott eine Waffe bei sich trug – nicht, wenn er davon ausging, seinen Vater zu treffen.

Eine halbe Stunde später bezogen alle ihre Stellung am Federation Square. Die fünf Beamten mischten sich unter die vielen Menschen, die auf dem Platz unterwegs waren, während Lynn sich unauffällig hinter einer der Skulpturen versteckte, die den Platz säumten. Rachel und McDermott hielten sich in der Nähe des Haupteingangs der Flinders Street Station auf, dem zentralen Verkehrsknotenpunkt in der Stadt. Rachel schlug das Herz bis zum Hals, aber nicht, weil sie sich Sorgen machte, dass während des Einsatzes etwas schiefgehen könnte, sondern weil sie Angst hatte, bei der unbekannten Nummer könnte es sich am Ende doch nicht um die von Scott handeln.

Es wurde vier Uhr und nichts passierte. Fünf nach vier, zehn nach vier. Als um Viertel nach vier niemand da war, fragte einer der Männer auf dem Platz über Funk, ob sie den Einsatz abbrechen sollten. »Wir warten noch ein paar Minuten«, entschied McDermott, der Rachel mit einem wohlwollenden Blick bedachte. Auch Lynn wurde langsam ungeduldig, als plötzlich ein junger Mann auf dem Federation Square auftauchte. Er hatte dunkle Haare, trug ein weißes Hemd mit einem schwarzen Sakko und schaute nervös auf die Uhr, was Lynns Aufmerksamkeit erregte. Sie stand nur wenige Meter von dem Mann entfernt und konnte ihn gut erkennen. Als er sein Gesicht in ihre Richtung drehte, lief ihr augenblicklich ein kalter Schauer über den Rücken: Er war es! Zwar war er älter geworden, wie sie alle, doch Lynn war sich sicher. Sie ging auf ihn zu.

Rachel beobachtete die Szene aus einiger Entfernung und wurde panisch. Es war nicht abgesprochen, dass sie aus ihrem Versteck herauskam. Sie hielt sich bereit, den Befehl zum Zugriff zu geben.

»Na, Scott?«, sprach Lynn den Mann von hinten an.

Er drehte sich ruckartig um und schaute Lynn ungläubig an. Zunächst wusste er nicht, was er antworten sollte. »Sorry, Sie müssen mich mit jemandem verwechseln«, sagte er.

»Nein, du bist Scott Lavery. Kennst du mich etwa nicht mehr?«

»Mein Name ist Julian Bosworth, ich weiß nicht, von wem Sie sprechen«, sagte er.

Er entfernte sich raschen Schrittes von Lynn und suchte hektisch die Umgebung ab. Lynn lief ihm nach. »Du brauchst gar nicht so zu schauen, dein Vater kommt nicht, und er wird dich diesmal auch nicht retten, glaub mir! Du wirst gleich verhaftet.«

Scott drehte sich um und zeigte mit dem Finger auf Lynn. Er hatte realisiert, dass es sich um eine Falle handelte, und rannte los. Rachel hatte in der Zwischenzeit den Befehl zum Zugriff gegeben. Von fünf verschiedenen Seiten stürmten die Beamten auf Scott zu. Einem von ihnen gelang es, ihn am linken Arm zu packen, doch er konnte sich wieder losreißen und rannte, als ginge es um sein Leben. Er lief die Flinders Street hinunter, am lang gezogenen Bahnhofsgebäude entlang. Die fünf Polizisten und auch Rachel waren ihm dicht auf den Fersen. Dann traf Scott eine dumme Entscheidung und rannte auf die jetzt im Feierabendverkehr noch dichter als sonst befahrene Straße. Autos hupten und machten eine Vollbremsung, als plötzlich der Mann vor ihnen die Straße überquerte. In der Mitte der Flinders Street stolperte Scott über die Straßenbahnschienen und fiel. Mit dem Kopf zuerst knallte er auf den harten Asphalt und blieb regungslos liegen. Rachel sah nur noch, wie die herannahende

Straßenbahn eine Vollbremsung hinlegte, die Geschwindigkeit aber nicht mehr rechtzeitig reduzieren konnte. Der Zug rammte Scotts Körper mit voller Wucht, sodass er einige Meter durch die Luft geschleudert wurde und blutüberströmt auf den Schienen liegen blieb. Rachel und mit ihr Hunderte von Passanten um sie herum standen unter Schock, als einer der Polizisten zu Scott hinüberrannte und seine Lebenszeichen kontrollierte. Er schaute McDermott an und schüttelte den Kopf.

Lynn fühlte indes nicht viel. Höchstens ein Gefühl der Erleichterung, das sich in ihr ausbreitete. Auf keinen Fall aber empfand sie auch nur irgendeine Form von Mitleid für Scott.

Den Rückweg nach Swan Hill verbrachten Rachel und Lynn zum größten Teil schweigend. Rachel war in ihren Gedanken hin- und hergerissen. Dass die Geschichte mit Scotts Tod endete, hatte sie nicht gewollt. Andererseits war er damals noch minderjährig, und die Strafe, die ihn erwartet hätte, wäre vermutlich lächerlich gewesen. Das Schicksal hatte seine Wahl getroffen. Für Lynn waren die jüngsten Ereignisse eine Form später Gerechtigkeit. Die Nachricht vom Tod Sheriff Mitchells in Brisbane, die die beiden Frauen bei ihrer Rückkehr in Swan Hill erreichte, verstärkte dieses Gefühl noch.

Es war schon spät, als Rachel Lynn bei ihrem Vater absetzte. Sie selbst fuhr zurück zu den Sunshine Lodges. Sie wollte allein sein und sperrte die Tür hinter sich ab. Sie hatte nicht einmal mehr Lust, sich mit Suzie zu unterhalten, die nach Neuigkeiten förmlich lechzte, von Rachel jedoch auf den nächsten Morgen vertröstet wurde. Rachel legte sich sofort ins Bett. Sie grübelte noch eine Weile, dann schlief sie ein.

In ihrem Traum fand sich Rachel schließlich auf einem Waldboden liegend wieder. Sie schaute nach oben in ein dichtes Blätterdach. Rachel richtete sich auf und kniete sich hin. Sie befand sich in einer Senke. Es war der Killed Kids' Creek. Um sie herum hörte sie nur ein dumpfes Rauschen der Blätter und ein knackendes Geräusch. Sie schaute sich um. Hinter einem der Eukalyptusbäume kam plötzlich ein Kind hervor und schlurfte auf sie zu. Es war Tom, der sie anstrahlte, als hätte er gerade ein lang ersehntes Weihnachtsgeschenk bekommen. Rachel breitete die Arme aus und drückte ihren Sohn fest an sich. Eine Freudenträne lief ihr über die Wange.

»Mach's gut, Mama, ich muss jetzt gehen. Es war schön hier«, sagte Tom und trat einen Schritt zurück.

Rachel fasste ihn an den Händen. »Bleib doch noch ein bisschen«, sagte sie.

»Das geht nicht. Aber wir werden uns wiedersehen«, sagte Tom.

Er ging zurück in den Wald und drehte sich unterwegs noch einmal um, um seiner Mutter zuzuwinken. Rachel winkte zurück und wischte sich mit der anderen Hand die Tränen aus dem Gesicht. Noch lange schaute sie auf die Stelle, an der Tom letztendlich zwischen den Bäumen verschwand. Dann wachte sie auf. Und lächelte.

Am nächsten Morgen hatten sich eine Menge Leute an den Sunshine Lodges versammelt, um sich von Rachel zu verabschieden. Suzie, Lynn, deren Vater, die Jennings, die Simons und Flynn.

»Werden wir uns wiedersehen?«, fragte Flynn, als er sie zum Auto begleitete.

»Ich würde mich freuen, wenn Sie mich mal in Melbourne besuchen würden«, sagte Rachel.

»Das mache ich bestimmt. Wenn Sie nicht mit Ihrem nächsten Fall zu beschäftigt sind. Wissen Sie schon, was Sie als Nächstes tun?«

»Mal schauen, mein Australien-Abenteuer hat ja gerade erst angefangen.«

Zeitfracht Medien GmbH
Ferdinand-Jühlke-Straße 7
99095 Erfurt, Deutschland
produktsicherheit@kolibri360.de

Druck:
CPI Druckdienstleistungen GmbH
im Auftrag der
Zeitfracht Medien GmbH
Ein Unternehmen der Zeitfracht - Gruppe
Ferdinand-Jühlke-Str. 7
99095 Erfurt